btb
Aus Freude am Lesen

btb

Buch

Halla, aufstrebende Abteilungsleiterin eines Ministeriums, ist mit einem schweren Gegenstand erschlagen worden. Besonders peinlich: Ihre Leiche liegt im Plenarsaal, gleich rechts vom langen Tisch, an dem die Regierungsmitglieder tagen. Als einziger Tatverdächtiger wird Sexy Saemi, Hallas Exfreund, festgenommen – denn Hallas Kollegen sagen übereinstimmend aus, dass Saemi bei Halla im Ministerium war und eine lautstarke Auseinandersetzung mit ihr hatte. Doch eine hat Zweifel: Stella Blómkvist, die junge Anwältin. Sie glaubt an seine Unschuld und beginnt, auf eigene Faust zu ermitteln.

Autorin

Stella Blómkvist ist das Pseudonym einer bekannten isländischen Persönlichkeit des öffentlichen Lebens. Inzwischen sind drei Krimis von ihr erschienen, allesamt in hohen Auflagen, die von großem Insiderwissen zeugen: Politik, Medien, Gerichtswesen sind die Bereiche, in denen sich die Morde jeweils abspielen. Ganz Island rätselt, wer die geheimnisvolle Unbekannte wohl sein mag, und wartet auf den nächsten Kriminalfall aus ihrer Feder – ihre schlagfertige Heldin hat inzwischen eine riesige Fangemeinde.

Stella Blómkvist bei btb

Das ideale Verbrechen. Ein Island-Krimi (72868)

Stella Blómkvist

Die Bronzestatue

Ein Island-Krimi

Aus dem Isländischen
von Elena Teuffer

btb

Die isländische Originalausgabe erschien 1997 unter dem Titel »Mordid í Stjórnarrádinu« bei Mál og menning, Reykjavík.

Umwelthinweis:
Alle bedruckten Materialien dieses Taschenbuches sind chlorfrei und umweltschonend.

Der btb-Verlag ist ein Unternehmen der Verlagsgruppe Random House.

Einmalige Sonderausgabe Oktober 2004

Umschlaggestaltung: Design Team München
Umschlagfoto: Wolf Huber
Satz: IBV Satz- und Datentechnik GmbH, Berlin
SR · Herstellung: Augustin Wiesbeck
Made in Germany
ISBN 3-442-73286-7
www.btb-verlag.de

Winter

1

»Scheiß Leben!«

Na endlich! Meine japanische Schrottkarre kriecht im Schneckentempo mit durchdrehenden Rädern aus der Parklücke und den steilen Abhang hinauf. Hat mit Sicherheit irgendeinem Schlaumeier einige Millionen eingebracht, diese Glatteis-Rutschbahn zu konstruieren.

Ich selber bin auch schon ganz durchgedreht. Hämmere mit den Fäusten aufs Lenkrad, das unter meinen Schlägen erzittert, und fluche aus tiefster Seele auf dieses Hundewetter, die Schneeschieber, die die Straße immer viel zu spät freiräumen, und die Ganoven aus der Politik, die den ganzen Klüngel auch noch steuern. Und dann natürlich auch auf den Vollidioten, der sich von der Kripo hat erwischen lassen, damit ich am frühen Sonntagmorgen aus dem Bett geklingelt werde. Und obendrein auch noch diese Scheißkälte.

»Minderbemittelter Schwanzträger!«

Sogar mein Wortschwall ist gegen mich. Wird gleich zu Dampf, der auf der Windschutzscheibe gefriert. Die Heizung bringt nichts. Stöhnt gerade mal ein bisschen das Eis an.

Ich versuche, die Windschutzscheibe von innen mit meinen schwarzen Wollhandschuhen abzuwischen. Sie beschlägt natürlich sofort wieder.

»Verdammtverdammtverdammt!«

Ein schwaches Wispern meldet sich aus den Tiefen alter Erinnerungen zu Wort: »Aber Stella! Du sollst doch nicht fluchen. Das ist so unweiblich!«

Sagt Mama.

Ganz wenige sind auf den Straßen unterwegs. Kein Wunder! Niemand ist so blöd, sich bei diesem Wetter vor die Tür zu wagen – außer meiner Wenigkeit.

Vom Wind zerzauste Schneeberge, die höher als mein Auto sind, türmen sich am Straßenrand. Sie starren vor Schmutz und haben Löcher, wie heruntergekommene Schlösser in den Elendsländern der Welt. Halb abgebröckelte und verwitterte Wände, die die Räumfahrzeuge hinterlassen haben.

Entweder völlig verrücktes Schneetreiben oder arktische Kälte. So war es die letzten Wochen. Verdammter Mist, immer noch hier auf der Eisscholle festzuhängen. Ich hätte mich schon längst vom Acker machen sollen. Auf die Kanaren. Oder nach Florida. In die Sonne, zum Sand und den braun gebrannten Männern.

Den gut gebauten, südländischen Männern.

Die wären allemal besser als diese Weichlinge hier zu Hause – alles Schlappschwänze, vor lauter Stress und Saufgelagen.

Meine nächtliche Eroberung wollte jedenfalls lieber Bacchus als mir frönen. Schlief zweimal nach halb vollbrachter Tat ein wie ein kraftloser Alter. Wachte erst nach ein paar Ohrfeigen wieder auf, der Rohrkrepierer. Bei mir schläft keiner ein. Jedenfalls nicht ohne meine Erlaubnis.

Er rührte sich noch nicht mal, als heute Morgen das Telefon zu läuten begann.

Unverschämtheit! Ich hielt mir die Ohren zu und versuchte, die Gehirnzellen in Ruheposition zu behalten, aber das Telefon klingelte weiter. Und klingelte. Eine unerträgliche Tortur.

Schließlich trat ich die Flucht nach vorne an, schubste den Kerl vom Venushügel, streckte mich zum Telefon und nahm ab.

Es war Raggi. Einer von den Goldjungs bei der Kripo.

»Stella, Schätzchen? Hab ich dir die Tour vermasselt?«

Ach, du liebe Zeit! Dass man ausgerechnet am Sonntagmorgen an einen Bullen geraten muss, der sich für witzig hält. Als sei ein Kater samt abgefülltem Typen noch nicht genug. Ich krieg die Krise!

»Wir haben hier einen alten Bekannten von dir«, sagte Raggi. »Er will dich als Anwältin.«

»Ist mir doch egal.«

»Er will aber nur dich!«

»Ach ja?«

»Wir wollen ihn für mindestens ein paar Wochen auf Eis legen. Der steckt echt bis zum Hals in der Scheiße.«

»Gott! Ich mach gleich vor Angst ins Bett!«

»Lass den Quatsch.«

»Ein richtig großer Fisch, sagst Du? Hat er vielleicht einige alte Bäume abgefackelt, die Vigdis* seinerzeit gepflanzt hat?«

»Du hast doch immer noch den gleichen Humor, Stella.«

Endlich fand ich meinen Wecker unter der Bettwäsche auf dem Fußboden und warf einen Blick auf das fluoreszierende Ziffernblatt.

»Du gemeiner Hund! Es ist ja erst sieben!«

»Da kann ich doch nichts für. Der Knabe muss noch heute Vormittag vor dem Richter erscheinen.«

* Vigdís Finnbogadóttir, ehemalige Präsidentin Islands, hat während ihrer Amtszeit von 1984–1996 unzählige Bäume gepflanzt. (Anm. d. Übers.)

»Besorg wen anders.«

»Er bittet aber darum, dass du kommst.«

»Es wird aber nicht jedem gegeben, der bittet.«

»Haha! Wer sagt das?«

»Ich sag das. Zu dir, Herzchen.«

»Übrigens tue ich dir einen echten Gefallen, ich sag's dir. Das ist 'ne Sache, an der du deinen Spaß haben wirst.«

»Beglück doch wen anders!«

»Es wär jedenfalls mal eine Abwechslung von deinem üblichen Kram, die Schulden von anderen Leuten einzutreiben.«

»Kleinkriminelle sind doch alle gleich.«

»Einige von ihnen landen manchmal ganz unerwartet in großen Affären.«

»Wer ist es denn?«

»Saemundur Jónasson.«

»Kenne ich nicht.«

»Doch, doch, du hast ihn schon mal vertreten. Zweimal, wenn ich mich recht erinnere. Damals ist er wegen Einbruch und Sachbeschädigung verknackt worden.«

»Bei mir klingelt's immer noch nicht.«

»Mensch! Du musst dich doch an ihn erinnern! Man sagt, er sei so schön. Soll Frauen ohne Ende haben. Manche nennen ihn deshalb Sexy Saemi.«

»Aaach, der Saemi! Der ist doch nur ein kleiner Fisch.«

»Dann ist er jetzt aber verdammt groß geworden.«

»Wieso?«

»Mord, Stella. Mord.«

Ein Schauer durchlief meinen Körper, und ich bekam eine Gänsehaut. Wie bei einem unerwarteten Kuss in die Leiste. Ich setzte mich auf und schüttelte den Kopf, bis mir nicht mehr schwindelig war.

»Machst du Witze?«, fragte ich.

»Nein, nein, großes Pfadfinderehrenwort!«

Nichts unterbrach die Stille außer dem ungeduldigen Rauschen in der Telefonleitung und den Atemzügen des schlafenden Typen.

»Okay. Ich komme.«

Ich schmiss den Hörer auf die Gabel. Machte mich auf ins Bad. Drehte die Dusche voll auf. Ließ Lust und Schweiß im Schampooschaum ersaufen. Der starke, heiße Strahl peitschte meinen Körper. Gesicht. Schultern. Brüste. Magen. Oberschenkel. Rücken. Hintern. Lockerte die Muskeln. Machte die Adern weit. Ließ das Blut in Wallung geraten. Verlockend wie fordernde Hände.

Uff!

Keine Zeit zum Trödeln!

Ich stellte das Wasser ab. Trocknete mich von oben bis unten ab. Zog mich dann in Windeseile an; Socken, Unterwäsche, Pullover, Hose, Lederjacke, Winterstiefel. Warf im Schlafzimmer einen Blick in den Spiegel. Griff mir den Fön, blies die Feuchtigkeit weg und bürstete mir dann die Haare so lange, bis mein glänzendes Schmuckstück in Wellen auf die Schultern fiel. Trug ein bisschen Lippenstift auf. Mehr nicht. An mir werden die Kosmetikmogule nicht reich.

Dann rief ich ein Taxi und scheuchte mein nächtliches Spielzeug aus dem Bett. Der Typ war völlig verschlafen und schlecht gelaunt, während ich ihm in die Klamotten half. Danach schleifte ich ihn den Gang entlang, die Treppe runter, an meinem Büro im Erdgeschoss vorbei, zur Eingangstür hinaus und verfrachtete ihn ins Taxi. Der Typ döste immer noch. War weder richtig im Hier und Jetzt, noch anderswo.

»Ciao, ciao«, sagte ich und knallte die Autotür zu. Mir fiel noch nicht mal mehr sein Name ein. Warum auch. Er war schon Schnee von gestern.

Sexy Saemi?

Auf dem Weg durch die dreckige, verschneite Stadt versuchte ich, mich genauer an ihn zu erinnern. Du hast ihn vor ein paar Jahren mal vertreten, hatte Raggi gesagt. Vor ungefähr vier. Vielleicht auch fünf.

Einbruch?

Ja, ganz richtig. Bei einem Großhändler in der Innenstadt. Die Tour hatte sich nicht gelohnt. Man sagt, er mische dicke im Drogengeschäft mit.

Sachbeschädigung?

Ach du liebe Zeit, ja! Er hatte ein Gemälde zerfetzt. Und nebenbei noch auf den glänzenden Tisch des Direktors gemacht. War ein ganz netter Haufen. Wie konnte ich das vergessen? Der Richter fand das gar nicht witzig. Hat ihn ein paar Monate von Staats wegen untergebracht.

Saemi war nur einer vom Fußvolk in der Unterwelt der Hauptstadt.

Mord?

Vielleicht einen anderen Fixer.

»Schwein und Schwein gesellt sich gern.«

Sagt Mama.

2

»... Das Gesicht sowie das Haar und der Hals der Leiche sind von Blut überströmt ... Rumpf und Arme sind völlig mit geronnenem Blut beschmiert ... Ein breiter Streifen geronnenen Blutes geht vom Hals aus auf der rechten Seite über Brust und Unterleib bis hinunter auf den rechten Oberschenkel ... Auf beiden Beinen sind größere und kleinere Blutspritzer ... Auf dem Scheitel befindet sich eine klaffende Wunde, in der man die mehrfach gebrochene Kalotte sehen kann ... Im vorderen Bereich der Wunde ist ein Loch in der Schädeldecke, das bis in den Stirnbereich reicht ... Eine lange Wunde verläuft vom oberen Nacken schräg nach unten auf die linke Schulter ... In der Mitte der Stirn ist eine klaffende Wunde ... Sie hat zerrissene, ungleichmäßige Ränder und reicht bis zum Knochen ... Auf dem Grunde der Wunde ist der Knochen völlig zersplittert ...«

Ich höre auf zu lesen.

Es bestand überhaupt kein Zweifel, woran sie gestorben war. Viele schwere Schläge auf den Kopf. Bäng! Bäng! Bäng!

Werfe einen Blick auf die Fotos.

Oh Mann!

»So empfindlich am Morgen?«, fragt Raggi grinsend.

An seinem Bauch überschlagen sich die Speckrollen, und der Mond auf seinem Hinterkopf befindet sich schon lange in der zunehmenden Phase.

Vielleicht nimmt er für jedes Haar, das er verliert, ein paar Gramm zu?

»Hast du ein Foto von ihr?«, frage ich. »So, wie sie früher mal ausgesehen hat? Jedenfalls etwas anderes als diese Schlachthofsszenen?«

»Hier.«

Halla.

Süß.

Nein, umwerfend. Sexy. Schwarzes Haar bis auf die Schultern. Blitzende Augen. Herausfordernder Blick. Volle, lächelnde Lippen. Mit einem Traumbusen aller Muttersöhnchen. Voller Lebenslust.

Tot.

Sie wurde gestern Morgen gefunden. Samstagmorgen. In der Staatskanzlei am Laekjartorg. Die Mitarbeiter waren früh gekommen. Es wurden Gäste erwartet. Ein offizieller Besuch. Irgendein wichtiger Regierungsheini aus dem Ausland sollte um neun Uhr im Haus empfangen werden. Kurz davor wurde die Leiche im Konferenzraum der Regierung aufgefunden. Aber die Kripo wurde erst gerufen, als die hohen Tiere auf eine Sightseeing-Tour gefahren waren.

Und dann haben sie über Weltpolitik gefaselt, während die kalte Leiche eines ermordeten Mädchens im Nebenzimmer lag.

Wow!

Die gerichtsmedizinische Untersuchung brachte ans Licht, dass Halla schon am Vorabend gestorben war. Wahrscheinlich gegen neun Uhr.

Sie war Abteilungsleiterin. Hatte schon für die Partei gearbeitet, als der jetzige Premierminister noch Parteivorsitzender war. 28 Jahre. Eine junge Frau, die auf dem Weg nach oben ist.

War.

Und Saemi?

»Wahrscheinlich der neueste Lover«, sagt Raggi.

Sie wechselte sicher oft. Schlaues Mädchen.

In ihrer Beziehung standen die Zeichen auf Sturm. Jedenfalls hatten sie sich am Freitag heftig gestritten. Am Mordtag. Saemi hatte ihr in ihrem Büro im Ministerium gedroht. Zeugen hörten das wütende Gebrüll bis auf den Gang. Einer der Kollegen berichtete auch, dass Halla einmal erwähnt hatte, dass sie Angst vor Saemi habe. Er sei so unberechenbar. Die Goldjungs hatten Saemi am Samstagmittag gekascht. Er hatte bei sich zu Hause geschlafen. Beteuerte natürlich seine Unschuld. Sagte, dass er am Freitag nach dem Krach mit Halla aus der Stadt gefahren sei. Erst früh am Samstagmorgen sei er nach Hause gekommen und habe sich dann direkt hingelegt. Auf dem Weg habe er niemanden getroffen, den er kannte – niemanden, der seine Tour bezeugen könnte.

»Saemi wird schon irgendwann gestehen«, meint Raggi.

»Egal, ob er schuldig ist oder nicht?«

»Klar ist er schuldig. Das ist doch offensichtlich. Er hat eine lockere Hand, dieser aufbrausende und eifersüchtige Choleriker. Er war doch auch bestimmt betrunken oder gedopt. So ist das doch normalerweise mit solchen Geschichten.«

»Wo ist die Waffe?«

»Wurde bisher noch nicht gefunden.«

»Und blutige Kleidung?«

»Auch nicht.« Raggi rutscht unruhig auf seinem Stuhl hin und her. Die Rettungsringe auf seinem Bauch wogen auf und ab wie auf Wellen. »Wir haben natürlich sowohl bei ihm zu Hause als auch im Auto alles durchsucht, aber haben nichts dergleichen gefunden«, fährt Raggi fort. »Saemi hat die Kleidung und das Mordwerkzeug irgendwo verschwinden lassen. Das findet sich schon noch. Aber vielleicht gibt er uns in ein paar Tagen selber den Hinweis, wo die Waffe ist.«

»Hast du gar keine Zweifel?«

»Die Ermittlungen haben natürlich gerade erst begonnen. Aber alles weist darauf hin, dass Saemi unser Mann ist. Man muss einen einfachen Mordfall ja nicht komplizierter machen, als er ist.«

Ich stopfe die Unterlagen in meine Aktenmappe. Die Fotos und die Kopien der polizeilichen Protokolle. Sage lächelnd zu Raggi: »Na dann woll'n wir mal sehn, wie es eurem Othello ergeht!«

3

Das winzige Gesprächszimmer hat keine Fenster. In der Mitte stehen ein Tisch und drei Stühle. Grelles Licht von oben.

Sie bringen Saemi herein und schließen die Tür.

»Setz dich«, sage ich.

Er ist älter, als ich erwartet habe.

Natürlich. In fünf Jahren ändert sich viel.

Er ist schlank, sonnenstudiogebräunt und nett anzusehen, aber keine auffallende Sexbombe mehr. Das dunkle Haar ist kurz geschnitten.

Als ich ihn zuletzt sah, hatte er eine große Klappe und war sehr von sich eingenommen. Gab einen Scheißdreck darauf, was andere sagten oder wollten, war sich immer selbst der Nächste und dachte, ihm gehörten alle Frauen. Jetzt steht er unter Hochspannung. Vielleicht hat er nicht direkt Angst. Aber er ist ein bisschen eingeschüchtert. Unsicher.

»Das ist ja vielleicht ein Blödsinn«, sagt er und lacht nervös. »Wie in einem abgefahrenen Thriller.«

»Ach ja?«

»Mir wäre doch im Traum nicht eingefallen, auf Halla loszugehen!«

»Da hat sie aber was anderes gesagt.«

»Dieser Krach da am Freitag hat doch nichts weiter zu bedeuten! Das waren doch nur ein paar Worte, die im Streit gefallen sind. In vielen Ehen passieren täglich Dinge, die noch viel schlimmer sind!«

»Ihr wart aber nicht verheiratet.«

»Ich habe Halla nach diesem Krach noch nicht mal mehr getroffen.«

»Was zu beweisen wäre.«

»Muss man seine Unschuld beweisen?«

»Wie du vielleicht weißt, ist Mord ein netter Familienspaß«, antworte ich. »Es liegt doch direkt auf der Hand, den Liebhaber zu verdächtigen. Dich!«

»Liebhaber!« Er winkt entrüstet ab. »Du klingst, als wüsstest du nicht, dass sie ein ganzes Arsenal von Typen verschlissen hat!«

»Kurz bevor sie ermordet wurde, hast du ihr noch alles Übel der Welt angedroht. Und außerdem hast du kein Alibi.«

»Ich bin einfach nur kurz aus der Stadt gefahren. Wollte einfach irgendwohin fahren, um mich abzureagieren. Du weißt doch, wie das ist.«

»Nein, weiß ich nicht. Wie ist es denn?«

Er guckt mich wütend an. Als ich seinen Blick unerschrocken erwidere, zuckt er nur ratlos mit den Schultern.

»Wo bist du hingefahren?«

»Auf den Snaefellsnes. Zuerst wollte ich eigentlich gar nicht weit fahren, nur mal gerade raus aus der Stadt. Aber dann bin ich einfach weiter Richtung Westen gefahren.

»Gleich stehn wir vor dem Richter und haben deshalb jetzt nur wenig Zeit«, sage ich und werfe dabei einen forschenden Blick in die schokoladenbraunen Augen. »Wenn du wieder hierher zurückkommst, versuchst du dich zu erinnern, was du wann gemacht hast. Und zwar ganz genau! Du bekommst ja genügend Zeit dafür.«

Er nickt.

»Ich will, dass ich über jedes Detail Bescheid weiß. Sogar wo du zum Pinkeln ausgestiegen bist. Und wann. Wir müssen deinen Weg genauestens zurückverfolgen und versuchen, nachzuweisen, wann du wo warst. Dann wird es wahrscheinlich auch möglich sein, jemanden zu finden, der sich an dich oder an das Auto erinnert, in dem du gefahren bist.«

»Muss ich denn weiter hier drin bleiben?«

»Ja sicher! Die werden Untersuchungshaft beantragen. Mit Sicherheit für einige Wochen. Ich lege Einspruch ein. Sie kommen durch. Ich lege Berufung beim Obersten Gericht ein. Da wird es zweifellos genauso laufen. Du sitzt auf jeden Fall ein paar Wochen, das ist klar. Mach dir keinen Kopf deswegen. Das Essen ist genießbar.«

»Scheiße!«

»Mir etwas vorzunölen hat keinen Zweck. Wenn du unschuldig bist, solltest du nur darüber nachdenken, was du seit Freitagmorgen gemacht hast. Jedes Detail. Jede Minute. Wenn du mich anlügst, sag's lieber gleich. Ich habe noch genug anderes zu tun.«

»Glaubst du mir auch nicht?«

Ich starre wieder in die dunklen Augen, die schnell anfangen zu tanzen wie Quecksilber.

»Was ich glaube, spielt keine Rolle«, antworte ich schließlich.

»Aber ich sage die Wahrheit! Ich war's wirklich nicht!«

Sie öffnen die Tür.

»Zeit zu gehen«, verkündet der eine von den Goldjungs. Sie führen Saemi raus auf den Gang.

Raggi bleibt noch kurz bei mir stehen. »Und?«, fragt er.

»Saemi ist unschuldig wie ein Babypopo.«

»Was soll er denn sonst sagen?«

Ich zucke mit den Schultern.

»Wir beantragen erst mal vier Wochen«, meint Raggi.

»Von jetzt an bin ich bei allen Verhören dabei«, sage ich und nehme meine Mappe.

»Das ist im Gesetz so vorgesehen.«

»Dann könnt ihr euch wenigstens nicht erlauben, ihn fertig zu machen.«

»Pass bloß auf, dass keiner diesen Mist hört, Stella. Andere könnten dir das krumm nehmen.«

»Ich mein das ernst! Ihr habt keine Zeugen, keine Tatwaffe, keine Beweise, kein Geständnis! Nur irgendwelche banalen Streitereien.«

»Wir haben einen starken und begründeten Verdacht.«

»Es wäre ja nicht das erste Mal, dass ihr Unschuldige in den Knast schickt.«

Er läuft rot an.

»Ganz ruhig, Raggi Herzchen. Pass auf deine Pumpe auf.«

Er hat mir immer noch nicht verziehen, als wir in den Gerichtssaal kommen. Die Sache ist schnell gelaufen. Der Richter braucht noch nicht einmal eine Bedenkminute. Vier Wochen Untersuchungshaft.

4

Im Bett geht's mir am besten.

Dort liege ich nackt unter der Bettdecke und lese die Polizeiakte. Als ich nach Hause gekommen bin, habe ich versucht, noch mal einzuschlafen, aber es hat nicht geklappt. War viel zu gestresst und überspannt. Deshalb begann ich zu lesen.

Halla wurde zwischen den Nobelsesseln im Regierungssaal gefunden. Rechts vom Konferenztisch, wo sich die hohen Tiere über die Wampe streichen und unsere Steuern erhöhen. Auf dem Fußboden war das meiste Blut. Ein großer, unregelmäßiger Fleck auf dem Teppich. Rotbraun.

Diese Herzchen kriegen dann wohl einen neuen Teppich.

Dann gab es noch überall Blutspritzer. Auf den Sesseln. Auf einer Wand. Und auf dem schönen, glänzenden Regierungstisch.

Richtig echtes Blut auf dem Tisch, wo die politischen Betonköpfe kaltblütig finanzielle Einschnitte beschließen. Die wahre Würze beim Einschneiden. Hahaha!

Mir bleibt das Lachen im Halse stecken.

Raggi hatte nichts von dem erfunden, was sich am Freitagmorgen abgespielt hat. Halla und Saemi hatten sich angekeift, dass die Fetzen flogen. Die Leute auf dem Flur und sogar in den anliegenden Büros hatten die Stimmen gehört.

Saemi hatte geschrien: »Ich schlag dich windelweich, du verdammtes Miststück! Diebische Hure!« Oder etwas in der Richtung.

Wenn es um ihren verletzten Stolz geht, sind Männer nie besonders kreativ in ihrer Ausdrucksweise.

Niemand konnte allerdings genau berichten, um was es in dem Streit eigentlich ging. Halla hatte ihren Kollegen danach nichts erzählt. Tat so, als wäre nichts passiert.

Cooles Mädchen.

Aber wahrscheinlich war es Eifersucht. Das meinten jedenfalls die meisten in ihrer Zeugenaussage. Zumal sich Halla nicht an einen Kerl binden wollte. Sie war selbstständig. Lebenslustig. Fröhlich. Frei und ungebunden.

Hmmmm ...

Aber was steht hier? Ehrgeizig. Leichtlebig. Sagte Haukur. Die rechte Hand des Premierministers.

Ich lege die Aussage auf die Bettdecke, schaue hoch an die weißgestrichene Decke und gehe in der Erinnerung einige Jahre zurück.

Interessant, dass gerade Haukur meint, es sich leisten zu können, andere Leute für ihren Ehrgeiz zu kritisieren. Er stank ja selber meilenweit danach. Schon während des Jurastudiums war er ständig damit beschäftigt, an seiner Karriereleiter zu basteln. Bekam dann direkt von der Uni weg eine Stelle bei der Partei. Hat sich gründlich beim Parteivorsitzenden eingeschleimt und durfte ihn dafür in die Staatskanzlei begleiten, als die Partei an die Macht kam. Ein echter Arschkriecher.

Werde am besten mal mit ihm reden. Alte Bekanntschaft aufwärmen.

5

Ich erreiche Haukur zur Abendessenszeit. Bei ihm zu Hause.

Beinahe hätte er den Hörer auf die Gabel geschmissen, aber auch andere können Arschkriecher sein. So gelingt es mir, ihn am Telefon zu halten.

Ich habe es gleich im Gefühl, dass er auf Halla nicht gut zu sprechen ist.

»Ich will natürlich nicht schlecht über Tote reden«, sagt er.

»Aber?«

»Ganz unter uns?«

»Natürlich.«

»Du weißt doch, manche Frauen legen es direkt darauf an, vergewaltigt zu werden. Die zeigen das doch deutlich mit ihrem Verhalten.«

»Hmm-hmm.«

»Wenn irgendwer so was an sich zieht, dann ist das Halla.«

»Ach ja?«

»Sie hat die Männer gewechselt wie die Unterhosen und sich durch die Betten gepennt.«

»Wirklich?«

»Und sie hat es noch nicht mal verheimlicht. Ganz im Gegenteil. Sie hat mit den Gefühlen der Männer gespielt. Man könnte vielleicht sagen, dass jemand Mitleid mit Saemi hatte. Hallas Verhalten hat ganz einfach starke Reaktionen herausgefordert, auch wenn niemand hätte absehen können, dass es auf diese Art enden würde.«

»Also hat Halla nur das bekommen, was sie verdient hat, oder was?«

»Ja, eigentlich schon, obwohl sich das jetzt, wo sie tot ist, natürlich sehr unhöflich anhört. Aber sie hat wirklich alles erobert, was einen Schwanz hat, und bildete sich viel darauf ein, wie freizügig sie sei.«

»Was du nicht sagst! Dann hat sie sich einfach wie ein Mann verhalten?«

Ein lautes Lachen schallte durch den Hörer. »Ach ja, richtig«, sagt Haukur, »ich hatte ganz vergessen, dass du auch eine von denen bist!«

»Von denen?«

»Ja, von diesen Emanzen, die alle Männer hassen.«

»Halla war ja wohl kaum so eine ...?«

»Nein, Stella. Man kann über Halla sagen, was man will, aber sie war vor allem eine Frau.«

»Vermutlich ist sie ziemlich fähig in ihrem Job gewesen?«

»Sie konnte schon tüchtig sein.«

»Sie ist immerhin Abteilungsleiterin geworden! Eine Frau muss sich dafür ganz schön ins Zeug legen!«

»Wie man's nimmt. Aber natürlich kann man sich nicht nur in Hollywood hochschlafen.«

Haukur lacht laut über seinen eigenen Witz. Er ist immer noch der gleiche unerträgliche Arroganzpinsel.

»Hast du vielleicht auch mit ihr geschlafen?«, frage ich.

»No comment.«

Als er lacht, muss ich an einen hässlichen, fetten Fisch denken, der sein Maul aufreißt. Widerlicher Typ.

»Höre ich da einen leichten Ton der Eifersucht?«

»Jetzt reicht's aber, Stella!«

»Wo warst du denn eigentlich am Freitagabend?«

Haukur wird wieder sauer. »Ich denke, wir beenden jetzt das Gespräch«, sagt er und schmeißt den Hörer auf die Gabel.

»Idiot!«, sage ich wie zu mir selber und ärgere mich, dass ich mich von ihm völlig unnötig aufregen lasse.

»Zügele dein Temperament, Stella. Eine Xanthippe will keiner.«

Sagt Mama.

6

Mord ist ein Festbankett.

Die Pressegeier machen sich in den ersten Tagen nach dem Mord gierig über alles her, was sie kriegen können. Was sollten sie auch sonst tun? Eine junge und schöne Frau ermordet am Konferenztisch der Regierung. Noch besser, wenn es im Ledersessel des Ministerpräsidenten selbst gewesen wäre. Aber weniger hat auch schon für einige Titelseiten gereicht.

Auf den verschiedenen Fernsehkanälen werden Bilder vom Regierungstisch gezeigt. Ohne Leiche. Auch ein Bild von Halla. Sie rekonstruieren in Details, wo, wann und wie die Leiche gefunden wurde und zitieren die Goldjungs, dass es sich nur um eine persönliche, nicht aber um eine politische Tragödie handelte. Ein enger Freund der Verstorbenen sei bereits festgenommen und zu vier Wochen Untersuchungshaft verurteilt worden, weil man ihn der Tat verdächtige. Das klingt, als wäre Saemis Geständnis nur noch eine Formsache, die man bald abhaken könnte.

Der Ministerpräsident äußert sich in einem Fernsehinterview zur Sache.

»Warum wurde nicht sofort, als die Leiche gefunden wurde, die Polizei gerufen?«, fragt einer der Pressegeier. »Ist diese Verzögerung nicht ein schwerwiegendes Vergehen?«

Der Ministerpräsident zeigt sich gerührt. Ob vom Donner oder vom Mitleid, ist nicht klar erkennbar. Es sei unglaublich, dass sich ein solches Unglück ausgerechnet in der Staatskanzlei ereignen muss, in diesem altehrwürdigen, historisch so wichtigen Haus. Und dann natürlich auch, dass ausgerechnet diese nette Person das Opfer des Gewalttäters werden muss.

»Das ist unverständlich«, sagt er. »Aber Gottes Wege …«

»Warum wurde die Polizei nicht sofort zum Tatort gerufen?«, wiederholt der Pressegeier seine Frage mit ernster Miene.

»Das ist doch für alle klar ersichtlich«, antwortet der Ministerpräsident, und schiebt überlegen sein Kinn vor. »Wir Isländer konnten doch diese bedauernswerte Tat nicht zum Gegenstand bilateraler Gespräche werden lassen.«

»Aber ist es nicht wirklich ungeheuerlich, wenn sogar der Ministerpräsident die Ermittlungen eines Mordfalls auf diese Weise verzögert?«, fragt der Pressegeier so schockiert, dass die Skandalträchtigkeit seiner Frage direkt von seiner rotgepunkteten Krawatte zu strahlen scheint.

Der Ministerpräsident zieht es vor, diese Frage in einem ausführlichen Monolog zu beantworten. Er redet über menschliche Gefühle und der Verantwortung von Einzelnen und dem ganzen Land. Nach dieser langen Rede weiß keiner eigentlich mehr, worauf er hinaus will. Dann hat er ein Heimspiel.

Saemis Name wird in der Glotze nicht genannt. Er erscheint nach dem Wochenende in der Montagsausgabe von DV*. Es wird betont, dass er nicht gestanden habe. Diese Typen wissen sich zu schützen.

Zwischen den Zeilen kann man aber lesen, dass sich die Pressegeier verarscht fühlen, weil der Schurke so schnell gefasst wurde.

Nichts Spannendes.

* Nachmittags erscheinende Zeitung im Yellow-Press-Stil (Anm. d. Übers.)

Und dann kann man noch nicht mal auf den Ministerpräsidenten losgehen, weil ihn sogar der Präsident der Goldjungs selbst in Schutz nimmt.

»Diese kleine Verspätung bei der Meldung des Leichenfunds hat nichts am guten und leistungsfähigen Gang der Untersuchung geändert«, berichtet er und hält es für die selbstverständlichste Sache der Welt, dass der Ministerpräsident, dieser rechtschaffene Ehrenmann, keine andere Wahl hatte, als die hohen ausländischen Gäste erst aus dem Haus der Staatskanzlei zu verabschieden, bevor die Ermittlungen der Polizei begannen.

7

Am dritten Tag treffe ich Saemi wieder. Im gleichen Raum. Am gleichen Tisch. Er ist fleißig gewesen. Hat alles, an was er sich erinnern konnte, auf ein Blatt notiert. Alles, was ihm passiert war, seit er am Freitagvormittag aus Hallas Büro gefegt war bis die Polizei bei ihm 24 Stunden später anklopfte.

Er war aufgebracht aus der Stadt gefahren. Ziellos. Einfach nur weg. Kurz vor Kjós beruhigte er sich langsam und überlegte, was er tun sollte. Hat dann beschlossen, einen Abstecher in den Westen zu machen und zum Snaefellsnes zu fahren. Dort hatten seine Eltern auf einem Bauernhof gewohnt, der schon seit langem verwaist war.

Saemi fuhr also weiter Richtung Westen und kam tatsächlich ans Ziel, obwohl es auf den vereisten Wegen nur langsam vorwärtsging. Aber im Westen gab es natürlich außer Ruinen im Schnee nichts zu sehen. Ein verfallenes Wohnhaus. Umgekippte Zäune. Menschenleere Einöde.

Nach einem kurzen Aufenthalt kehrte er wieder zurück nach Reykjavík. Am Freitagabend gegen zehn Uhr fuhr er los und fuhr die Nacht durch. Kam gegen Morgen in die Stadt und ging sofort ins Bett.

Ich höre mir schweigend seinen Bericht an und nehme ihn anschließend auf der Suche nach eventuellen Zeugen Stück für Stück auseinander.

Saemi behauptet, niemanden getroffen zu haben, den er kennt. Auf dem Weg zum Snaefellsnes, wahrscheinlich um sechs Uhr herum, hat er sich in Borgarnes einen Hamburger gekauft, aber sonst mit keinem geredet. Doch, mit einem Jungen, bei dem er getankt hat.

»Wann war das?«

»Das war ziemlich spät am Abend. Wahrscheinlich kurz vor Mitternacht.«

»Wo?«

»Wie ich schon gesagt habe, im Westen.«

»Wo im Westen?«

»Das war halt auf irgend so einem Bauernhof auf dem Land, wo man auch tanken kann. Ich bin schon auf Reserve gefahren.«

»Wie heißt der Hof?«

»Keine Ahnung.«

»Hast du keinen Kassenzettel?«

»Kassenzettel?«

»Sag mir, dass du mit Karte bezahlt hast!«

Er schüttelt den Kopf. Zuckt dann mit den Schultern: »Ich zahle immer cash.«

»Wie sah denn dieser Junge aus?«

»Das war einfach so ein ganz normaler Junge. Rothaarig.«

»Wie alt?«

»Vielleicht im Konfirmandenalter. So was in der Kante.«

Ein rothaariger Konfirmand? War das der rettende Strohhalm?

Ich versuche, aus Saemi noch mehr über die Fahrt herauszuquetschen, aber er hat nichts Neues mehr zu bieten. Massiert sich nur die dunklen Haarwurzeln seines Bartes am Kiefer und grinst dümmlich.

»Okay. Erzähl mir was über Halla«, fordere ich ihn auf.

»Was willst du über sie wissen?«

»Wie sie war. Und eure Beziehung.«

»Findest du es komisch, dass wir zusammen waren?«

»Ihr kommt ja nicht gerade aus dem gleichen Stall.«

»Wir wussten beide, wie man das Leben genießt.«

»Wann habt ihr euch kennen gelernt?«

»Das ist allerdings schon ziemlich lange her. Bevor sie in die Politik ging und eine von den feinen Leuten wurde.«

»Wollte sie dich loswerden?«

»Unsere Beziehung war nicht so. Manchmal waren wir zusammen, manchmal nicht, das war alles. Oft haben wir uns lange Zeit nicht getroffen.«

»Mir wurde da aber etwas anderes berichtet. Warst du nicht einfach nur ihr neuestes Spielzeug? Hatte sie nicht schon ziemlich schnell genug von dir?«

Er schüttelt den Kopf: »Wir sind schon vorher oft zusammen gewesen.«

»Gingen eure Treffen da auch immer mit Schlägereien aus?«

»Meinst du diese Streiterei da am Freitag?«

Ich nicke.

»Das war nichts Ernsthaftes.«

»Ach nein?«

Seine Unlust ist beinahe mit Händen zu greifen.

»Um was ging es in eurem Streit?«

»Ich will darüber nicht sprechen.«

»Warum nicht?«

»Das spielt keine Rolle mehr.«

»Natürlich spielt das eine Rolle. Mach dir klar, dass ich in dieser Geschichte auf deiner Seite bin. Lass hören!«

»Sie war mir noch was schuldig.«

»Für was?«

»Das hat mit der Sache nichts mehr zu tun.«

»Du hast sie verdammtes Miststück und diebische Hure genannt, nur weil sie dir Geld schuldete?«

»Wer sagt das?«

»Du hast ja nicht gerade geflüstert.«

»Das spielt doch keine Rolle mehr«, wiederholt er, lehnt sich im Stuhl zurück und verschränkt die Arme vor der Brust.

»Was hast du vor mir zu verbergen?«

»Nichts.«

»Dann erzähl's mir doch!«

Die schokoladenbraunen Augen starren zur Decke. »Hören die hier nicht alles ab?«, fragt er.

»Natürlich nicht.«

»Bist du sicher?«

»Mach dir mal klar, dass das hier die Realität ist. Du bist in einem Gefängnis in Island. Und nicht in irgendeinem idiotischen amerikanischen Streifen.«

Er leckt sich die Lippen. »Ich wurde einfach so wütend, als sie gesagt hat, dass sie es für einen anderen gebraucht hat.«

»Dein Geld?«

»Das, was sie mir schuldete.«

»Deine Andeutungen sind so undurchsichtig, ich kapier immer noch nicht, worum es geht.«

»Sie hat gesagt, dass sie meinen Stoff jemand anderem spendiert hat.«

»Es war ihr doch nicht verboten, mit anderen zusammen zu sein?«

»Nein, natürlich nicht. Aber sie sollte meinen Stoff nicht für andere Typen verwenden.«

Stoff?

Na klar! Wer hat denn behauptet, dass der alte Dealer nicht mehr seinem Geschäft nachginge?

Ich blicke ihn scharf an: »Hast du Halla Drogen gegeben?«

Er verschränkt wieder seine Arme und schaut mich schweigend an.

»Verkaufst du vielleicht immer noch?«

»Man kann hier drin einfach nicht solche Sachen besprechen.«

Er geht mir immer mehr auf die Nerven. »Ich kann einfach nicht arbeiten, wenn ich im Dunklen tappe. Ich muss alles wissen, was sie über dich haben.«

Saemi leckt sich die Lippen und vermeidet es, mich anzusehen.

»Bist du jetzt auf einmal auf den Mund gefallen oder was?«

»Ich rede nicht weiter darüber«, wiederholt er.

»Okay. Du bist dir hoffentlich im Klaren darüber, dass das deine Beerdigung ist, nicht meine. Ich kann hier rausgehn, wann immer ich will.«

Er schweigt.

»Du warst also eifersüchtig?«, frage ich schließlich, um die Stille zu durchbrechen.

»Nein, nein, sie hat das nur so gesagt, und dann wurde ich wütend.«

»Damit haben die Goldjungs ein klares Motiv.«

»Manchmal hat sie mich extra aufgeregt. Mich wütend gemacht. Dann hat sie nur gelacht, wenn ich ausgerastet bin.«

»Ach.«

»Aber wir haben uns immer wieder versöhnt.«

»Am Freitag wohl kaum?«

Er tut so, als hätte er die Frage nicht gehört. »Sie hat's genossen.«

»Was?«

»Mich so wütend zu machen. Damit wir uns dann wieder versöhnen konnten.« Der alte Frauenheld bekommt kurz glänzende Augen. »Das waren Versöhnungen, die haben vor Sex nur so gesprüht!«

Dieser Gesichtsausdruck geht mir tierisch auf die Nerven. »Warst du ansonsten einer von Hallas vielen Gespielen?«

Das Grinsen verschwindet.

»Ich hab dir das schon vorhin gesagt«, antwortet er genervt. »Wir haben nicht zusammen gewohnt oder so was. Wir haben nur ab und zu unseren Spaß miteinander gehabt. Das war alles!« Er hebt die Hand wie zu weiteren Erklärungen. »Politik ist nicht gerade mein Ding.«

»Was ist denn dein Ding?«

Er rasselt herunter: »Dealen, einen draufmachen und das Leben genießen, so lang man kann. Okay?«

Ich stehe auf und nehme meine Aktentasche: »Okay. Tschüss!«

8

In pecunia veritas.

Ich liebe Geld. Und zwar eine ganz besondere Spezies von Geld. Sammelt sich hauptsächlich bei denen an, wo es nichts zu suchen hat. Die tun immer so, als ob sie noch nie welches gesehen hätten, wenn ich bei ihnen auftauche und kassieren will. Aber letzten Endes krieg ich die Kohle doch. Oft mit Gewalt wie Clint Eastwood. Aber ich brauch nicht mal eine Magnum dazu. Die Gesetze sind meine Waffe.

Die Goldjungs haben kein Interesse daran, Saemi sofort zu verhören. Vielleicht am Donnerstag, hatte der Vizepolizeipräsident gemeint.

»Was ist mit diesem Benzinjungen?«, frage ich.

»Was meinst du?«

»Damit hat Saemi doch eventuell ein Alibi.«

Der Vize schaut Raggi forschend an.

»Er hat was davon gesagt, dass er im Westen an irgendeinem Bauernhof getankt hat«, sagt Raggi. »So gegen Abend. Hört sich alles ziemlich unglaubwürdig an.«

»Ich kann das natürlich selber checken, wenn ihr keine Zeit dazu habt.«

Das Gesicht vom Vize verdüstert sich noch mehr. »Du lässt die Finger von dem Fall!«, sagt er scharf. »Wir brauchen kcine Freizeit-Detektive, meine Gute!«

Meine Gute?!

Ich überlege gerade, ob ich mich über diesen Chauvinisten-Schnüffler hermachen soll, als Raggi mich am Arm packt und auf den Gang zieht.

»Du wirst dich später noch mal dafür bedanken«, meint er bloß.

Natürlich geht mich das nichts an, was die machen. Ich habe genug zu tun, um Kohle auf mein eigenes Konto zu scheffeln. Treibe alle möglichen Schulden ein; Wechsel, Pfandbriefe, Schecks und Kreditkartenrechnungen.

Man soll nicht meinen, ich betreibe Geldwäsche. Bei mir geht alles mit rechten Dingen zu. Nur Kauf und Verkauf. Manche kaufen Häuser, Autos, Diamanten. Allen möglichen Scheiß. Ich kaufe Schulden.

Alles in allem klappt das Eintreiben gut. Man darf eben einfach nicht nachgeben. Weder der großen Klappe noch dem Gejammer.

Unglaublich, was manche trotzdem versuchen. Als ob ich sie dazu genötigt hätte, ihren Namen zu schreiben! Ich überhöre schon lange ihr Genöle. Für mich ist das nur wie Mäusefiepsen am Vogelfelsen.

Das Leben der Schuldner geht mich nichts an. Diese Angeberschweine sind des Öfteren ganz schön erstaunt. Glauben, dass sie mit mir umgehen können wie mit jeder anderen Ehefrau. Aber sie lernen schnell.

Die, die sofort bezahlen, kommen am besten weg. Wenn sie unverschämt werden, ist Schluss mit lustig. Ich muss nicht warten. Sie besitzen immer irgendwelche Immobilien. Checke das immer, bevor ich kaufe. Irgendwas, das Geld bringt. Manche sind sogar Kultursnobs. Besitzen Malereien oder alte Schwarten. Pinseleien von irgendwelchen toten Heinis decken oft einen Wechsel oder sogar zwei.

Bei mir geht's aber auch immer schnell zur Sache: Krönchen auf den Tisch oder ich ziehe vor Gericht! Pfändung. Zwangsvollstreckung. Wenn sie sich dann immer noch anstellen, wird zwangsversteigert. So ist das Leben.

Mein Büro ist im Erdgeschoss. Ein unpersönliches Arbeitszimmer direkt unter dem Schlafzimmer. Ein großer Schreibtisch, ein paar Stühle, Aktenschrank an der Wand, Telefon auf dem Tisch, Computer und Drucker. Keine Fotos von Papa oder Mama. Nichts, was an etwas anderes als an die Arbeit erinnert. So will ich das haben.

Im Flur, neben der Eingangstür, ist ein Schild mit meinem Namen: Stella Blómkvist, Rechtsanwältin, zugelassen für das Oberste Gericht. Und ein anderes Schild, was genauso aussieht, hängt draußen am Haus.

Zuerst war ich nur mit Straftätern beschäftigt. Mit der Verteidigung von allen möglichen Kleinganoven. Besoffene Typen, die banale Beträge stahlen, sobald sie aus dem Knast raus waren. Gedopte Freaks, die lange Finger machten, um sich den nächsten Schuss zu finanzieren. Hab wahrscheinlich gedacht, ich würde gegen die Klauen des Unrechts kämpfen. Wenn nicht sogar die Welt retten.

Dann kam ich darauf, dass die Welt sich gar nicht retten lassen will. Da habe ich angefangen, an mich selber zu denken.

Niemand wird an Kleinkriminellen reich. Deshalb begann ich, Schulden zu kaufen. Zuerst nur ein paar. Dann mehr. Und noch mehr.

»Reich wird man nur, wenn man seine Hände in anderer Leute Taschen hat.«

Sagt Mama.

9

Ich habe zuerst gedacht, dass er ein Schuldner wäre. Der Typ, der mich am Mittwochabend angerufen hat. Er wollte seinen Namen nicht nennen. An der Stimme habe ich gemerkt, dass er etwas älter war. Würdig.

Er wollte mir einen Gefallen tun.

Was?!

Wenn gesetzte Herren einem einen Gefallen tun wollen, sollte man gut auf sein Portemonnaie aufpassen. Oder so irgendwie.

»Komm ins Büro«, sagte ich.

»Das wäre nicht – ähem – nicht so sinnvoll in der momentanen Lage.«

»Über Zahlungsvereinbarungen spreche ich nur in meinem Büro.«

»Du verstehst mich falsch, meine Liebe. Ich schulde dir nichts. Ich möchte dir nur bestimmte Informationen zukommen lassen. Dir helfen.«

»Ich brauche keine Hilfe.«

»Da hab ich aber was anderes gehört.«

»Wie bitte?«

»Mir wurde gesagt, dass es für deinen Mandanten im Moment ziemlich schlecht aussieht.«

»Welcher Mandant?«

»Entschuldige, wenn ich mich nicht deutlich genug ausgedrückt habe, aber ich meine natürlich deinen Mandanten in dieser – ähem – unschönen Sache in der Staatskanzlei.«

»Was weißt du darüber?«

»Sollen wir uns nicht jetzt gleich treffen und die Sache besprechen?«

Was denn sonst?!

Er gab mir genaue Erläuterungen, die ich befolgte. Deswegen sitze ich nun alleine in der Dunkelheit im kalten Auto in der nordwestlichen Ecke eines Parkhauses und verbringe meinen Abend damit, den Mond, die Schiffe im Hafen und den verdunkelten Tacho anzuglotzen.

Dieser dämliche Idiot lässt mich hier in der Kälte warten!

Ich habe mittlerweile das Gefühl, das das ein blöder Witz ist. Irgendein dummer Streich eines wütenden Schuldners oder eines enttäuschten Lovers.

Auf einmal öffnet sich die Beifahrertür, er setzt sich und schlägt die Tür zu.

Er trägt einen dicken Mantel. Hat eine Fellmütze auf und einen langen Schal um den Hals.

Ich versuche, das fleischige Gesicht im fahlen Mondschein besser zu erkennen. Die Augenbrauen sind schwarz und buschig. Die Nase groß und adlerähnlich.

Er kommt direkt zur Sache: »Die Leute machen sich Sorgen.«

»Wer macht sich heutzutage keine?«, stelle ich locker die Rückfrage.

»Also, hör zu. Die Polizei konzentriert sich auf den Geliebten des Mädchens. Auf diesen Saemi, deinen Mandanten. Die, die den Fall bearbeiten, halten das für einen einfachen Fall: Eifersucht, die zu dem Totschlag führte. Aber nicht alle sind dieser Meinung.«

»Warum nicht?«

»Du wirst es nicht glauben, aber die Geschichte ist viel

verworrener. Die Wurzeln dieses – ähem – dieses Vorfalles liegen viel tiefer. Wir haben Interesse daran, dass alles bis ins Detail untersucht wird. Du kannst davon ausgehen, dass solche Nachforschungen deinem Mandanten zugute kämen.«

»Wir? Wer ist wir?«

»In dieser Phase des Falles kann ich dir darüber nichts sagen, meine Liebe. Vielleicht später. Ich bin eigentlich auch nur eine Art – ähem – eine Art Gesandter.«

Er lacht leise.

»Wer bist du?«

Er verstummt bei der Frage und fummelt an seinem Schal herum.

»Wie heißt du?«

Keine Antwort.

»Wer hat dich geschickt?«

Er öffnet die zwei obersten Knöpfe seines Mantels, steckt eine behandschuhte Hand in die Innentasche, zieht ein weißes Kuvert hervor und gibt es mir.

»Meine Aufgabe ist es nur, dir diesen Brief zu überbringen«, sagt er. »Darin sind einige Hinweise, die deinem Mandanten nutzen könnten. Ich wurde mit diesem Brief geschickt, um dich zu überzeugen, dass das ernst gemeint ist. Das ist kein Scherz, meine Liebe. Es wird darauf vertraut, dass du Bewegung in die Sache bringst, zumal es für deinen Mandanten das Beste ist.«

»Es handelt sich wohl kaum um Sorge für Kleinkriminelle. Mir kommen die Tränen! Warum gehst du damit nicht gleich zu den Goldjungs?«

»Goldjungs?«

»Zur Kripo, Mann! Du solltst mit denen reden, die den Fall untersuchen, wenn du wichtige Informationen hast.«

»Ich habe momentan nicht mehr dazu zu sagen, meine Liebe«, sagt er und knöpft sich den Mantel zu. Dann öffnet er schnell die Tür, knallt sie hinter sich zu und verschwindet in der Dunkelheit.

Ich sitze allein und verlassen in meinem Auto.

Was für Angeber!

»Was soll eigentlich dieses dämliche Versteckspiel?«, rufe ich, schmeiße den Brief auf die Rückbank und mache mich an meiner Tür zu schaffen.

Als ich mich endlich aus dem Auto geschält habe und mich nach dem Gesandten umsehen kann, ist er schon in ein anderes Auto eingestiegen, das in nächster Nähe geparkt wurde. Er lässt den Motor an und schaltet das Licht ein, was mich einen Moment blendet.

»Na hör mal!«

Er antwortet mit Gasgeben.

Ich versuche, meine Augen auf das Nummernschild am Heck zu heften, als das Auto die Ausfahrt hinunterfährt, aber ich kann nur den ersten Buchstaben und die letzte Zahl erkennen. Springe dann wieder hinein ins Auto, grabsche mir die Aktentasche vom Rücksitz, öffne sie, nehme Blatt und Stift und schreibe die Nummer auf. Oder besser gesagt das, was ich von ihr gesehen habe.

Was für ein Auto war das eigentlich?

Ein mittelgroßer Personenwagen. So viel ist sicher. Ansonsten weiß ich nichts über Automarken. So was ist was für Papas Lieblingsjungen. Für mich sieht eine Blechdose wie die andere aus. Außer ein Benz.

Ich öffne den Umschlag erst, als ich nach Hause gekommen bin, im weichen Fernsehsessel sitze und zwei Schlucke aus meinem halb vollen Glas mit Jack Daniels aus Tennessee pur getrunken habe, um mich wieder aufzuwärmen.

Im Umschlag ist ein weißes Blatt Papier. Darauf einige maschinengeschriebene Zeilen:

»Hallas Mitarbeiter in leitenden Funktionen sind in den letzten Tagen hochgradig nervös. Was befürchten sie? Dass die Ermittlungen Hallas Geheimnisse ans Licht bringen. Zum Beispiel Informationen über Privatpartys, die sie für einflussreiche Politiker und Geschäftsleute gab und auf denen Kokain und Callgirls im Angebot waren. Ist es wahr, dass die Polizei in Hallas Wohnung Rauschgift gefunden hat, es aber geheim hält? Sowie ihre dubiosen Geschäfte mit dem Pornokönig der Innenstadt? Wusstest du, dass man in Hallas Wohnung eingebrochen und sie durchsucht hat, kurz nachdem sie umgebracht wurde? Wer steckt hinter der Tat? Wonach wurde gesucht? Warum wurde der Einbruch nicht öffentlich erwähnt?

Halla besaß eine blaue Tasche, die sie als »ihre Versicherung« bezeichnete. Wo ist sie? Beinhaltet sie Informationen, für die hochrangige Männer alles tun würden, damit sie geheim bleiben? Hat der Einbrecher vielleicht gerade diese Tasche gesucht? Oder ist sie eventuell in den Händen der Polizei, die dann auch diesen Aspekt des Falles verschweigt? Oder wurde sie aus Hallas Wohnung gestohlen? Einflussreiche Männer werden alles tun, was in ihrer Macht steht, um die Ermittlungen zu Gunsten deines Mandanten zu sabotieren. Willst du zulassen, dass es ihnen gelingt, ihn zum Sündenbock zu machen?«

Keine Unterschrift.

Ich trinke meinen Jack Schluck für Schluck aus, während ich den Brief noch einmal lese. Sehr genau. Wort für Wort.

Hochgestellte Männer. Kokain. Zuhälterei. Pornokönig. Einbruch. Blaue Tasche. Verborgenes Geheimnis.

Hmmm ... Interessante Mischung, die einem verschiedene Möglichkeiten bietet.

»Wasser wird nicht von selber trüb.«

Sagt Mama.

10

Drei von den Goldjungs versuchen, Saemis Widerstand zu brechen. Der Vizepolizeipräsident ist dabei der beste Vertreter seiner Zunft; ein großer, schlanker und gerissener Typ mittleren Alters, im Anzug, mit einer getupften Krawatte.

Wir sitzen an zwei Tischen in einem engen, fensterlosen Zimmer und hören Saemi zu, der die Geschichte seiner Reise immer aufs Neue wiederholen muss.

Die Goldjungs beachten ihn nicht weiter und geben ihr Bestes, um ihn dazu zu bringen, den Mord zu gestehen. Sie reiten immer wieder darauf herum:

»Wir wissen, dass du sie umgebracht hast.«

»Gib's doch endlich zu. Das ist das Beste für dich.«

»Du weißt doch, dass du bei einer Falschaussage eine noch härtere Strafe aufgebrummt kriegst.«

»Wie hast du sie umgebracht?«

»Was hast du mit der Mordwaffe getan?«

»Du glaubst doch nicht im Ernst, dass dir einer deine Märchen abkauft?«

»Hör doch auf mit dem Theater. Gesteh endlich.«

»Jetzt sag doch die Wahrheit. Du warst wütend. Eifersüchtig. Und deshalb hast du sie umgebracht.«

Aber Saemi lässt sich nicht kleinkriegen und beharrt weiter auf seiner Geschichte mit der Fahrt in den Westen zum Snaefellsnes. Und auf dem Treffen mit dem Benzinjungen. Da versuchen sie, seinen Bericht in Einzelteile zu zerlegen. Zumal ja vieles sehr vage erscheint. Saemi kann zum Beispiel den Benzinjungen nicht näher beschreiben und weiß nur noch, dass er rothaarig war. Die Goldjungs versuchen, diesen Schnitzer auszuschlachten.

»Du gibst vor, dass dieser Junge der Einzige ist, den du während deiner ganzen Fahrt gesehen hast, und trotzdem weißt du nicht mal, wie er aussieht?«, fragt der Vize. Seine Skepsis riecht man zehn Meilen gegen den Wind.

»Ziemlich unwahrscheinlich«, kommentiert Raggi.

»Ich war einfach mit was ganz anderem beschäftigt«, antwortet Saemi. »Außerdem konnte ich ja da noch nicht wissen, dass dieser Junge einmal sehr wichtig für mich sein würde. Er hat mir einfach nur das Auto vollgetankt.«

»Gib's doch zu, dass du ihn einfach nur erfunden hast, wie alles andere in deinem Abenteuer auch«, sagt der Vize.

Jetzt kann ich mich einfach nicht mehr länger zurückhalten.

»Ich gucke mir meine Tankwarte auch nicht besonders genau an«, sage ich. »Und ihr?«

Sie sehen etwas unentschlossen aus.

Dann sagt der Vize barsch: »Du hältst dich da raus!«

Ich schaue Raggi an: »Wann hast du das letzte Mal getankt? Wo? Wie sah der Tankwart aus?«

Raggi antwortet umgehend: »Vorigen Montagmorgen, gegen acht Uhr. Hier an der Tankstelle um die Ecke. Der Tankwart ist etwas älter, so um die fünfzig, das Haar wird langsam grau. Er hat ein schmales und wettergegerbtes Gesicht mit blauen Augen. Hat einen blauen Overall an. Willst du sonst noch was wissen?« Er grinst siegesgewiss.

Verdammt!

Ich hätte besser die Klappe gehalten.

Die Goldjungs amüsieren sich königlich, bis der Vize seine Lachmuskeln wieder im Griff hat.

»Kommen wir wieder zur Sache», sagt er.

Sie wenden sich wieder Saemi zu: »Warum ersparst du uns allen nicht Zeit und Mühe? Jetzt erzähl uns doch endlich, wie sich alles zugetragen hat!«

»Ich hab nichts mehr zu sagen«, antwortet Saemi sauer. Er hat die Nase voll von den Fragen. »Ich habe nichts erfunden. Und mir ist scheißegal, ob ihr mir glaubt oder nicht!«

Einen Moment lang herrscht Schweigen, währenddessen sie abwechselnd auf Saemi schauen oder einander Blicke zuwerfen.

Dann fragt Raggi auf einmal: »Erledigst du eigentlich immer noch die Drecksarbeit für Sigvaldi?«

Die Frage überrascht mich.

War Saemi im Dienst des Pornokönigs der Innenstadt, wie der Verfasser des namenlosen Briefes Porno-Valdi nannte? Im Dienste des Mannes, den viele für den einzig wahren Drahtzieher von Reykjavíks Unterwelt hielten?

»Ich habe zur Zeit keine feste Arbeit«, antwortet Saemi schlecht gelaunt.

»Wir wissen natürlich, dass du Arbeitslosengeld bekommst. Aber das reicht wohl kaum, um dich über Wasser zu halten?«, fragt Raggi.

»Ich lebe genau so auf Kosten des Staates wie ihr auch. Ja und?«

Der Vize lässt den Gefängniswärter kommen: »Nehmt ihn mit!«

Sie führen Saemi aus dem Zimmer und schließen die Türe hinter sich.

Da gehe ich zum Angriff über: »Was machen die Ermittlungen in Sachen Einbruch?«

Die Gesichter der Goldjungs bekommen den starren Ausdruck von Schaufensterpuppen.

»In Hallas Wohnung?«, frage ich weiter. »Ist der Fall gelöst?«

»Wovon redest du?«, fragt der Vize barsch.

»Du weißt doch ganz genau, wovon ich rede. Den Einbruch in Hallas Wohnung. Da wurde alles auf den Kopf gestellt, ist mir gesagt worden.«

Der Vorgesetzte wirft einen Blick auf Raggi, der den Kopf schüttelt und guckt dann wieder auf mich.

»Ich kann dir über den Fall keine Auskunft geben«, bemerkt er. »Und schließlich geht dich das ja auch nichts an.«

»Ach ja? Hat der Einbruch nichts mit dem Mordfall zu tun?«

»Ich sage dir nichts über den Fall. Nichts!«

Die Goldjungs schreiten wichtigtuerisch einer nach dem anderen aus dem Raum. Raggi geht zuletzt. In der Tür dreht er sich nach mir um: »Wo hast du das mit dem Einbruch her?«

»Ich hab meine Verbindungen.«

»Das hätte ich mir ja denken können.« Er kommt zurück ins Zimmer und bleibt an dem Tisch stehen, wo ich sitze. »Zwischen dem Mord und dem Einbruch muss ja nicht unbedingt ein Zusammenhang bestehen«, sagt er. »Solche Einbrüche kommen heutzutage oft vor.«

»Aber in der Wohnung war alles durchwühlt, nicht wahr? Als ob jemand nach einem bestimmten Gegenstand gesucht hätte?«

Raggi schweigt einen Moment. »Das war nicht besonders schlau, denen zu stecken, dass hier irgendwo im Amt eine undichte Stelle ist«, sagt er schließlich.

»Ist mir doch egal, ob die anfangen zu rotieren oder nicht.«

»Das könnte aber ziemlich unangenehm für mich werden.«

»Ich kann natürlich bezeugen, dass du nichts ausgequatscht hast.«

»Das bringt mir nur leider nichts.«

»Ihr betreibt ja wohl kaum Hexenverbrennungen hier?«

»Der Einbruch an sich ist kein Geheimnis. Wir haben das bloß noch nicht an die Öffentlichkeit gegeben.«

»Was hat der Dieb gesucht?«

»Weiß ich nicht. Wahrscheinlich Geld.«

»Vielleicht eine blaue Tasche?«

»Was?«

Raggis verwunderte Miene ist überzeugend. Vermutlich macht er mir nichts vor.

»Jedenfalls hat er kein Rauschgift gefunden«, erzähle ich locker weiter, als würde ich über das Wetter reden. »Ich habe gehört, dass ihr ja schon alles einkassiert habt.«

Raggi wird plötzlich blass. Dann wieder knallrot. »Hat Saemi dir von dem Stoff erzählt?, fragt er aufgebracht. »Hat er Halla etwas besorgt oder was?«

»Warum fragst du, wenn du es doch eh schon weißt?«, antworte ich und lächele.

»Wir kriegen ihn. Verlass dich drauf.«

»Ihr habt also tatsächlich Rauschgift gefunden?«

»Warum fragst du, wenn du es doch eh schon weißt?«, äfft Raggi mich nach. Er versucht zu lächeln, aber es gelingt ihm nicht besonders gut.

»Okay. Kann ich Hallas Wohnung sehen?«

»Das müssen andere entscheiden.«

»Ich stelle hiermit förmlich einen Antrag.«

»Ich werde diese Bitte weiterleiten.«

Wir gehen zusammen auf den Gang hinaus.

»Was hast du vorhin mit dieser blauen Tasche gemeint?«, fragt Raggi.

»Och, nichts Besonderes. War nur so aus der Luft gegriffen.«

»Ach ja?« Er scheint mir das nicht abzunehmen.

Als wir an die Eingangstür kommen, beginnt Raggi zu lachen: »Die Geschichte mit dem Tanken war wohl ein Schuss in den Ofen!«

Ich zucke nur mit den Schultern.

»Pech, dass du ausgerechnet an mich geraten bist«, setzt er fort. »Ich tanke nämlich immer an der gleichen Tankstelle.«

»Ach ja?«

»Bei meinem Schwager!«

Verdammte Cliquenwirtschaft!

Aber Raggis Gelächter war schon immer ansteckend. Wir gehen hinaus in Schnee und Kälte und kichern wie die Blöden.

11

Ich kann Versteckspiele einfach nicht ausstehen.

Dieser geheimnisvolle Bote macht mich wahnsinnig nervös. Er hat versucht, mich auszunutzen! So was kann man ungehobelten Kerlen mittleren Alters nicht durchgehen lassen. Dass ich versuche, sie auszunutzen, schon eher.

Zu guter Letzt beschließe ich, dass ich den Kerl finden muss.

Leichter gesagt als getan. Was weiß ich eigentlich über diesen Typ? So gut wie nichts. Die einzige Information, die ich über ihn in der Hand habe, sind Bruchstücke seines Autokennzeichens. Und damit ist ja noch nicht mal gesagt, dass er mit seinem eigenen Auto gekommen war. Aber das Kennzeichen ist trotzdem der einzige Anhaltspunkt.

Zum Glück habe ich einen weiter entfernten Cousin namens Sindri, der mir in solchen Fragen weiterhelfen kann. Er ist ein Computerfreak ersten Ranges. Er werkelt schon während seiner Arbeitszeit ständig an Computern herum, und wenn er damit fertig ist, zieht es ihn direkt nach Hause, wo er an seinen eigenen weiterbastelt. Hängt wie ein Besessener stundenlang im Internet in unglaublichem Glückseligkeitsrausch. Der Computer, sein Ein und Alles.

Ich erkläre ihm mein Problem: Ich muss den Besitzer eines Autos ausfindig machen und der einzige Anhaltspunkt, um ihn zu finden, sind die Buchstaben, die ich für einen Augenblick im dunklen Parkhaus gesehen hatte.

»Zeig mir doch mal, was ein Computer so alles kann«, sage ich und schenke ihm mein liebenswürdigstes Lächeln.

»Er macht genau das, was ich ihm befehle«, antwortet Sindri. »Das Problem ist natürlich, dass viel zu viele Nummern dabei herauskommen und damit die Liste viel zu lang wird.«

Ich schaue ihn mit dem Ausdruck tiefster Bewunderung an.

»Wenn du die Automarke wüsstest, wäre das ein Kinderspiel«, setzt er fort. Er schaut mich fragend an.

»Wie ich eben schon sagte, es war nur so ein normaler Personenwagen. Weder groß noch klein. Ein relativ neues Durchschnittsauto.«

»Das hilft uns aber nicht wirklich weiter«, sagt Sindri und schüttelt den Kopf. Aber einen Augenblick später fügt er hinzu: »Vielleicht lässt sich ja doch was machen. Wir können die Suche wenigstens etwas eingrenzen. Einige Autos, deren Nummern in Frage kommen, sind mit Sicherheit stillgelegt. Außerdem können wir die ältesten Autos weglassen, sagen wir sieben Jahre und älter?«

»Okay.«

»Busse, Lastwagen, Kurierfahrzeuge und Vans können wir auch vergessen. Vielleicht auch die allerkleinsten? Trabant und solche Miniwagen?« Wieder dieser fragende Blick.

»Das war jedenfalls kein billiger Kleinwagen, den Mutti zum Einkaufen nimmt«, sage ich und lächele wieder süß. »Die kenn ja sogar ich!«

Sindris Gesicht heitert sich auf.

»Ich werd mich mit dieser Sache mal genauer befassen und drucke dir dann eine Liste aus dem Kennzeichenregister aus«, sagt er.

»Danke, bist ein Schatz!«

»Aber du musst dich drauf einstellen, dass sie ziemlich lang wird.«

Ich lehne mich zu Sindri hinüber und küsse ihn auf die Backe.

»Hör mal, Schnuckelchen«, flüstere ich, »denk nur dran, dass in diesem Fall nicht die gute alte Regel, ›je länger, desto besser‹ gilt!«

Der Gute läuft tatsächlich rot an.

12

Bei mir beginnen die Wochenenden freitags.

Diesen ehemaligen Tag des Fastens und der Askese habe ich zum Tag des Magens und der Geschmacksnerven gemacht. Da veranstalte ich immer ein exquisites Festessen für mich selber.

An den meisten Wochentagen esse ich was Schnelles unterwegs, wie die meisten. Dieses übliche Fast-Food-Zeug. Aber nie an Freitagabenden. Da benutze ich die erlesene Ausstattung, die meine Küche zu bieten hat. Werde zum Chef de Cuisine. Genieße das Kochen, Essen und Trinken.

Heute Abend habe ich Lust auf was Spanisches. Gambas el Jerez. Filete Empanado. Vina pomal. Sorbete de Champán. Licor 43 zum Kaffee. Der pure Genuss!

Ich vergesse alle Sorgen des täglichen Lebens für ein paar Stunden. Spät am Abend liege ich dann im Wohnzimmer entspannt im weichen Sofa, mit dem Likörglas zwischen den Brüsten und den Füßen auf der Sofalehne. Ein liebliches Wohlgefühl breitet sich im ganzen Körper aus.

Ich habe bis jetzt noch gar nicht ernsthaft darüber nachgedacht, wie der Mordfall aussähe, wenn Saemis Aussage tatsächlich stimmen würde.

Irgendwer hatte Halla ins Jenseits befördert. Da gibt's nichts dran zu rütteln. Wenn es nicht Saemi war – dann jemand anderes.

In den Medien wurde weiter so getan, als wäre es nur eine Frage der Zeit, bis Saemi gestehen würde. Trotzdem habe ich alle Redaktionen von Fernsehsendern und diversen Zeitungen angerufen und denen deutlich zu verstehen gegeben, dass er alle Beschuldigungen von sich weist.

Aber wenn Saemi wirklich unschuldig wäre? Dann würden die Verbindungen zu den Mitarbeitern gecheckt. Zu den Herren und Knechten. Aber selbstverständlich zuerst zu den Knechten! Die Herren sorgen für sich und die Ihren. Die halten zusammen und bringen rechtzeitig ihre Schäfchen ins Trockene.

Ich recke mich zu der Aktenmappe hinüber, in der ich noch die Fotos verwahrt habe. Schaue mir Halla in der Blüte ihres Lebens an. Hat sie wirklich zu Orgien eingeladen? Hat sie gedealt? Gab sie Drogenpartys für die oberen Zehntausend?

War das das furchtbare Geheimnis, das die Großen der Republik rotieren ließ?

Nichts ist unmöglich.

Halla war schön und antörnend, sogar auf einem Foto. Alle sagten übereinstimmend aus, dass sie die Jungs an sich zog wie ein Magnet. Und dass sie diese Gabe zu nutzen wusste, um Karriere zu machen. Intelligent und schlau.

Intelligent?

Was hätte ein intelligentes Mädchen gemacht, das bis zum Hals in dubiose Machenschaften verwickelt war? Ihre Geheimnisse gut abgesichert, oder?

Na klar.

Aber wie? Sie versteckt?

Kaum.

Vielleicht hat sie jemanden gebeten, die Geheimnisse für sie aufzubewahren? Vielleicht einen Kollegen?

Schon wahrscheinlicher.

Und die blaue Tasche? Ob es sie wirklich gibt? Ob sich

in ihr die heimlichen Informationen befinden, wie in dem Brief des geheimnisvollen Boten angedeutet wurde?

Und wenn dem so wäre, bei wem würde sie sich jetzt befinden? Bei einem Freund oder einer Freundin? Beim Einbrecher? Vielleicht sogar bei den Goldjungs?

Fragen über Fragen!

Und keine Antworten.

Ich gieße mir wieder ein Glas ein. Öffne ein paar kneifende Knöpfe an meinen Klamotten. Vielleicht schaffen es die Goldjungs ja mal an einem der nächsten Tage, diesen Benzinjungen ausfindig zu machen. Und wenn es ihn wirklich gibt? Dann wäre das zweifellos der erste Schritt, um Saemis Unschuld zu beweisen. Ansonsten säße er weiterhin in der Patsche.

Saemi. Sexy Saemi.

Seeexyyy!

Ungewöhnlicher Beiname, der diverse Assoziationen hervorruft. Vielleicht sollte man mal abchecken, was da dran ist – oder auch nicht.

Später.

Jetzt gibt es jedenfalls nicht viele Alternativen. Aber dann muss man sich mit dem begnügen, was am Nächsten liegt und nicht über das nachdenken, was man doch nicht kriegen kann.

»Es ist so gut, praktisch veranlagt zu sein.«

Sagt Mama.

13

»Ich hab sie in zwei Listen eingeteilt«, erklärt mir Sindri.

»Aha.«

»Hier, auf der einen, sind alle Kennzeichen aufgelistet, die in Frage kommen und bei denen die Wagenhalter Herren über Vierzig sind. Wenn du Glück hast, ist einer von denen dein Mann.«

»Wie viele sind es?«

»Ich habe 98 Namen.«

»Und wenn ich Pech habe?«

»Dann hat der Mann ein Auto gefahren, das auf den Namen eines anderen Familienmitgliedes zugelassen ist, zum Beispiel auf die Ehefrau oder ein Kind. Die sind auf der anderen Liste erfasst. Da habe ich noch zusätzlich 214 Namen.«

Er schaut von seinen Computerausdrucken auf: »Du könntest unter Umständen auch richtig Pech haben. Wenn er das Auto von einem Freund oder Bekannten geliehen hat, ist seine Adresse auf diesen Listen nicht erfasst.«

»Du bist aber verdammt aufmunternd«, antworte ich.

»Es ist immer am besten, gleich von Anfang an alle Möglichkeiten in Betracht zu ziehen, die sich einem bei so einer Sache bieten«, sagt er und lächelt verlegen.

Er gibt mir die Listen. Da sind Kennzeichen, Marken und Jahrgang der Autos vermerkt. Und auch die Namen der Besitzer samt Personennummern und Adressen.

So Stella, sei artig und bedank dich!

»Du bist ein Prachtkerl, Sindri. Mit dieser Waffe werde ich den Knaben schon zur Strecke bringen!«

Er zeigt mir seine Freude mit einem schüchternen Lächeln.

312 Namen. Ein Idiotenjob, den geheimnisvollen Boten aufzutreiben.

Ist es das wert?

Natürlich nicht.

Aber er wollte anonym bleiben. Das ist für mich Grund genug, um ihm Benehmen beizubringen.

Leider gibt es nur einen Weg, ihn zu finden: Klinken putzen.

Einfach anklopfen und nach dem Hausherren fragen. Und dann von Tür zu Tür ziehen, bis der Geheimnisvolle vor einem steht. Das ist der einzige Weg.

312 Häuser. Ohne Erfolg, wenn ich totales Pech hätte.

Vielleicht habe ich ihn schon nach dreißig oder vierzig Besuchen gefunden?

Ich muss mir ein Anliegen einfallen lassen. Irgendwas Gewöhnliches, auf das alle anspringen.

Natürlich! Eine Meinungsumfrage!

Aber zu welchem Thema? Was passt am besten zu diesem Hornochsen? Hundehaltung?

Nein, Schweinehaltung ist zehnmal besser!

Hey, das ist doch genial!

Bist du für oder gegen Schweinehaltung in der Stadt? Wart's ab, ich zahl's dir heim!

14

Ein Staubsauger?

Ja, auf vollen Touren.

In einem unbewohnten Haus?

Raggi bleibt in der halb geöffneten Haustüre mit dem Schlüssel in der Hand stehen, schiebt dann aber die Tür ganz auf und geht hinein.

Ich komme ihm nach. Glaube nicht an Gespenster. Jedenfalls nicht am helllichten Tag. Halla hat in einem zweigeschossigen Reihenhaus gewohnt. Mit rotem Holz verkleidet und weißen Fensterrahmen. Spitzer Dachstuhl. Wir gehen dem Geräusch nach und kommen in ein Wohnzimmer, das aussieht, als wäre es direkt einer Einrichtungszeitschrift entnommen. Glas, Chrom und helle Farben. Eingerahmte Plakate an den Wänden. Eine Stereoanlage vom Feinsten. Ein riesengroßer Fernseher.

»Hallo«, ruft Raggi.

Sie schaut vom Staubsauger auf und starrt uns an. Klein, dunkelblond und mit Kurzhaarschnitt. Sieht wahnsinnig fit aus.

Mit dem rechten Fuß würgt sie den Staubsauger ab und fragt: »Seid ihr von den Bullen?«

Sie hat eine tiefe Stimme. Fast männlich.

»Wer bist du?«, fragt Raggi.

»Lilja.«

»Lilja?«

»Ja, Lilja Rós.«

»Wie bist du hier reingekommen?«

»Durch die Tür natürlich«, antwortet sie schnippisch.

Raggi ist aus alter Gewohnheit geduldig. »Die Eingangstür war abgeschlossen«, sagt er.

»Ich habe einen Schlüssel.«

»Wer hat ihn dir gegeben?«

»Halla natürlich. Wer sonst?«

»Was machst du hier?«

»Ich staubsauge gerade.«

Raggi stöhnt.

Lilja Rós geht zum Angriff über: »Das war ja wohl notwendig, hier mal gründlich aufzuräumen. Ihr habt ja die Wohnung hinterlassen wie ein Schlachtfeld!«

Raggi schaut sich um. Ich folge seinen Augen. Das Wohnzimmer ist sauber und ordentlich. Alles an seinem Platz wie auf einer Einrichtungsausstellung.

»Ja, du hast ja wirklich gründlich aufgeräumt«, sagt Raggi.

»Ihr seid ja auch keine gewöhnlichen Schmutzfinken.«

»Hast du eine Genehmigung eingeholt?«

»Von wem sollte ich mir eine Genehmigung holen?«

»Während einer laufenden Ermittlung ist es nicht gestattet, dass Unbefugte die Wohnung betreten.«

»Du bist doch selber ein Unbefugter«, antwortet Lilja Rós. »Ich wohne immer hier, wenn ich in der Stadt bin.« Sie tritt mit dem linken Fuß auf den Staubsauger. »Und ich sehe überhaupt nicht ein, dass ich auf einer Müllkippe hausen soll!«

Der Staubsauger heult wieder los.

»Machst du jetzt mal das Ding aus«, fordert Raggi sie auf.

Als Lilja Rós einfach weiter den Teppich mit dem Staubsauger traktiert, geht er zu ihr hin und macht das Gerät selber aus.

»Wann bist du hergekommen?«, fragt er dann ruhig.

»Gestern Abend.«

»Von wo?«

»Aus dem Norden natürlich.«

»Wohnst du da?«

»Ja, ich bin sofort in die Stadt geflogen, nachdem ich mit meinem Unterricht fertig war.«

»Also bist du Lehrerin im Norden?«

»Ja, ich bin Sportlehrerin in Blönduós.«

»Und du wohnst hier, wenn du in der Stadt bist?«

»Das hab ich dir doch eben schon gesagt.«

»Kannst du mir einen Ausweis zeigen?«

»Warum?«

»Wärst du bitte so nett?«

Lilja Rós stöhnt genervt, holt aber dann ein kleines rotes Portemonnaie. Raggi schaut sich den Führerschein eingehend an.

»Kann jemand deine Geschichte bestätigen?«, fragt er nach einer Weile. »Also, ich meine, dass du das Recht hast, dich hier aufzuhalten?«

»Glaubst du mir nicht?«

Raggi antwortet nicht, sondern schaut sie nur fragend an.

»Viele im Norden wissen davon«, antwortet sie schließlich. »Zum Beispiel der Rektor meiner Schule.«

Raggi notiert sich Namen und Telefonnummer. »Sei so nett und setz dich einen Moment. Ich muss das überprüfen.« Er geht raus auf den Flur.

Lilja Rós setzt sich unlustig in einen Sessel, der neben einem kleinen, mit Intarsienarbeiten verzierten Tisch steht. Mit ihren Blicken folgt sie Raggi.

Jetzt bin ich dran.

Ich nehme ihr gegenüber auf dem Sofa Platz und lächele.

»Nimm's locker. Raggi frisst keinen.«

Lilja Rós schaut mich an. Die Kälte des Nordens spricht immer noch aus ihren hellblauen Augen.

»Bist du auch bei der Polizei?«

»Nein.«

Sie wartet auf eine weitere Erklärung von mir.

»Ich bin Anwältin.«

»Was machst du hier?«

»Sehen, wie Halla gewohnt hat.«

»Warum?«

»Das komplettiert das Bild.«

Sie lehnt sich im Sessel nach vorne.

»Hauptsache, dieser Unmensch kommt nicht davon«, sagt sie bedrückt.

Ich verkneife mir eine Antwort.

»Ich habe Halla vor ihm gewarnt«, erzählt sie weiter. »Immer und immer wieder. Aber sie hat nur darüber gelacht.«

»Vor wem hast du sie gewarnt?«

Sie guckt mich verwundert an. »Na, vor Saemi natürlich!«

Reggi steht immer noch auf dem Flur mit dem Hörer am Ohr.

»Das kann doch kein anderer gewesen sein«, setzt sie fort.

»Er streitet es aber ab.«

Lilja Rós springt auf: »Ihr glaubt doch wohl nicht alles, was er sagt?«

»Wenn er schuldig ist, wird er zweifelsohne auch verurteilt.«

Raggi erscheint wieder. »Alles in Ordnung, meine Gute, du kannst hier bleiben«, sagt Raggi.

Lilja Rós tut, als ob sie nicht hört, was er sagt. »Ist es gar nicht sicher, ob Saemi der Mörder ist?«, fragt sie aufgebracht.

»Ich habe da keine Zweifel«, antwortet Raggi. »Obwohl er immer noch abstreitet, die Tat begangen zu haben.«

»Natürlich streitet er es ab. Der Typ ist ein Ungeheuer, der lügt wie gedruckt!«

Mir reicht's.

»Wolln wir uns jetzt nicht mal die Bude angucken?«, frage ich und stehe auf.

Aber Lilja Rós bohrt halsstarrig weiter. »Sie scheint mir aber nicht so sicher zu sein wie du«, sagt sie und nickt in meine Richtung.

Raggi beginnt zu lachen. »Natürlich nicht, sie wird ja auch dafür bezahlt!«, antwortet er.

»Danke, Herzchen«, sage ich.

»Wie meinst du das?«, fragt Lilja Rós.

Raggi scheint erstaunt: »Nanu, hat sie dir das nicht gesagt?«

»Was?«

»Dass sie Saemis Verteidigerin ist?«

Lilja Rós schaut mich angriffslustig an, als sei ich eine Spinne, die ihr die Nase heraufkrabbelt: »Du verteidigst diese Bestie auch noch?«

»Er hat die gleichen Rechte wie jeder andere auch«, antworte ich und zucke gleichgültig mit den Achseln.

»Schämst du dich nicht?«

»Wer weiß, vielleicht ist er ja unschuldig?«

Sie schaut mich einen Moment schweigend an. Es hat ihr die Sprache verschlagen. Geht dann wieder zum Staubsauger, macht ihn an und beschäftigt sich eingehend mit dem Teppich.

Raggi winkt mich zu sich und grinst.

»Wer Judas zum Freund hat, braucht keine Feinde mehr.«

Sagt Mama.

15

Im ersten Stock befinden sich drei Zimmer.

Oh, là, là!

Ein Schlafzimmer ganz in Rosa. Ein Liebesnest ganz wie in einem romantischen Albtraum. Rosane Wände. Rosanes Bettzeug. Rosaner Überwurf mit Rüschen auf einem breiten Himmelbett.

Und weiß.

Ein weißer Schrank und Schminktisch. Ein weißer, daunenweicher Teppich auf dem Fußboden. Dicke weiße Gardinen, um die aufdringlichen Blicke neugieriger Augen abzuhalten.

Unglaublich.

Liebe in Technicolor-Farben wie in den schnulzigen Streifen, die im alten Cinemascope gezeigt wurden. Als Mama vor Rührung im Kino geweint hat.

Nur die Spiegel passen nicht dazu.

Menschengroße Spiegel an den Wänden, um zwei Seiten des Bettes zu spiegeln. Die gab es in den alten Schnulzfilmen nie.

Nebenan ist ein zweites Schlafzimmer.

Das totale Gegenteil.

Ein altes Ehebett mit Holzrahmen. Zwei Matratzen. Weiße Bettbezüge. Eine blaue Wolldecke. Hell gestrichene Wände. Blauer Teppich mit kleinen weißen Sternchen.

Das dritte Zimmer im oberen Stock ist eine Art Arbeitszimmer. Hier sieht es aus, als hätte eine Bombe eingeschlagen. Zeitungen, Bücher und Papiere überall. Auf dem Fußboden und auf dem Schreibtisch, der unter dem Fenster steht. Sogar auf dem Bildschirm vom Computer, dem Drucker und dem Modem. In den hohen Bücherregalen, die zwei Wände bedecken, liegen die Bücher herum, als habe man sie in Eile einfach dort hineingeworfen.

Ich bemerke Lilja Rós erst, als ich ihre Stimme hinter mir höre.

»Hier muss ich erst noch aufräumen«, sagt sie.

»Darauf wär ich im Leben nicht gekommen.«

Lilja Rós tut so, als hätte sie meine Bemerkung nicht gehört.

»Halla war immer so ordentlich«, erklärt sie. »Als ich zuletzt hier zu Besuch war, stand noch alles in Reih und Glied.«

»Als wir hier zum ersten Mal hereinkamen, sah es genauso aus wie jetzt«, berichtet Raggi. »Hatten noch andere Personen außer dir und Halla einen Schlüssel zur Wohnung?«

Lilja Rós lässt sich die Frage durch den Kopf gehen.

»Nicht, dass ich wüsste«, antwortet sie schließlich. »Aber Halla hätte natürlich jemandem den Haustürschlüssel geben können, ohne mir etwas davon zu sagen.«

»Saemi zum Beispiel?«

»Das wäre möglich.«

»Hatte Halla nicht ihre Schlüssel dabei, als sie zur Arbeit ging?«, frage ich.

»In ihrer Tasche, die man in ihrem Büro in der Staatskanzlei gefunden hat, war ein Schlüsselbund«, antwortet Raggi.

»Und?«

»Daran befand sich der Schlüssel für die Eingangstür hier. So sind wir hier reingekommen. Ich bin jetzt auch mit Hallas Schlüssel hier.« Raggi streicht sich über seine Glatze. »Aber irgendwer war vor unseren Männern hier drin, so viel ist sicher. Trotzdem gab es keine Spuren eines Einbruchs.«

»Der Einbrecher muss also einen Schlüssel gehabt haben?«

»Vielleicht«, antwortet Raggi und wendet sich wieder Lilja Rós zu. »Du könntest uns eine große Hilfe sein«, erklärt er ihr. »Wir haben versucht herauszufinden, ob etwas gestohlen wurde. Wir sind aber nicht weit gekommen, da wir keinen Bekannten von Halla dabeihatten, der uns hätte helfen können. Da könnten wir dich gebrauchen.«

»Halla hatte grundsätzlich immer wenig Bargeld im Haus«, sagt Lilja Rós. »Der Computer ist der teuerste Gegenstand im Arbeitszimmer und er ist immer noch da. Und die Stereoanlage ist auch noch an ihrem Platz.«

»Was beweist, dass das kein normaler Einbruch war«, werfe ich ein und betrachte das Arbeitszimmer genauer.

An der Wand gegenüber des Schreibtisches hängt ein großes, eingerahmtes Farbfoto.

Darauf ist ein unterirdischer See zu sehen, auf dem Leute in einem kleinen Boot herumfahren. Das Wasser ist tiefblau. Unter dem Foto steht: Grotta azzurra.

»Wo wurde dieses Foto gemacht?«, frage ich.

»Auf Capri«, antwortet Lilja Rós. »Das ist die blaue Grotte. Wir sind da vor einigen Jahren mal hingefahren.«

Raggi hat einen Entschluss gefasst. »Ich möchte einen Mitarbeiter kommen lassen, der dir helfen soll, hier Ordnung reinzukriegen. Dann wird es auch einfacher zu sehen, ob etwas Wichtiges verschwunden ist.«

Er kramt das Telefon unter dem Zeitungsstapel auf dem Schreibtisch heraus und telefoniert. In der Zwischenzeit gehe ich an die Regale und greife mir hier und da ein Buch heraus. Es gibt Krimis, Liebesromane, Reiseführer und Abenteuer aus fernen Ländern.

»Halla stand wohl nicht so auf Weltliteratur?«

»Sie hat die meisten dieser Bücher geerbt«, antwortet Lilja Rós. »Eigentlich fand sie die gar nicht so toll.«

»Und was ist mit dem Computer?«

»Sie hat viel mit ihm geschrieben. Briefe und Protokolle und anderes in dieser Art. Sie musste oft noch zu Hause weiterarbeiten. Außerdem war sie über ihren Computer mit ihrem Büro verbunden. Und eigentlich auch mit Leuten überall. Wegen ihrer Arbeit, verstehst du?«

Raggi legt auf. »Wir warten einen Moment. Einer unserer Männer wird gleich hier sein, der mit dir die Sachen durchgeht. Er schreibt all das auf, von dem du meinst, dass es fehlt.«

Ich gehe zum Schreibtisch und öffne die oberste Schublade.

»Lass die Finger davon, Stella«, sagt Raggi.

Ich schließe die Schublade wieder. Ein Versuch war's wert.

Als es an der Türe klingelt, geht Raggi runter und öffnet dem Goldjungen.

Ich nutze die Gelegenheit: »Ungewöhnlicher Einbruch, findest du nicht?«

»Was meinst du damit?«

»Da steht eine teure Stereoanlage im Wohnzimmer. Ein scheißteurer Fernseher. Ein genau so teurer Computer hier oben. Genau das, worauf es gewöhnliche Diebe am meisten abgesehen haben. Aber nichts davon wurde gestohlen. Findest du das nicht merkwürdig?«

»Ich weiß nicht ...«

»Die müssen doch etwas Bestimmtes gesucht haben, nicht wahr?«

»Ich hab wirklich keine Ahnung«, antwortet Lilja Rós und schaut mich mit unstetem Blick an.

»Vielleicht eine blaue Tasche?«

Sie erstarrt zur Salzsäule und erbleicht. Schaut mich schweigend an, bis sie die Stille nicht mehr länger erträgt. »Was weißt du von einer blauen Tasche?«, flüstert sie.

»Das wollte ich eigentlich dich fragen.«

»Ich weiß nichts«, murmelt sie und schaut weg.

Raggi kommt in die Tür, stellt seinem Kollegen Lilja Rós vor und geht dann wieder die Treppe runter.

»Komm, Stella, die Besuchszeit ist vorbei!«, ruft er mir zu.

»Wir sehn uns bald wieder«, sage ich. Lilja Rós antwortet nicht und vermeidet es, mir in die Augen zu sehen.

16

Jackie Daniels hinterlässt immer so ein wunderbares Gefühl im Hals.

Wenn ich drei Doppelte getrunken habe, geht's mir halbwegs erträglich nach der Schwerstarbeit des Tages. Vergesse die gepeinigten Füße und den Rücken. Lasse mich von der erotischen Wummermusik einlullen.

Im Eldóradó gibt es zwei große Säle und einige kleinere Zimmer. Der eine große Saal ist zum Saufen und Tanzen, der andere zum Saufen und Glotzen. Die kleinen Zimmer sind sowohl zum Saufen und Glotzen, als auch dazu da, um über anderweitige Befriedigung als die der Augen zu verhandeln.

Ich habe mir einen abgelegeneren Platz ausgesucht. Die Bar befindet sich links, die kleine Bühne rechts von mir und eine von Regenbogenfarben beleuchtete Menge vor mir auf der Tanzfläche. Genau der richtige Platz, um Bacchus im Schnelldurchlauf durch den Körper zu jagen. Sammle Kräfte für die Nacht. Lebe wieder neu auf.

Was für ein Tag!

Ich habe mehr als siebzig Namen auf Sindris Liste durchgestrichen. Bin die Straßen abgelaufen. Habe geklingelt, gelächelt, gelabert.

Ohne Erfolg.

Bei acht Adressen war keiner zu Hause. Wird mich morgen einen weiteren Besuch kosten. Wenn ich denn Lust habe, diesen dämlichen Idiotenjob weiterzumachen. Was zum Teufel geht es mich an, wer mir diesen Zettelheini geschickt hat?

Ahhh!

Wie schön Jackie den Körper reinigt! Schleckt mit brennender Zunge die Nerven. Ich schließe die Augen und fühle, wie das Feuer durch die Adern fließt. Bis in die Fingerspitzen und in die Zehen. In die Brust. Und den Bauch.

Ahhh!

Jemand tippt mir auf die Schulter. Zweimal. Reißt mich aus Bacchus' sinnlicher Umarmung.

Ich öffne träge die Augen.

Ein junger Kerl guckt von oben auf mich herunter. Er ist gut angezogen und Sonnenbank gebräunt.

Leckerchen! Scheint brauchbar zu sein!

»Bist du Stella Blómkvist?«, fragt er. »Die Rechtsanwältin?«

»Und wenn?«

»Sigvaldi will mit dir reden.«

Ich stehe auf und folge dem Kerl durch die Menschenmenge auf dem Tanzboden in den Spiegelsaal. Dort wackeln einige Mädels mit den Hintern, ziehen sich aus und schlenkern ihre Busen vor verschwitzten, kurzatmigen Männern, die ihnen mit Geldscheinen zuwinken.

Porno-Valdi sitzt in einem Chefsessel mit hoher Lehne in einem großen Büro, das sich neben einer Bar befindet. Er hat einen schwarzen Anzug und ein schwarzes Hemd an und guckt sich im Fernsehen die Strip-Show eines Mädchens auf Video an. Ich begutachte schweigend das dunkle, glänzende Haar und den Drei-Tage-Bart.

Plötzlich dreht er sich im Sessel zu mir hin, legt die Hände auf den Tisch und starrt mich mit stechendem Blick an. Lächelt dann ganz plötzlich, aber auch nur mit dem Mund. Er hat Ähnlichkeit mit einem Raubtier.

»Was darf ich dir anbieten?«, fragt er.

Ich schaue von ihm auf das Standbild auf dem Bildschirm. Das Mädchen ist gerade dabei, den rosanen Slip auszuziehen. Schaue ihm dann wieder in die schwarzen Augen: »Ich steh eigentlich mehr auf Schwänze.«

Er stellt das Videogerät aus, lässt sich zurück in seinen Sessel fallen und lacht laut auf. Die schwarzen Brusthaare springen aus dem offenen Ausschnitt.

Njamm njamm ... Verlockendes Raubtier.

Sigvaldi wurde zuerst berühmt für den Import von Mädchen. Sie kamen massenweise ins Land, um sich in diesem erotischen Etablissement zu verdingen. Dann begann der Dorfklatsch zu blühen und Sigvaldi wurde auch noch berühmt-berüchtigt für alles andere, was ihm bisher noch niemand hat nachweisen können.

»Was willst du trinken?«

»Jack Daniels.«

Er gibt dem jungen Kerl ein Zeichen. Der verschwindet durch die Tür und kommt einen Moment später mit einer Flasche und zwei Gläsern wieder.

»Prost«, sagt Sigvaldi.

Ich lasse Jackie einen Moment die Zunge umschmeicheln, bevor ich ihn den Hals herunterrinnen lasse.

Ahhh!

Schaue dann wieder in die dunklen Augen: »Macht es dir wirklich Spaß, so eine Mösenbar zu besitzen?«

Er lacht nicht. Guckt mich stattdessen unbewegt an.

»Was wird aus Saemi?« Seine Frage unterbricht die minutenlange Stille.

»Hast du Interesse an ihm?«

»Haben die irgendwelche Beweise?«

»Erzähl mir zuerst, warum du Interesse an Saemi hast. Arbeitet er für dich?«

»Saemi ist ein alter Freund«, antwortet er schließlich. »Wir kennen uns schon seit der Grundschule.«

»Mir wurde gesagt, dass er für dich arbeitet.«

»Das kommt schon mal vor. Ich kann mich auf Saemi immer verlassen, wenn es darum geht, einen Gefallen sorgfältig zu erledigen.«

»Er könnte jetzt einen Gegengefallen gut gebrauchen.«

»Also haben sie Beweise?«

»Nicht direkt.«

»Was heißt das?«

»Sie haben keine Zeugen, um zu beweisen, dass Saemi an dem Abend am Tatort war. Die Mordwaffe haben sie auch noch nicht gefunden.«

»Aber?«

»Saemi hat kein Alibi. Er hat sich an diesem Tag mit Halla gestritten. Ziemlich heftig sogar. Viele haben gehört, dass er ihr alles Übel der Welt angedroht hat.«

»Ich hatte ihn gewarnt.«

»Vor wem?«

»Vor Halla natürlich.«

»Gab es einen Grund dazu?«

Die schwarzen Augen glühen vor Wut. Oder Hass: »Sie war ein Menschenfresser.«

»Du hast sie also gekannt?«

»Ja, und sie mich auch«, antwortet er und lächelt kurz.

Ja, ein verlockendes, aber gefährliches Raubtier.

Ich gucke Sigvaldi fragend an. Aber er will nicht weiter über Halla reden. Nur über Saemi. »Es ist unglaublich, was Eifersucht selbst mit den gerissensten Männern macht«, sagt er. »Ich will Saemi helfen, so gut es möglich ist. Wenn es eine Frage des Geldes ist, lass es mich wissen. Ich kümmere mich darum. Okay?«

»Es geht nicht um Geld.«

»Gaui!« Er guckt zum jungen Mann hinüber. »Sorg dafür, dass Stella heute Abend hier alles bekommt, was sie möchte!«

Als ich schon an der Tür bin, fängt er plötzlich an zu lachen.

»Mösenbar! Verdammt treffendes Schlagwort! Vielleicht sollte ich es in einer Anzeige verwenden?«

»Dann schick ich dir 'ne Rechnung für's Copyright!«

Er lacht wieder, nimmt dann die Fernbedienung vom Tisch und lässt das Video weiterlaufen.

Der junge Kerl begleitet mich an meinen Platz zurück. Redet dann mit dem Barkeeper, der mit einem vollen Glas an meinen Tisch kommt.

Kurze Zeit später hört man lauten Trommelwirbel, der DJ brüllt eine Ansage ins Mikro, und die Kerle im Saal klatschen wild.

Ich öffne die Augen wieder und bin leicht genervt. Will am liebsten meine Ruhe haben. Aber es ist Showtime.

Ein kleines aufblasbares Plantschbecken wurde auf der Bühne aufgestellt. Ein paar kräftige Kerle schütten weißes Matschzeug aus Plastikeimern ins Becken.

Die Typen im Saal klatschen und rufen, als zwei Mädchen mit Minitangas die Bühne betreten. Sie tragen dünne T-Shirts mit blauer Aufschrift: »Milch ist gesund.« Die Joghurtschlacht kann beginnen.

Die beiden Mädchen sind noch Teenager. Sie stehen verlegen im starken Scheinwerferlicht. Die eine ist blond, die andere ist dunkelhaarig.

Schließlich steigen sie vorsichtig ins Plantschbecken. Die Joghurtfüllung reicht ihnen bis zur Mitte der Waden. Sie beobachten sich gegenseitig.

Die Rufe im Saal werden lauter. Die Mädchen werden zu Taten angefeuert. Sie fangen an, sich zu schubsen und halten einander an den Armen fest. Ehe man es sich versieht, hat die Schlacht richtig begonnen. Die beiden ringen miteinander in der Mitte des Beckens, wälzen sich in der weißen Schmiere und versuchen, einander unterzutauchen. Jedes Mal, wenn die Positionen wechseln, wird das Gegröle im Saal lauter. Die dünnen Hemdchen reißen. Die feuchten Brüste hüpfen. Die Kerle an der Bühne kriegen einen Steifen.

Schließlich kann die Dunkelhaarige die Blonde außer Gefecht setzen. Sie hält sie an einem Bein und um den Hals fest, hebt sie hoch und lässt sie dann in den Joghurt fallen, sodass er weit auf die Bühne spritzt. Steht dann siegesgewiss in der Mitte des Bassins und hält den Bikinislip mit einer Hand hoch.

Sie hat gewonnen.

Die Blondine steht langsam auf und wischt sich das Zeug aus dem Gesicht. Das Hemdchen ist zerfetzt und der Tanga verschwunden.

Die Schamhaare sind schwarz.

Was sonst! Nichts ist das, was es zu sein scheint.

Die Pseudoblondine verschwindet heulend aus dem Blickfeld, während die Siegerin mit ausgestreckten Armen auf und ab geht. Wird mit Klatschen, Rufen und Schreien gefeiert. Auf einmal springen zwei betrunkene Typen auf die Bühne zur Siegerin, knien vor ihr nieder und lecken ihr Joghurtflecken von den Oberschenkeln.

»Schmeckt der Joghurt nach Fotze?«, schreit ein Typ, der

mit einem leeren Glas in der Hand direkt an der Bühne steht.

Wahnsinnig witzig.

Der Lärm im Saal steigert sich noch, wird dann aber zu Hohngelächter, als das Mädchen den Rückzug von der Bühne antritt.

Irgendwie kommt mir der Typ von hinten so bekannt vor. Als das Mädchen hinter die Kulissen verschwunden ist, dreht er sich um und geht zur Bar.

Haukur.

Er besorgt einige Gläser mit doppeltem Ginger-Wodka.

»So was aber auch! Hast du heute Abend etwas zu feiern?«, frage ich.

Er dreht sich um. Zögert. Fragt dann: »Willst du vielleicht auch einen mittrinken?«

»Okay.«

»Du musst mir dann schon tragen helfen.«

Ich hole mir einen doppelten Jack an der Bar. Nehme dann drei Gläser mit dem Ginger-Wodka, während Haukur die Kreditkartenquittung unterschreibt.

»Wie steht's mit deinem Skandinavisch?«, fragt er und nimmt die anderen drei Gläser.

»Englisch ist besser.«

»All right. Sie sprechen auch Englisch.«

»Wer?«

»Ich bin mit ein paar Skandinaviern hier. Wir sind auf einer internordischen Konferenz, mit den Schwesterparteien von den anderen skandinavischen Ländern, verstehst du?«

Haukur wird am Tisch freudig begrüßt. Die Gläser verschwinden eins nach dem anderen in den Händen der skandinavischen Brüder.

Er stellt mich als alte Schulkameradin vor.

»And how was he in school?«, fragt einer.

»Lousy!«

Haukur schüttelt den Kopf und versucht zu lächeln. Sagt, dass ich eine nette Verrückte sei.

Endlich fängt Jack an, so richtig zu wirken. Die Müdigkeit ist wie weggeblasen. Alle Sorgen sind vergessen. Ich fange unter dem Regenbogenlicht zu tanzen an. Gebe mich dem schnellen Rhythmus hin. Gebe auch mein Bestes, was die skandinavische Zusammenarbeit angeht. Umschmeichele die politischen Brüder. Nehme mir einen nach dem anderen vor. Mache sie abwechselnd an. Spüre, dass sie was wollen. Und dass sie konkurrieren. Welch ein Genuss!

17

Das Spielchen endet gegen Morgen, als die skandinavischen Brüder in Richtung Hotel verschwinden. Sie sind abgefüllt bis zum Rand, aber sauer. Sie sind nicht befriedigt worden, trotz immer neuer Versuche, bei der isländischen Schönheit zu landen.

Ich such mir meine Kerle selber aus.

Schließlich sind wir beide alleine bei Haukur im Wohnzimmer. Er hat glänzendes Parkett auf dem Fußboden. Pinseleien an der Wand. Ein schwarzer Flügel in einer Ecke. Ein großer Kamin. Eine schwarze Ledersitzgruppe. In diesem Haus mangelt es gewiss nicht an Krönchen.

Haukur hat sein Sakko ausgezogen und sich in einen der schwarzen Ledersessel gesetzt. Ich habe mich am Boden beim Kaminfeuer niedergelassen, das nur noch niedrig vor sich hinzüngelt.

Haukur hat eine Wampe bekommen; er fängt an, die offiziellen Bankette mit sich herumzutragen. Hat die ganze Nacht kräftig gebechert. Er hält eine dicke Zigarre in der

Hand, an der er ein wenig pafft. Hin und wieder muss er sie neu anzünden. Schweiß perlt auf seinem Gesicht.

Haukur starrt mich eine Weile schweigend an. Er sieht bekümmert aus. Er hat etwas Unberechenbares in seinem Blick. Etwas Manisches. Entweder Geilheit oder Hass.

»Ich hätte ja nicht gedacht, dass du so verdammt häuslich am Kamin aussehen kannst«, sagt er schließlich.

»Findest du?«

»Stell dir mal vor, du und häuslich!« Sein Lachen ist kurz und wenig fröhlich. »Wer hätte das gedacht!« Er hebt sein Glas und hält es an seine verschwitzte Wange. »Das muss eine Fata Morgana sein, dich dort sitzen zu sehen«, fährt er fort. »Völlige Täuschung natürlich. Alles ist vorgetäuscht. Das Leben ist doch sowieso eine traurige Farce, oder nicht?«

»Vielleicht«, antworte ich. »Dass du so philosophisch drauf sein kannst! Wer hätte das wohl gedacht!«

»Ich muss dir mal sagen, Stella, dass sich in dir alles vereinigt, was ich an Frauen verachte.«

»Wie nett!«

»Du bist frech, grob und zynisch. Und außerdem unmoralisch wie eine läufige Hündin.«

»Lächeln, Stella!«, sage ich zu mir selber.

»Du bist erst zufrieden, wenn es dir gelungen ist, Männer zu demütigen. Sie psychisch und physisch zu kastrieren. Frisst sie lebendig und schmeißt sie dann weg, als seien sie Müll.«

Ich lasse mein Lächeln versteinern wie eine verkrachte Schönheitskönigin, die unerwartet nur den fünften Platz bekommt, statt auf dem ersten zu landen.

»Ich habe gesehen, was du mit den Jungs gemacht hast«, sagt er.

»Haben sie nicht ihren Spaß gehabt?«

»Sie hätten dich allesamt nehmen und vergewaltigen

sollen. Das hätte dir vielleicht bessere Manieren beigebracht.«

»Wie nett gedacht.«

»Und dann sitzt du da an meinem Kamin wie eine unschuldige Vorzeigehausfrau aus einer Fernsehwerbung.«

»Du hättest vielleicht lieber, dass Halla hier säße?«

»Das musste ja kommen.«

»Was?«

»Deswegen bist du hier. Um mich über Halla auszufragen.«

»Ich bin nur neugierig.«

»Du bist ein verdammter Menschenfresser.«

Menschenfresser?

Das war das gleiche Wort, das Sigvaldi benutzt hat, um Halla zu beschreiben. Vielleicht waren Halla und ich uns irgendwie ähnlich? Seelenverwandte oder so? Oder Haukur und Sigvaldi waren beide dieselbe Sorte Machos?

Haukur lehnt den Kopf zurück und schließt die Augen.

»Erzähl mir doch was über Halla.«

Er scheint sich für jedes Wort anstrengen zu müssen.

»Wir haben zuerst für die Partei zusammengearbeitet«, sagt er. »Ich habe ihr geholfen, weiterzukommen. Sie war so zupackend. Sie war immer zur Mitarbeit bereit, egal wann. Hat immer gelächelt, gefragt, zugehört.«

Er öffnet die Augen, leert den Rest des Glases in einem Zug und schaut feindselig zu mir herüber. »Aber das war natürlich alles vorgetäuscht. Einfach nur ein Weg, um sich bei Leuten beliebt zu machen und sich die dicken Fische zu angeln. Um sie zu benutzen. Sie war ein Menschenfresser wie du. Aber sie hat ihr Spiel verdeckt gespielt. Niemand konnte sie richtig einschätzen, bis er nicht selber Opfer geworden und in ihrem Topf gelandet war.«

»Was konnte Halla dir anhängen?«

»Mir?«

»Tu doch nicht so. Ich weiß, wovon du sprichst. Über Hallas Strategien, Karriere zu machen. Also, was konnte sie dir anhängen?«

»Sie konnte mir nichts anhängen.«

»Du bist doch sicher auch auf ihren Koks-Partys gewesen?«

»Wer hat dir denn diese Storys aufgetischt? Saemi war ja wohl nicht so blöd?«

»Wieso?«

»Als seine Verteidigerin solltest du Rauschgift nicht erwähnen. Das ist, als wenn man einen Strick im Haus eines Erhängten erwähnt.«

»Was ist dein Strick?«

Er schweigt. Wartet.

»Du machst dir vielleicht Sorgen wegen dem, was sie hinterlassen hat?«, fahre ich fort. »Eine blaue Tasche?«

Das verschwitzte Gesicht wird blass.

»Was für eine blaue Tasche?«, fragt er schließlich.

»Wer versucht denn jetzt hier wen zu täuschen?«

»Drohst du mir?«

»Natürlich nicht.«

»Versuch nicht, mir Angst zu machen. Du bist wie ein blindes Katzenjunges, das auf Jagd geht. Du weißt überhaupt nichts.«

»Dann klär mich doch auf!«

Haukur stellt sein Glas ab und hievt sich unter größeren Schwierigkeiten aus dem Sessel. »Mach, dass du rauskommst!«, sagt er.

»Stell dich doch nicht so an!«

»Ansonsten schmeiß ich dich eigenhändig raus.«

Ich stehe auf, gehe zu Haukur, lege meine Hände auf seine Schultern und drücke ihn wieder in seinen Sessel.

»Möchtest du mich rausschmeißen?«, frage ich.

Er schweigt.

»Kannst du mich denn überhaupt nicht leiden?« Ich setze mich zu ihm auf die eine Armlehne, streiche mit der Hand über seine verschwitzte Stirn und kraule mit den Fingern sein Haar. »Ich glaube, du meinst das doch gar nicht so.«

Dann beuge ich mich zu ihm und küsse ihn auf die Lippen. Nach einigen Küssen nehme ich seine Hand und lege sie auf meine linke Brust.

»Lass mich in Ruhe«, sagt er und dreht sein Gesicht weg. »Um Himmels willen, lass mich in Ruhe!«

Ich warte auf der Sessellehne, bis er mich scharf ansieht.

»Du widerst mich an«, sagt er.

»Ihr widert mich alle an!«

Aha!

Ich stehe auf, gehe auf den Flur, rufe mir ein Taxi und ziehe meine Jacke an. Als der Fahrer draußen hupt, marschiere ich noch einmal zurück ins Wohnzimmer, wo Haukur immer noch regungslos im Sessel sitzt.

Ich kann mich einfach nicht zurückhalten, ihm zum Abschied zuzurufen: »Ich schick dir bei Gelegenheit einen Jungen vorbei!«

Es ist doch immer ein gutes Gefühl, das letzte Wort zu haben!

18

»Es ist scheißkalt hier draußen!«

Lilja Rós steht immer noch im hellblau-rosanen Trainingsanzug in der Tür und bewegt sich keinen Millimeter.

»Es wäre besser für uns, wenn wir uns drinnen unterhalten würden«, fahre ich fort.

»Wir haben nichts miteinander zu besprechen.«

»Ich denke aber doch.«

Sie rührt sich nicht von der Stelle.

»Mir sind unschöne Geschichten über Halla erzählt worden. Du warst doch ihre beste Freundin! Willst du nicht, dass ich ihre Version der Geschichten zu hören bekomme?«

Sie wirkt zögerlich. Unentschlossen.

Ich nutze schnell die Gelegenheit.

»Komm schon! Du kannst mich doch immer noch rausschmeißen.«

Endlich macht sie Platz und lässt mich in die Diele eintreten.

Ich bin halb erfroren. Ich habe den ganzen Nachmittag damit verbracht, den geheimnisvollen Boten zu suchen. Bin von Haus zu Haus gezogen, ohne Erfolg. Nirgendwo ein verdammter Geheimnistuer zu finden.

Jetzt ist es Abend geworden.

Nach diesem vertanen Tag habe ich beschlossen, einen Versuch zu wagen, um eingehender mit Lilja Rós zu reden. Mal hören, was sie über Halla, Haukur, Saemi, Porno-Valdi und alle Gerüchte zu sagen hat.

Ich folge ihr ins Wohnzimmer, setze mich in einen Sessel und versuche, die Kälte aus den Händen zu massieren. Sie setzt sich ins Sofa gegenüber.

Sie scheint schlechte Nerven zu haben. Ist irgendwie hibbelig. Guckt mir nur ab und zu für Sekundenbruchteile in die Augen.

»Hast du hier alles schon wieder komplett in Schuss gebracht?«

Sie antwortet mir nicht, aber fragt schließlich: »Wer hat dir unschöne Geschichten über Halla erzählt?«

»So einige.«

»Sicher Saemi.«

»Nein, das waren eher andere. Zum Beispiel einige ihrer Kollegen.«

»Männer natürlich.«

»Warum erwähnst du das?«

»Die können es einfach nicht vertragen, wenn Frauen Karriere machen. Sie versuchen, sie mit Lügen und Verleumdungen fertig zu machen. Halla hat das besonders zu spüren bekommen.«

»Ist sie mit den Männern in der Partei aneinander geraten?«

»Na klar.«

»Trotzdem ist sie so schnell befördert worden?«

»Halla war wirklich schlau. Sie wusste sich zu wehren. Sie war für die Männer nicht zu greifen. Sie sagte immer, dass sie darauf achtet, den schlauen Füchsen immer einen Schritt voraus zu sein.«

»Wie hat sie das gemacht?«

»Ich weiß über die Details nicht so genau Bescheid.« Lilja Rós springt auf. »Dir ist kalt«, stellt sie fest. »Ich mache uns einen Kaffee.« Sie geht in die Küche, ohne eine Antwort abzuwarten.

In der Tat herrscht immer noch klirrender Winter. Den ganzen Tag lang hat es Hagelschauer gegeben. Auf dem Land ist noch mehr Schnee gefallen als in der Hauptstadt, und die Straßen sind eigentlich überall unbefahrbar. Die Goldjungs sind deshalb noch nicht raus aufs Land gekommen, um den Benzinjungen ausfindig zu machen.

Lilja Rós bringt den Kaffee, stellt das Tablett auf den Couchtisch und setzt sich wieder. Sie hat sich die Trainingsjacke ausgezogen, unter der sie ein ärmelloses T-Shirt trägt. Die Muskeln ihrer Oberarme sehen aus wie gemeißelt, wie bei einem Leistungssportler.

»Sind das die berühmten Doping-Muckies?«, frage ich.

»Natürlich nicht«, antwortet sie umgehend. »Ich habe nur den ganzen Winter über viel trainiert. Ich denke sogar darüber nach, ob ich nicht an den isländischen Meisterschaften im Bodybuilding teilnehmen soll.«

»Hat Halla auch trainiert?«

»Nein, jedenfalls nicht mehr, nachdem sie in die Stadt gegangen ist. Sie hatte so viel anderes zu tun. Aber sie war mal eine gute Läuferin.«

»Seid ihr zusammen aufgewachsen?«

»Wir haben uns in Reykholt kennen gelernt. Du weißt schon, in der Bezirksschule. Wir sind im Internat auf einem Zimmer gelandet und wurden gleich gute Freundinnen. Von da an war ich in den Sommerferien bei Halla auf dem Land. Als ihr Vater starb und der Bauernhof verwaiste, war sie ganz alleine und zog zu uns.«

»Zu deiner Familie?«

»Ja. Später sind wir zusammen ins Gymnasium nach Laugarvatn gegangen. Ich wurde Sportlehrerin, aber Halla machte Abitur und fing dann mit einem Studium an der Uni an. Da hat sie die ersten Verbindungen zur Politik geknüpft.«

»Und was hast du gemacht?«

»Ich ging zum Unterrichten in meinen Heimatort. Aber wir hielten immer guten Kontakt. Während sie noch an der Uni war, kam sie in den Sommerferien weiterhin zu uns. Sie kam auch in den Weihnachtsferien. Später habe ich sie dann oft hier in der Stadt besucht.«

Sie ist den Tränen nahe, reißt sich aber zusammen. »In den letzten Jahren haben wir auch einige Male unsere Sommerferien zusammen im Ausland verbracht. Meistens in Italien. Halla konnte so toll Italienisch sprechen.« Lilja Rós ballt die Fäuste und ringt um Beherrschung bis der Damm bricht. Sie legt die Hände vors Gesicht, und die Tränen fließen in Strömen.

Ich wechsele den Platz und setze mich zu ihr ins Sofa.

»Das ist schon okay«, sage ich und lege vorsichtig meinen Arm um ihre Schultern. »Heul dich ruhig aus.«

Da zögert sie nicht länger, kuschelt sich an mich und weint wie ein kleines Kind.

19

Das Schneetreiben hat endlich eine Pause eingelegt. Ich hoffe nur, dass sich das Wetter für den Rest des Tages hält.

In der Innenstadt ist mittags nichts los. Dick eingemummelte Fußgänger tappen wie schwankende Zinnsoldaten den spiegelglatten Bürgersteig entlang. Ich beobachte sie durch das Fenster des Steakhauses, wo ich mir Nahrung verschaffe und für die Aufgaben des Tages Kräfte sammle. Hab noch zirka vierzig Namen von Sindris zweiter Liste übrig. Mache das nur aus verdammter Hartnäckigkeit weiter. Wie eine Bekloppte.

Danach gehe ich langsam die Austurstraeti entlang. Ich bin in Gedanken bei Lilja Rós. Die war gestern Abend völlig erledigt. Als sie schließlich aufgehört hatte zu weinen, ging ich mit ihr ins Bad. Habe ihr das Gesicht gewaschen und abgetrocknet wie einem Kind. Dann habe ich sie wieder ins Wohnzimmer geführt, wo wir uns nebeneinander aufs Sofa gesetzt haben.

»Du solltest hier nicht alleine sein«, sagte ich. »Gibt es nicht jemanden, der bei dir sein kann, während du dich wieder erholst?«

»Ich bin es gewöhnt, alleine klarzukommen.«

»Hast du Schlaftabletten?«

»Ich will nicht so ein Zeug schlucken.«

Ich schaute Lilja Rós forschend an, während sie sich langsam beruhigt. »Dieses Zeug, hast du gesagt. Was weißt du eigentlich über das Rauschgift, was hier gefunden wurde?«

Furcht stand ihr plötzlich in die Augen geschrieben. »Ich weiß nichts davon«, antwortete sie. »Nichts.«

»Soweit ich verstanden habe, waren das illegale Drogen. Hat Halla oft welche benutzt?«

»Das ist pure Verleumdung«, sagte sie und sprang auf.

»Okay.«

»Huch! Ich hab dich ja ganz vollgeheult!«, rief sie.

»Das macht doch nichts«, antwortete ich und guckte mir die Flecken an, die ihre Tränen auf meinem Kaschmirpullover hinterlassen haben. »Mach dir deshalb keinen Kopf.«

»Entschuldige. Ich habe mich normalerweise besser im Griff.«

»Ist schon gut. Schlaf dich erst mal richtig aus.«

»Ja, das könnte ich jetzt gebrauchen.«

Momentan brachte es ganz offensichtlich nichts, Versuche zu starten, sie noch mehr über Halla auszuquetschen. Dafür musste ich einen besseren Zeitpunkt abpassen.

Ich habe ihr eine meiner Visitenkarten gegeben. »Ruf mich an, wenn irgendwas ist.«

Sie nahm die Karte in die Hand.

»Sei ganz unbesorgt, du kannst mich ruhig anrufen«, wiederholte ich. »Auch wenn du einfach nur quatschen willst.«

Sie nickte und begleitete mich nach draußen. Sie beobachtete mich von der Tür aus, bis ich mich ins Auto gesetzt hatte.

Aber jetzt ist ein neuer Tag und ich bin in der Austurstraeti auf dem Weg Richtung Rathaus, wo ich mein Auto geparkt habe. Ich schlendere an der Buchhandlung und der alten Apotheke vorbei. Völlig in Gedanken versunken werfe ich einen Blick auf den Verkehr, während ich die Fahrbahn betrete. Gucke zur Hauptfiliale der Landsbanki hinüber. Bleibe mitten in der Bewegung stehen und habe das Gefühl, dass mein Herzschlag sich verdoppelt.

Kann das sein?

Der Typ, der im Sturmschritt die Stufen zur Landsbanki hocheilt? Von hinten ist es der gleiche, so viel ist sicher.

Er verschwindet in die Bank.

Was nun?

Jemand hupt mich an. Ich gucke schnell auf das Auto. Ein verärgerter Autofahrer knurrt mich durch die Windschutzscheibe an.

Ich kehre mitten auf der Posthusstraeti um. Kaufe eine DV von einem Zeitungsjungen an der Ecke. Lehne mich dann an die Apotheke, blättere in der Zeitung, ohne sie zu lesen und beobachte den Eingang der Bank. Warte darauf, dass der Mann wieder rauskommt.

Da öffnet er die Tür. Hat immer noch den gleichen Mantel an und hat den Schal um den Hals gewickelt. Bleibt kurz auf der Treppe stehen, um sich die Russenmütze aufzusetzen. Es besteht überhaupt kein Zweifel. Das ist der Kerl! Der geheimnisvolle Bote! Verdammtes Glück!

Er überquert die Austurstraeti und geht Richtung Austurvöllur, einem parkähnlichen Platz in der Innenstadt. Er geht auf das Parlamentsgebäude zu, ich in diskretem Abstand hinterher. Beobachte, wie er es betritt.

Was jetzt?

Habe keine andere Wahl, als auf ihn zu warten.

Ich gehe gemütlich zum Parlamentsgebäude und an drei schwarzen Ministerkaleschen vorbei. Verschwinde um eine Hausecke und warte.

Nach ein paar Minuten kommt er wieder heraus. Ein Mann im Anzug und großen schwarzem Hut folgt ihm. Sie gehen zusammen zu einem der Nobelwagen. Der Bote öffnet die Tür zur Rückbank sperrangelweit, der Mann mit dem Hut setzt sich hinein, der Bote schließt gekonnt die Tür und öffnet dann die Fahrertür, setzt sich, lässt das Auto an und fährt los.

Ich schreibe mir die Nummer auf, sprinte dann zum Parkplatz gegenüber des Rathauses, peitsche meine altersschwache Blechdose in Gang und jage die schwarze Luxuskarosse. Sie fahren die Laekjargata entlang, biegen in die Hverfisgata ab und fahren zum Arnarhvol, dem Regierungsgebäude, in dem diverse Ministerien untergebracht sind. Hier steigt der Typ mit dem Hut aus. Der Bote fährt weiter zum Parkplatz beim Schauspielhaus, wo er die Karosse in einer gekennzeichneten Parkbucht abstellt. Dann geht er selber ins Arnarhvol.

Was soll ich jetzt tun? Ich fahre eine Schleife um das Viertel herum und denke die Sache durch. Natürlich ist es völlig unnötig, dass ich hier länger rumhänge. Der Bote scheint der Chauffeur eines Ministers zu sein. Ich habe die Zulassungsnummer. Dürfte ein Kinderspiel sein, den Namen des Chauffeurs herauszufinden und damit den des Ministers, der ihn vermutlich zu mir geschickt hat.

Klare Sache.

Ich mache mich auf nach Hause ins Büro und führe ein paar Telefonate. Bekomme schnell die Infos, die ich haben will: Der Chauffeur heißt Kári und der Minister Gunnleifur.

Was für Spielchen treiben diese Männer?

Zweifellos irgendeinen komplizierten Machtpoker, den ich ohne Hilfe nicht durchschaue. Das ist nicht mein Ding.

»Mädels werden in der Politik zu alten Jungfern!«

Sagt Mama.

20

Am Tag danach spendiere ich ein Essen im Hotel Borg. Ein Mittagessen.

Thórólfur heißt er. Mein Aufklärer, der mich in die Geheimnisse der Politik einweiht. Er hat sein Jurastudium zusammen mit mir beendet. Hat sich dann der Zeitungsbranche zugewendet. Schreibt viel über Politik. Oft langweilige Ausführungen über die neuesten Possen irgendwelcher Ruhmesritter. Ich lese so was nie; sehe aber immer seinen Namen unter den Artikeln.

Mein unerwartetes Interesse an Politik überrascht ihn.

Ich berichtige ihn postwendend: »Ich bin nicht an Politik interessiert. Nur an gewissen Figuren im Machtpoker.«

»Ist das wegen der Mordsache?«, fragt er.

»Vielleicht.«

»Vielleicht? Bist du zu den Liberalen gegangen?«

Ich lache, wie es von mir erwartet wird.

»Gibt es nicht zwei Seiten an jedem Politiker wie beim Mond?«, frage ich dann. »Die schöne Vorderseite zur Veröffentlichung in der Presse. Und dann gibt es noch die Rückseite, die sie versuchen, vor uns unwissenden Wählern zu verheimlichen. Die nackte Wahrheit, nicht wahr?«

»Da ist was dran.«

»Die Vorderseite interessiert mich nicht. Ich hab keine Glanzbildchen mehr gesammelt, seit ich früher mal zum Kindergottesdienst gegangen bin. Aber du musst mir alles über die Rückseite erzählen.«

»Du willst also Klatsch und Gerüchte hören?«

»Ich will mal sehen, welche Farbe ihr Blut in Wirklichkeit hat.«

»Blau ist es jedenfalls nicht, so viel steht fest«, antwortet er und schneidet sein Steak.

Kaminrotes Blut rinnt immer noch aus dem leicht angebratenen Rindfleisch.

»Fangen wir beim Premier an. Wie ist der so hinter den Kulissen?«

»Im Großen und Ganzen eigentlich so wie im Fernsehen. Er hat Macht und Reichtum in die Wiege gelegt bekommen, wie alle wissen. Er hat nie diese alltäglichen Probleme des gemeinen Volkes gehabt. Hat nie nachts vor Sorgen wachgelegen, dass er nicht die Kronen für die nächste Rate des Hauses zusammenkratzen kann, verstehst du?«

Ich nicke.

»Er hat unheimlich viel Spaß an der Macht. Das können alle sehen. Er genießt auch das ausschweifende Leben und was damit zusammenhängt. Du weißt schon, alle möglichen Feste und Empfänge zu besuchen und ausländische Staatsoberhäupter zu empfangen. Er findet es im Allgemeinen toll, im Rampenlicht zu stehen.«

»Wo ist die Ferse dieses Achilles?«

»Tja, er gilt als versessen auf andere Frauen, jedenfalls mehr als auf seine eigene.«

»Ist das offensichtlich?«

»Wer sehen will, der sehe ...«, sagt Thórólfur und zuckt mit den Schultern. »Aber soweit ich das mitbekommen habe, scheinen das alles nur kurze Affären zu sein. Nichts Ernstes.«

»Einfach nur unschuldige Spielchen?«

»Ich stelle keine Bescheinigungen über Unschuld aus!«

»Weißt du irgendwelche Namen?«

»Ich hab so diverse Namen gehört.«

»Aber?«

»Das sind nur Gerüchte. Du weißt, wie Leute über die reden, deren Namen immer wieder durch die Presse geistern. Aber wir schreiben natürlich nicht über das Liebesleben der Minister, deshalb hab ich mich nie darum gekümmert, ob der Klatsch wahr ist oder nicht.«

»War Halla auch eine seiner Gespielinnen?«

»Das weiß ich nicht.«

Ich schaue Thórólfur streng an. Er zuckt wieder mit den Schultern, bevor er hinzufügt: »Es wird gemunkelt. Halla war eine wahnsinnig gut aussehende Frau.«

»Was weißt du sonst noch über sie? Politisch, meine ich?«

»Eigentlich nichts Besonderes. Allgemein betrachtet, kann man die, die Politik betreiben, in zwei Gruppen einteilen. Auf der einen Seite gibt es die Macher, auf der anderen Seite das Fußvolk.«

»Also Herren und Knechte?«

»Genau. Realistisch betrachtet gibt es auf diesem Gebiet wenige Herren, aber viele Knechte. Und Halla kam nie über ihre Stellung als Knecht hinaus.«

»Was für ein Knecht war sie denn?«

»Ich persönlich kannte sie eigentlich gar nicht. Zumal sie auch politisch gesehen keine Rolle spielte. Sie war nur eine von den politischen Angestellten, die die Parteivorsitzenden und Minister um sich geschart haben, damit sie sich um den ganzen politischen Kleinkram und Handlangerdienste kümmern, von denen die Bosse sich befreien wollen.«

Ich bestelle Kaffee.

»Wir kennen Haukur beide von der Uni. Wie steht's denn um ihn in der Politik?«

»Für ihn sieht's nicht so gut aus.«

»Lass hören!«

»Der arme Kerl ist nur der Steigbügelhalter. Alles, was er veranlassen kann, ist unterhalb des Ministerpräsidenten angesiedelt. Er hat nur als rechte Hand und Sekretär des Parteivorsitzenden Macht und Einfluss. Aber auch das taugt nicht, um ihn weiterzubringen. Sein Versuch, ins Parlament zu kommen, ist total in die Hose gegangen, obwohl er die uneingeschränkte Unterstützung des Vorsitzenden hatte. Er hat nur immer bei den Vorwahlen so schlecht abgeschnitten.«

»Warum, wenn er doch die Unterstützung des Vorsitzenden hatte?«

Thórólfur rührt in seinem Kaffee herum.

»Haukur ist natürlich nicht besonders tatkräftig«, antwortet er. »Aber ansonsten trauen ihm die Leute einfach nicht.«

»Das kann ich gut verstehen.«

»Viele haben das Gefühl, als würde Haukur auch mit dem Teufel selber Verträge schließen, nur um Karriere zu machen. Man sagt, dass er selber sein Programm ist.«

»Aber das ist doch üblich in der Branche.«

»Und dann gibt's da noch die Geschichten über sein Privatleben.«

»Ja?«

»Er gibt sich manchmal völlig die Kante und soll dann recht gewalttätig werden können. Vor allem gegenüber Frauen.«

»Inwiefern gewalttätig?«

»Es gibt da eine Geschichte, die sich ziemlich hartnäckig hält. Man sagt, dass Haukur ein Mädchen grob misshandelt habe. Er soll sie im Suff brutal geschlagen haben.«

»Wurde das vertuscht?«

»Es wurde jedenfalls keine Anklage erhoben, so viel ist sicher. Wir sind der Sache damals nachgegangen. Aber diese Geschichte lässt sich nicht ausrotten.«

Thórólfur guckt von seiner Tasse auf. »Natürlich kann das völlig aus der Luft gegriffenes Gerede sein«, sagt er. »Wie du weißt, erfinden die Leute allerlei Geschichten, und es ist völlig aussichtslos, sie bis zu dem zurückzuverfolgen, der das Gerücht in die Welt gesetzt hat. Aber eine Sache ist absolut klar: Haukur ist nicht sorgfältig genug in der Wahl seiner Freunde. Und das betrifft leider auch den Ministerpräsidenten.«

»Erzähl!«

»Einige in der Partei haben mir ihre Befürchtungen mitgeteilt, was die Freundschaft der beiden mit Porno-Valdi betrifft.«

»Dem Pornokönig?«

»Eigentlich kennen die sich schon lange. Bevor Valdi in die Strippbranche eingestiegen ist, hat er alles Mögliche für die beiden erledigt. Das ist schon lange her, noch zu Zeiten, als der Premierminister erst begann, die Karriereleiter zu erklimmen.«

»Ach, echt?«

»Mittlerweile hört man natürlich so haarsträubende Geschichten über Valdi, dass viele es völlig unverantwortlich finden, dass Politiker diesem Mann überhaupt nahe kommen. Aber die beiden lassen sich in dieser Sache nicht reinreden, soweit ich das mitgekriegt habe.«

»Wie kommt das?«

Er zuckt die Achseln.

»Hat Sigvaldi sie in der Hand?«, frage ich. »Irgendwas von früher?«

»So was wie alte, gemeinsame Jugendsünden?«

»Ja, so was in der Art.«

»Das kann schon sein«, antwortet Thórólfur nachdenklich. »Es ist jedenfalls erstaunlich, dass sie die Kontakte zu Valdi nicht schon längst abgebrochen haben. In der Partei herrscht Unruhe wegen der Sache.«

Wir bestellen uns mehr Kaffee.

»Und trotzdem sitzt der Parteivorsitzende fest im Sattel?«

»Ich habe nichts Gegenteiliges gehört.«

»Hat er einen Rivalen in der Partei? Jemand, der seinen Platz einnehmen will?«

»Stella, die Leute sind in der Politik, um an die Macht zu kommen«, sagt er und lächelt über meine Unwissenheit. »Natürlich hat er Rivalen.«

»Wer will den Posten mehr als andere?«

»Zum Beispiel ist Gunnleifur immer wieder im Gespräch.«

»Was du nicht sagst! Erzähl mir was über ihn!«

»Mann, Stella, du interessierst dich ja für die merkwürdigsten Leute!«

Ich lächele und warte ungeduldig darauf, dass er weitererzählt.

»Gunnleifur macht den Eindruck, aufrichtig und seriös zu sein«, sagt Thórólfur.

»Er ist nicht unbedingt ein großer Mann der Tat, eher so ein Beamtentyp als ein richtiger Politikus, wie man ja auch an seiner Arbeit als Minister sieht. Ziemlich farblos, würde ich sagen. Aber es ist recht offensichtlich, dass ihm sowohl der Parteivorsitzende als auch der Premierminister schwer im Magen liegen.«

»Ist er in der Partei beliebt?«

»Das ist schwierig zu beurteilen. Es könnte sein, dass seine Stärke besonders darin liegt, keine gefährlichen Feinde zu haben. Was an für sich schon bemerkenswert ist in der Politik.«

»Wenn der Premierminister morgen abtreten würde, nähme er dann seinen Platz ein?«

»Ja, Gunnleifur ist der zweite Vorsitzende.«

»Also der Kronprinz.«

»Das kann man so sagen, ja.«

»Mehr Kaffee?«

Thórólfur überlegt angestrengt, während er die Tiefen der Kaffeetasse ergründet. »Tut sich da was im Halla-Fall, über das ich schreiben kann?«, fragt er schließlich.

Ich versuche ihn zu überzeugen, dass sich momentan nichts für ihn Verwertbares zusammenbraut, merke aber, dass er mir nicht glaubt. Ist ja klar.

21

»Hei! Erinnerst du dich noch an mich?«

Er ist wirklich überrascht. Wie ein Dorsch auf dem Weg in die Köpfmaschine.

»Ähem … Ähem …«

»Willst du mich nicht hereinbitten?«, frage ich forsch, stoße die Tür auf und marschiere einfach an ihm vorbei in die Diele.

Kári schließt die Tür. Ihm fehlen immer noch die Worte.

Ich gehe einfach weiter direkt ins Wohnzimmer. Setze mich. Sehe ihn an, wie er mit Abstand hinter mir hergetappt kommt, wie bestellt und nicht abgeholt.

»Ansonsten habe ich keine Lust, mich mit dem Steigbügelhalter zu unterhalten«, füge ich hinzu. »Take me to your leader!«

Er schlufft ins Wohnzimmer und lässt sich in einen Sessel sinken.

»Ähem … wie hast du mich gefunden?«, fragt er.

»Kein Problem«, antworte ich und strahle ihn siegesgewiss an.

»Aber ich will mit dem Boss selber reden. Mit Gunnleifur. Sofort.«

»Mit Gunn … Gunnleifur?« Er verschluckt sich mit dem Namen. »Warum willst du mit Gunnleifur reden?«

»Hör schon mit diesen Spielchen auf. Ansonsten marschiere ich mit eurem Brief direkt zu den Goldjungs. Vielleicht willst du ja lieber mit denen reden?«

Er seufzt und sammelt seine Kräfte.

»Warte hier«, meint er schließlich. »Ich muss mal telefonieren gehen.«

»Ich bin nicht auf dem Sprung, Alterchen«, antworte ich und lehne mich gemütlich im Sessel zurück.

Kári steht auf, stolpert auf den Flur, verschwindet im Zimmer gegenüber und schließt die Tür.

Ich schaue mich in der Zwischenzeit um. Alte Möbel. Ein alter Teppich. Alles alt. An der Wand ein Bild mit Hafen. Saudárkrókur? Vielleicht ist der Alte vom Land?

Das Telefonat dauert nicht lang. Kári hat sich etwas erholt, als er wieder ins Wohnzimmer kommt. »Du bist ja ganz schön gewievt, meine Liebe«, sagt er.

»Was sagt der Boss?«

»Na ja, er wird dir das sicher selber sagen.«

»Jetzt sofort?«

»Ja, ich fahre dich.«

Er lässt die Ministerkutsche stehen. Als er das Garagentor öffnet, kommt das Auto vom Treffen zum Vorschein.

Das Kennzeichen ist nicht auf Sindris Listen. Da bin ich völlig sicher. Ich muss ihn einfach fragen: »Besitzt du das Auto schon lange?«

»Nein, erst einige Wochen. Ich hab da ein echtes Schnäppchen gemacht, denke ich.«

»Und du hast es ein bisschen in die Länge gezogen, zu melden, dass das Auto den Besitzer gewechselt hat?«

»Wie?«

»Das Auto ist nicht auf deinen Namen eingetragen.«*

Er lächelt: »Hast du das schon überprüft?«

»Verdammte Schlamperei!«

»Ja, vielleicht. Aber so was schiebt man doch gerne auf die lange Bank.«

Kári fährt in die Weststadt zu einer Nobelvilla am Meer. Das Schloss von Gunnleifur. Der Minister erwartet uns im Bücherzimmer. Sitzt in einem großen, schwarzen Leder-

* Ein Auto bekommt nur einmal eine Zulassungsnummer. Es behält diese auch bei Besitzerwechseln. (Anm. d. Übers.)

sessel mit hoher Rückenlehne. Die Regale an den Wänden sind voll mit Büchern. Einbände mit Goldprägung. Zweifellos die »Gesammelten Werke« von irgendwelchen toten Typen.

Er ist schlank. Trägt einen Kurzhaarschnitt mit einigen grauen Haaren. Hat einen blauen Anzug mit Weste an. Auf der Krawatte sind rote und blaue Streifen.

Gunnleifur ist mürrisch aber höflich. Bietet mir einen Platz an und gibt Kári ein Zeichen zu gehen und die Tür hinter sich zu schließen.

Ich komme sofort zur Sache. »Du hast mir einen Brief geschickt.«

Er will mir meine Behauptung noch nicht beantworten. »Zuerst muss klar sein, dass alles, was hier zwischen uns gesprochen wird, vertraulich ist«, sagt er. »Können wir uns darauf einigen?«

»Ich lasse mich nicht auf diese Art verpflichten.«

»Ach so, jaja. Dann haben wir eigentlich nichts zu besprechen.«

Ich bin nicht in der Stimmung, höfliche Überredungskünste an dem Kerl auszuprobieren. »Ich habe den Brief in der Hand«, sage ich. »Den Brief, den du mir durch Kári hast zukommen lassen. Willst du den vielleicht in der DV oder in der Wochenendpost lesen? Mit den dazugehörigen Erläuterungen? Oder eine Reportage darüber im zweiten Programm sehen?«

»Es ist völlig unnötig, mir zu drohen. Wir haben in dieser Sache gemeinsame Interessen zu wahren.« Gunnleifur versucht krampfhaft, mit seinen Lippen ein Lächeln zu Stande zu bringen. »Wir stehen in diesem Fall auf der gleichen Seite.«

»Dann hast du doch nichts zu befürchten.«

»Ja, genau. Aber weder kann ich noch will ich mich zu diesem Fall öffentlich äußern. Deswegen kann ich dir keine

Auskünfte geben, wenn es später möglich wird, meine Aussagen zu mir zurückzuverfolgen.«

Ich lächele sanft: »Dann musst du mir halt einfach vertrauen.«

Wir schauen uns in die Augen. Ich habe das Gefühl, dass seine Gehirnzellen mit voller Kraft Überstunden schieben.

»Also gut«, antwortet er schließlich. »Ich sag's dir, ich gehe damit ein großes Risiko ein. Meine Gegner würden mir die schlimmsten Absichten unterstellen, wenn etwas von unserem Gespräch an die Öffentlichkeit durchsickert. Kann ich mich in dem Punkt auf dich verlassen?«

»Natürlich«, antworte ich. »Wir sollten jetzt mal zur Sache kommen. Worum geht's eigentlich?«

Er starrt mir immer noch forschend in die Augen. Dann fällt er die Entscheidung. Allerdings ziemlich langsam. Steht auf und geht im Zimmer auf und ab. »Ich betrachte schon seit längerem mit Sorge, dass in gewissen Kreisen der Partei Korruption um sich greift. Vor allem bei einigen maßgebenden Persönlichkeiten in der Parteileitung. Ich habe sie bereits gewarnt, aber bin immer auf taube Ohren gestoßen.« Er bleibt stehen und starrt mich an: »Dieser schreckliche Vorfall unterstreicht nur das, was ich das ganze letzte halbe Jahr gepredigt habe: dass man mal richtig aufräumen muss. Die Wurzel des Übels ausrotten.«

»Werde deutlicher.«

»Macht verdirbt den Charakter, sagt man. Meiner Meinung nach ist das eine falsche Verallgemeinerung, aber sie passt trotzdem des Öfteren. Im Schatten der Macht kann Bestechung gedeihen. Die, die an der Macht sind, ziehen alle möglichen Leute an. Opportunisten, die Karriere machen wollen, finanziell abgesichert natürlich, alle Privilegien genießen, die die Macht mitbringt – natürlich auf Kosten der gemeinen Steuerzahler. Solche Leute sind bereit, alles zu tun, um ihre Stellung zu stärken – was auch immer.«

»Auch einen Mord begehen?«

Er setzt sich wieder in den Ledersessel. Sitzt ganz gerade, als würde er für eine Fernsehansprache an das Volk üben.

»Was auch immer«, wiederholt er mit bedeutungsschwerer Stimme.

»Ich habe kein Interesse an solchem moralischen Gequatsche. Nenn mir ein Beispiel!«

»Genau, ein Beispiel«, sagt er und reibt sich mit seinen Fingern das Kinn.

»Beispiele und Namen.«

»Ich meine natürlich die Leute, die sich um unseren Parteivorsitzenden gruppieren. Die sind für ihn und uns alle wahnsinnig gefährlich. Es gibt da Geschichten, die sind einfach unglaublich. Es wird über Unmoral auf höchster Ebene gesprochen, über Rauschgift und sogar Erpressung.«

»Ich wollte Namen!«

»Ja, genau. Ich bin überzeugt davon, dass Sigvaldi der Drahtzieher in dieser gefährlichen Mafia ist. Er hat gute Verbindungen zum Vorsitzenden und seinen engsten Mitarbeitern. Ich meine da zum Beispiel diesen Haukur. Sigvaldi hatte genauso guten Kontakt zu Halla. Es ist nicht erkennbar, welche undurchsichtigen Absichten dieser Verbrecher verfolgt. Er kann scheinbar überall seine Hände im Spiel haben, ohne dass die Polizei sich um ihn kümmert.«

»Willst du damit sagen, dass der Parteivorsitzende seine schützende Hand über Porno-Valdi hält?«

»Ich will dem Vorsitzenden nicht unterstellen, dass er weiß, was seine Mitarbeiter hinter den Kulissen unternommen haben. Er ist einfach kein Menschenkenner. Das ist und war schon immer sein größter Fehler.«

»Was hat das mit dem Mord an Halla zu tun?«

Gunnleifur legt die Hände auf den Schreibtisch.

»Halla war bekannt für ihre Privatpartys für ausgewählte Leute. Sigvaldi war da ebenso Stammgast wie seine neuesten Prostituierten. Da war alles erlaubt, wurde mir berichtet. Es ging völlig zügellos zu.«

Er beugt sich über den Tisch und starrt fast durch mich hindurch, bevor er hinzufügt: »Und alles wurde aufgenommen.«

»Aufgenommen?«

Er reckt sich im Sessel und lächelt.

»Ja, alles wurde aufgenommen«, wiederholt er. »Auf Video. Halla muss die ganze Herrlichkeit gefilmt haben.«

»Bist du sicher?«

»Mir wurde gesagt, dass sie nur ihre Videosammlung bei den richtigen Leuten erwähnen musste, um das zu bekommen, was sie wollte.«

»Bei welchen Leuten?«

Er winkt ab. »Bei vielen«, sagt er. »Ich erwähne jetzt keine Namen in diesem Zusammenhang. Ich habe keine Beweise. Die zu beschaffen, ist dein Job.«

»Wie denn?«

»Wenn du die Videos findest, hast du die Namen.« Er lacht kalt. »Und die Gesichter.«

»Im Brief hast du eine blaue Tasche erwähnt. Sind da vielleicht die Videos drin?«

»Mir wurde berichtet, dass sie von dieser blauen Tasche als ihrer Versicherung gesprochen hat«, sagt er. »Das kann gut möglich sein, dass sie die Videos in dieser Tasche aufbewahrt. Aber wenn nicht, dann irgendwo anders. Wenn du diese Materialien findest, kannst du die Bombe platzen lassen und damit deinen Klienten retten.«

»Und im gleichen Aufwasch für dich die Drecksarbeit erledigen.«

»Ich höre, dass unser Gespräch dem Ende zugeht«, sagt er. »Ich erwarte, dass du für dich behältst, was ich dir im

Vertrauen gesagt habe. Es ist für uns beide das Beste. Für uns beide, vergiss das nicht.«

»Soll das eine Drohung sein?«

Er öffnet die Tür. Kári wartet immer noch auf dem Flur.

»Das Beste für uns beide, sagte ich, nichts anderes. Kári fährt dich nach Hause.«

Gunnleifur schiebt mich höflich aber entschieden aus dem Bücherzimmer und schließt hinter sich die Tür.

»Komm schon, meine Liebe«, sagt Kári. Er packt mich am Arm, als hätte er es mit einem widerborstigen Schaf zu tun.

Ich marschiere wütend bis zum Anschlag hinaus in die Kälte.

Verfluchte Säcke!

22

Halla war ein Engel.

Ich glaub's einfach nicht!

Sie hatte bestimmt auch einen goldenen Heiligenschein und süße, kleine, weiße Flügelchen. Etwas anderes kann man jedenfalls nicht aus den Lobeshymnen herauslesen, die in den Tageszeitungen von heute abgedruckt sind.

Der Premierminister ist einer von den vielen, die an Hallas Beerdigungstag im Friede-Freude-Eierkuchen-Stil Nachrufe auf sie schreiben. Ein Artikel von Gunnleifur ist auch dabei, und sogar Haukur hat etwas geschrieben. Zumal das Morgunbladid knallvoll ist mit Verehrerbriefen. Lob und Preis in jedem Artikel. Es gab auch keinen Zweifel, über wen geschrieben wurde. Nicht über die katholische Mutter in Indien. Nicht über Florence Nightingale. Nein, nein, sie schreiben über Halla. Die nette, hilfsbereite, hoch begabte, fleißige, liebenswerte Halla. Über das Mädchen, das jedermanns Liebling war und auf direktem Wege in höchste Ämter.

Was für eine Heuchelei!

Aber so ist das wohl in der Politik.

Lilja Rós wollte sich um die Beerdigung kümmern. Sie stand ihr am nächsten, weil Halla sonst niemand hatte. Aber Lilja Rós war völlig aufgeschmissen. Wusste nicht, was sie in so einem Fall zu tun hatte. Darum hatte sie den Rettungsdienst angerufen. Mich. Ich bin noch am gleichen Tag zu ihr hin. Nach einigen Telefonaten war alles geordert: Pfarrer, Kirche, Chor, Blumen, Grab, Todesanzeigen.

Merkwürdig, dass niemand ihr Hilfe angeboten hat. Nicht von der Staatskanzlei. Auch nicht von der Partei.

»Der Pfarrer will sich mit dir treffen«, sagte ich ihr, nachdem alles geklärt war. »Er braucht persönliche Informationen über Halla. Für die Ansprache, verstehst du.«

»Mann, wie schnell du das auf die Reihe kriegst«, sagte sie. »Ich kenn mich mit so was überhaupt nicht aus.«

Nachmittags am Beerdigungstag sitzen wir im Wohnzimmer und erholen uns von der Trauerfeier. Lilja Rós hatte mich gebeten, sie nach dem Leichenschmaus im Gemeindehaus nach Hause zu fahren und verschwand direkt in der Küche, um Kaffee zu kochen.

»Ist so was nicht wahnsinnig teuer?«, fragt sie.

»Zweifellos so etwas über 100 000.«

»Aber ich hab nicht so viel cash.«

»Mach dir darüber keine Sorgen. Im Nachlass ist mit Sicherheit genug Geld vorhanden, um die Beerdigungskosten zu decken.«

»Nachlass? Oh Gott!« Sie beginnt zu heulen.

»Hat Halla ein Testament hinterlassen?«, frage ich Lilja Rós, als sie es geschafft hat, ihren Tränenfluss trockenzulegen.

»Ein Testament?«

»Ja, weißt du etwas davon?«

»Halla hat das nie erwähnt.«

»Bist du ganz sicher?«

Sie nickt und schaut weg.

»Du hast also kein Testament gefunden, als du hier aufgeräumt hast?«, frage ich erneut.

»Nein. Aber ich habe auch nicht danach gesucht.«

»Das wird sich schon noch herausstellen. Wenn sie kein Testament gemacht hat, werden einige entfernte Verwandte erben.«

»Meinst du das Haus? Ich habe noch nie darüber nachgedacht.«

»Glaubst du, dass sie wichtige private Unterlagen anderswo als hier im Haus untergebracht hat?«

»Ich weiß nicht. Aber sie hatte natürlich ein Bankschließfach.«

»Ein Bankschließfach? Wo?«

»In der Landsbanki.«

»Was du nicht sagst! Weißt du, wo der Schlüssel zu dem Fach ist?«

»Halla hatte alle Schlüssel an einem Bund.«

»Dann haben sie den Schlüssel.«

»Wer sie?«

»Die Goldjungs.«

»Wie?«

»Die Kripo.«

Ein Bankschließfach! Vielleicht wartet da die Lösung auf uns? Die blaue Tasche? Es gibt nur einen Weg, um das rauszukriegen.

Ich gehe in den Flur und rufe Raggi an. Erkläre ihm die Lage. Er lacht mich nur aus. Sie haben schon alles über das Bankschließfach gewusst!

»Wir sind direkt nach dem Wochenende mit dem Nachlassverwalter in die Landsbanki gegangen und haben das Fach ausgeräumt«, sagt Raggi.

»Und?«

»Und was?«

»Was war im Fach?«

»Das geht dich überhaupt nichts an.«

»Ach ja? Aber vielleicht geht es ja Lilja Rós etwas an?«

»Misch dich nicht in ihre Angelegenheiten ein.«

Ich grinse zufrieden: »Herzchen! Ich frage ja gerade in ihrem Namen!«

»Das glaube ich nicht!«

»Nein? Willst du dann nicht mal mit ihr reden?«

Raggi bleiben die Worte im Hals stecken.

»Er will mit dir sprechen«, sage ich und reiche Lilja Rós den Hörer. Sie nimmt das Telefon und hört zu. Sagt ab und zu »ja« und verdreht die Augen zu mir hin. Gibt mir dann wieder den Hörer.

»Wie machst du das eigentlich?«, fragt Raggi.

»Was?«

»Dich auf diese Art bei ehrlichen Leuten einzuschleichen?«

»Soll das ein Lob sein, Herzchen?«

»Ich habe sie auf den Nachlassverwalter verwiesen«, fährt er fort. »Da erfährt sie das, was sie wissen muss.«

»Bah, bist du gemein!«

»Das gehört zum Job, Stella.«

Einen Tag später fahre ich mit Lilja Rós zum Nachlassverwalter. Er ist ein junger Mann, frisch von der Uni. Sanft wie ein schüchterner Teenager.

»Das, was für Lilja Rós am wichtigsten ist, ist dieses Testament, das Anfang der Woche im Bankschließfach der Landsbanki gefunden wurde«, sagt er. »Dem zu Folge ist sie dem Gesetz nach die Alleinerbin der Verstorbenen.«

Ich strecke meinen Arm aus: »Darf ich mal sehen?«

Das Testament ist einfach und kurz: Lilja Rós bekommt nicht nur das Haus, sondern auch alles andere Eigentum, darunter Sparbücher und einen ganzen Haufen Staatsschuldverschreibungen.

»Auf welche Höhe beläuft sich das Eigentum?«

»Ich habe noch keine Zeit gehabt, das genau auszurechnen. Aber mir scheint, dass es so einige Millionen ausmacht.«

»Einige Millionen?«, fragt Lilja Rós.

»Die Verstorbene war ersichtlich gut betucht.«

Der Junge erklärt Lilja Rós, wie es in der Sache weitergeht. Er müsse erst eine Anzeige im Gesetzesblatt veröffentlichen, und in einer dreimonatigen Frist auf Meldungen von Leuten warten, die Anspruch auf den Nachlass erheben. Danach könne das Testament vollstreckt werden.

Ich fahre Lilja Rós nach Hause.

»Ich wusste gar nicht, dass Halla so reich war«, sagt sie und wirkt total platt.

»Was glaubst du, an was sie so viel verdient hat?«

»Ich hab wirklich keine Ahnung.«

Sie ist von Stress und Schlaflosigkeit der letzten Nächte total ausgelaugt, legt sich aufs Sofa und schläft sofort ein.

Genau der richtige Moment, um mich in der Wohnung umzusehen.

In Hallas Arbeitszimmer steht alles wieder in Reih und Glied. Lilja Rós hat Bücher, Zeitungen und Berichte wieder sorgfältig in die Regale sortiert und den Schreibtisch am Fenster aufgeräumt.

Ich setze mich an den Tisch und rüttele an einer Schublade nach der nächsten.

Alle sind abgeschlossen.

Schaue auf den dunklen Bildschirm des Computers. Vielleicht verbirgt er ein Geheimnis? Beuge mich zum Knopf, mache den Computer an, öffne das Schreibprogramm und gucke über eine lange Liste mit Files auf der Festplatte. Alles scheint auf eine oder andere Weise mit Politik zu tun zu haben.

Ich öffne aufs Geratewohl eine Datei. Es ist ein Bericht über ein Treffen, das der Parteivorsitzende mit Vertretern seines Wahlkreises hatte.

Öffne eine andere Datei. Auch nach dem Zufallsprinzip. Notizen von einem Treffen, das der Premierminister mit seinem norwegischen Kollegen hatte.

Nichts Interessantes.

Schließlich fahre ich den Computer wieder runter, schließe die Tür zum Arbeitszimmer und werfe einen Blick in das Schlafzimmer. Dieses rosane Etwas ist so unwirklich wie eine Bühne.

Ich setze mich auf das weiche Bett. Gucke mich selber im Spiegel an.

War irgendwas hinter diesen Spiegeln?

Ich stehe auf, gehe zu den Spiegeln. Fahre mit den Fingern vorsichtig an den Rändern entlang. Drücke sie an. Versuche, sie zu bewegen. Sie abzumachen. Sie zur Seite zu schieben.

Nichts ist von Erfolg gekrönt. Es bewegt sich nichts.

Natürlich nicht! So was passiert doch nur in Krimis!

23

»Komm sofort her!«

Raggi wartet meine Antwort nicht ab, sondern knallt den Hörer auf die Gabel.

Mann, macht der ein Megastress!

Da muss ja eine Bombe eingeschlagen haben! Bin gespannt, was passiert ist. Zehn Tage sind seit dem Mord in der Staatskanzlei vergangen, und die Kältewelle ist endlich vorbei. Kurz vor dem Wochenende hatte es aufgehört zu schneien. Da haben die Räumfahrzeuge angefangen, sich damit abzumühen, die Straßen freizukriegen.

Die Goldjungs waren am Wochenende auf die Snaefellsnes-Halbinsel gefahren. Und jetzt hatten sie schlechte Laune. Irgendwas war anders gelaufen, als sie sich das vorgestellt hatten. Und das konnten sie überhaupt nicht vertragen, diese Herzchen.

Raggi nimmt mich gleich zur Seite, als ich die Abteilung der Kripo betrete. Zieht mich in sein Büro. Er ist nur im Hemd. Mieft nach Schweiß und Mundgeruch.

»Wir müssen Saemi laufen lassen«, sagt er.

Daher weht also der Wind!

»Er hat dann also die Wahrheit gesagt?«, frage ich.

»Wir haben diesen Benzinjungen ausfindig gemacht. Er hat Saemi in einer Gegenüberstellung aus einer Gruppe Leute herausgepickt.«

»Und?«

»Der Junge gibt an, dass er bei ihm am späten Abend des Mordtages getankt hat. Die anderen Bewohner haben Saemi nicht gesehen, behaupten aber, dass der Junge zur fraglichen Uhrzeit rausgeschickt wurde, um einem Autofahrer Benzin zu verkaufen.«

»Was also bestätigt, dass Saemi überhaupt nicht in der Stadt war, als der Mord begangen wurde? Er hat ja immer auf seiner Version beharrt.«

»Es sieht tatsächlich so aus, als würde sie stimmen.«

»Bist du nicht sicher?«

»Ich war die ganze Zeit überzeugt davon, dass Saemi schuldig ist. Aber die Zeugen sind sich hundertprozentig sicher. Ihre Aussagen stimmen überein, was den Zeitpunkt und das Programm im Fernsehen angeht, als Saemi sich bemerkbar gemacht hatte. Und dann hat der Junge ihn bei der Gegenüberstellung wiedererkannt.«

»Dann scheint der Fall ja erledigt zu sein?«

»Es ist jedenfalls klar, dass Saemi nicht in der kurzen Zeit nach der Tat den ganzen Weg in den Westen gefahren sein kann«, sagt er und fährt sich über die Wampe. Plötzlich fliegt die Tür auf und der Vizepolizeipräsident steht mit wütendem Gesicht in der Tür.

»Was zum Teufel machst du hier, Ragnar?«, brüllt er. »Komm sofort mit!«

Als sich unsere Blicke kreuzen, schenke ich ihm ein extra nettes Lächeln.

Er dreht total ab und schreit: »Schmink dir dieses verdammte Gegrinse von deiner Fresse!«

»Es ist doch immer nett, sich mit einem Gentleman zu unterhalten«, antworte ich und lächele noch breiter.

»Ansonsten kannst du machen, dass du hier rauskommst!«, brüllt er weiter.

»Vielen Dank für die Blumen«, sage ich und schaue zu Raggi.

»Lass den Scheiß, Stella.«

Der Vize verschwindet wieder.

»Warte hier, bis ich wiederkomme«, sagt Raggi und folgt seinem Vorgesetzten.

Raggis Büro ist klein. Ein paar Regale. Aktenschränke. Ein Computer. Stapelweise Aktenmappen auf dem Schreibtisch. Ein Schreibtischstuhl auf Rollen.

Ich setze mich auf den Stuhl und werfe einen Blick auf die Akten. Finde schnell das Objekt meiner Begierde. Öffne die Mappe. Nehme die ausgedruckte Aussage des Benzinjungen in die Hand und beginne zu lesen.

Der Bauernhof liegt direkt an der Ringstraße, knapp südlich von der Bezirksgrenze vom Snaefellsnes. An diesem Abend hat die Familie Fernsehen gesehen. Derrick war gerade in voller Aktion, einen Mord zu lösen, als jemand am Weg gehupt hat. Der Junge wurde rausgeschickt, um den Kunden zu bedienen. Er konnte das Auto und den Fahrer beschreiben. Die Beschreibung passte gut auf Saemi.

Der Junge hat Saemis Auto vollgetankt. Sie haben sich nebenbei über die englische Fußballliga unterhalten. Hielten beide zu Liverpool. Der Fahrer hatte ein Liverpool-Käppi im Auto, das er dem Jungen geschenkt hat, bevor er weitergefahren ist.

Er hat dem Jungen ein Käppi geschenkt?

Komisch. Wieso hat Saemi das in seiner Aussage nicht erwähnt? Er verschenkt doch wohl kaum jeden Tag solche Käppis an unbekannte Jungs? Daran hätte er sich doch erinnern müssen!

Ich stecke die Kopie wieder in die Mappe und schließe sie. Stehe dann auf, mache die Tür auf und gehe auf den Flur.

Raggi kommt zurück.

»Er wird jetzt freigelassen«, sagt er bekümmert. »Da kommt wohl nichts anderes in Frage.«

Wir gehen zusammen den Gang bis zum Empfang entlang. Dorthin wird kurze Zeit später auch Saemi gebracht. Er grinst von einem Ohr zum anderen.

»Komm, ich fahr dich nach Hause«, sage ich, als die Formalitäten erledigt sind und Saemi seine persönlichen Gegenstände wiederbekommen hat.

»Gehört dir diese Schrottmühle?«, fragt er überrascht, als er mein altersschwaches Auto sieht.

»Willst du lieber zu Fuß gehen?«

»Ich habe nur immer gedacht, dass ihr Anwälte Kohle genug hättet, um euch was Besseres zu leisten.«

»Mach dir um mich keine Sorgen.«

»Willst du heute Abend mit mir feiern?«

»Ich bin beschäftigt.«

»Okay. Aber ich will heute Nacht mal so richtig einen

draufmachen und das Leben genießen!« Er breitet seine Arme aus. »Reykjavík here I come!«

Als ich vor seinem Mehrfamilienblock anhalte, springt er schnell hinaus, aber steckt noch mal den Kopf durch die offene Tür hinein.

»Gehn wir denn ein andermal zusammen aus?«, fragt er.

»Ja vielleicht, wenn du dir heute Nacht nicht dein bestes Stück brichst!«

»Da besteht keine Gefahr«, antwortet er lachend. »Er steht immer zur Verfügung!«

24

Die Presse spielt verrückt.

Der Halla-Fall ist geplatzt. Keine Lösung. Kein Mörder. Keine Anhaltspunkte. Eine ratlose Polizei.

Das, was eigentlich als einfacher, ja eigentlich schon gelöster Fall betrachtet wurde, ist auf einmal kompliziert und undurchsichtig geworden. Und gefährlich. Nicht zuletzt für die Politiker.

Jetzt, wo Saemi auf einmal aus dem Spiel ist, muss sich dann nicht die Aufmerksamkeit auf Hallas politische Gefährten und Kollegen richten? Wo sollte man sonst nach der Ursache des Mordes suchen? Waren hochgestellte Männer in den Fall verwickelt? War der Grund des Mordes vielleicht doch politisch und nicht persönlich, wie von den Ermittlern zuerst behauptet wurde?

In den ersten Tagen, nachdem Saemi freigelassen wurde, trauen sich die Massenmedien nur andeutungsweise, diese sich aufdrängenden Fragen anzusprechen. Aber die Klatschgeschichten verbreiten sich in Windeseile im Land. Bald scheinen alle alles über alle in der Staatskanzlei zu wissen. Besonders die Privatsachen. Wer mit wem schläft. Wer Alki oder Homo ist.

Aber der Mörder?

Viele Namen fallen überall da, wo Leute zusammenkommen; an Arbeitsplätzen, in Nähclubs, in Kantinen und auf Cocktailpartys. Auch Namen von Leuten in höchsten Ämtern. Aber natürlich weiß niemand etwas Genaues.

Und die Goldjungs?

Sie warten.

Auf was? Vielleicht auf ein neues deutsches Wunder? Wie vor ein paar Jahren, bei dem langwierigen Fall, bei dem die hiesige Kripo nicht weiterkam? Da kam ein deutscher Kriminalkommissar, der den Goldjungs im Handumdrehen die Lösung des Falles präsentieren konnte.

Mit Raggi ist nicht gut reden. Er flucht jedes Mal aus tiefster Seele, wenn ich ihn am Telefon erwische.

»Warum zum Teufel hängst du dich noch in den Fall rein? Der geht dich doch nichts mehr an«, sagt er.

»Wie du weißt, bin ich halt so verdammt neugierig.«

»Dann befriedige deine Neugier anderswo! Lass mich bloß in Ruhe!« Dann kickt er mich aus der Leitung.

Natürlich hat Raggi Recht. Der Fall geht mich nichts mehr an. Mein Mann wurde aus der Untersuchungshaft entlassen. Ich bin auch wieder frei. Kann mich wieder um meine Dinge kümmern. Krönchen kassieren und das Leben genießen.

Da ist nur die Scheiß-Kälte. Es hat zwar aufgehört zu schneien, aber dafür friert es nun gehörig. Unerträgliche Kältewellen jeden Tag.

Zu guter Letzt halte ich es nicht mehr aus. Scheiß auf die Kälte, den Mord und die Gerüchte. Buche mir einen Flug nach Florida und eine Ferienwohnung. Mache, dass ich zum Flughafen komme. Will nur weg. Weit weg. Dahin, wo Sonne, Meer und die braun gebrannten Kerle sind.

Sommer

1

Ich leere die kleine Flasche in ein bauchiges Glas und schaue dem Flüssiggold einen Moment beim sanften Schaukeln in seinem Aquarium zu. Dann schließe ich die Augen, genehmige mir einen großen Schluck und lasse den starken Alkohol Zunge und Hals ausbrennen, bis mir Glückstränen in die Augen steigen.

Hmmm! Traumhaftes Gefühl!

»Good?«

Wir sind auf dreiunddreißigtausend Fuß Höhe. Der Typ neben mir hat sofort Laptop und Filofax auf seinem Tisch ausgebreitet und sich auf sein Business gestürzt. Er will bestimmt nur nett sein.

Ich fliege gerade von Florida nach Hause, wo ich meinen Urlaub verbracht habe. Fünf Wochen im Paradies! Davon dreißig Tage mit Juan. Und dreißig Nächte.

Juan! Juan! Er war durchtrainiert und groß. My Black Beauty. Der wusste mit seinem besten Stück umzugehen!

Ahhh!

Langsam, langsam, keine feuchten Träume über den Wolken! Versuch auch, nett zu sein, Stella!

»Yes, very good«, antworte ich und lächele freundlich.

Fünf Wochen, in denen ich an kein anderes Eis zu denken brauchte als an das, was den Jackie in der Hitze Floridas kühl hält. Muss mich nicht um Schuldner kümmern. Und erst recht nicht um die Ganoven auf unserer Eisscholle. Es hätte nicht besser sein können.

»Isländische Zeitungen?«

Ich nehme das Morgunbladid aus der ausgestreckten Hand der Stewardess entgegen. Auf der Rückseite springt mir eine Schlagzeile in die Augen:

MORD IN DER STAATSKANZLEI:
Zum zweiten Mal in Hallas Wohnung eingebrochen

Es ist also noch einmal in das rote Reihenhaus eingebrochen worden. Der Einbrecher hatte die Wohnung wie beim letzten Mal durchwühlt hinterlassen.

Arme Lilja Rós. Nun muss sie schon wieder alles aufräumen!

Dem Bericht zufolge hatten die Goldjungs keine Erklärungen parat. Konnte Zufall sein, sagte der Vizepolizeipräsident. Musste nichts mit dem Mord zu tun haben. Es gab wieder keine Spuren eines Einbruchs an Türen und Fenstern, was natürlich darauf schließen lasse, dass irgendein Unbefugter den Schlüssel zum Haus besaß. Soweit man die Sache schon übersehen könne, wurde nur der Computer im Arbeitszimmer im ersten Stock gestohlen.

Aber im Fall werde natürlich noch ermittelt.

Es wird ermittelt! Alle wissen, was das heißt.

Aber der Mord selber?

Der Vize berichtet, dass mit voller Kraft daran gearbeitet werde, den Fall zu lösen. Es seien wichtige Hinweise eingegangen, denen man nachginge. Niemand könne erwarten, dass ein solcher Fall innerhalb von wenigen Tagen oder Wochen geklärt sei. Nun, oder auch Monaten. Gerüchte, dass irgendwelche einflussreichen Leute versucht hätten, die Ermittlungen zu sabotieren, seien völlig aus der Luft gegriffen. Solche Geschichten seien verantwortungslos und gefährlich und eine Schande für die Urheber.

Bla bla bla. Diese Herzchen hatten also noch immer keinen Schimmer.

Im Innenteil der Zeitung stoße ich auf weitere Artikel zum Thema Mord in der Staatskanzlei. Darunter ein detailgetreuer Bericht über eine Diskussion außerhalb der Tagesordnung im Parlament. Einige Abgeordnete der Opposition hatten scharf kritisiert, wie langsam die Ermittlungen der Polizei voranzukommen scheinen. Gleichzeitig forderten sie eine Erklärung zu den aufgetretenen Behauptungen, dass der Ministerpräsident sich unrechtmäßig in die Ermittlungen einmische. Dieser wies alle diesbezüglichen Anschuldigungen von sich und interpretierte sie als einen Versuch der verantwortungslosen politischen Hexenjagd.

Ich lege die Zeitung schnell wieder zur Seite und versuche, den Fall Halla zu vergessen. Er geht mich nichts an.

In den nächsten Monaten möchte ich über diesen Kram noch nicht mal nachdenken. Nein danke! Möchte nur abkassieren.

2

Auf meinem Schreibtisch ist alles ordentlich aufgeräumt.

Ich hatte mir einen Lehrling aus der juristischen Fakultät an Land gezogen, der jeden Tag in meinem Büro vorbeikommen sollte, während ich mich in der Sonne vergnügt habe. Er sollte Post holen, Briefe öffnen, den Anrufbeantworter auf Nachrichten abhören und das Notwendigste beantworten.

Er war eine Art Unfallversicherung.

Die Briefe, die ich in den letzten fünf Wochen bekommen habe, liegen samt den Anmerkungen des Jungen in einer Mappe auf dem Schreibtisch. Auch die Nachrichten vom Band, die wichtig sind. Diese sind hauptsächlich von den Schuldnern. Die waren mit Sicherheit hocherfreut zu hören, dass ich im Ausland war.

Jetzt ist die Freude vorbei.

Auf dem Tisch liegen auch Mitteilungen von Lilja Rós. Sie bitte mich, sie so schnell wie möglich im Norden anzurufen. Ich kümmere mich erst mal nicht darum.

Ich brauche nur zwei Wochen bis ich die Fahrt in die Sonne reingearbeitet habe. Ab dann heißt es wieder sparen. Der Winterschnee ist dank des Regens aus der Stadt verschwunden. Der Westen und der Norden sind allerdings immer noch völlig eingeschneit.

Das interessiert mich alles nicht. In diesen Tagen brause ich mit Hochgeschwindigkeit auf der Einbahnstraße des Mammon. Sehe kaum fern. Lese die Zeitungen gerade mal im Vorübergehen; werfe einen Blick auf die Schlagzeilen, Comics und Annoncen. Denke nur an das eine: wie ich am schnellsten die meisten Krönchen kassieren und sie durch meinen Broker Gewinn bringend anlegen lassen kann.

Ich vergesse alles andere, bis Lilja Rós eines Tages zu Besuch kommt und mich auf dem direkten Weg des Mammon stört. Sie wartet vor der verschlossenen Türe meines Hauses auf mich. Der hilflose Gesichtsausdruck verfehlt die Wirkung nicht.

»Willst du nicht reinkommen?«, frage ich.

Sie setzt sich auf den Stuhl, der mir gegenüber am Schreibtisch steht.

»Ich brauche eigentlich einen Rechtsanwalt«, sagt sie.

»Wozu?«

»Ich habe keine Ahnung vom System.«

»Meinst du die Erbschaft?«

»Ja.«

»Hat sich der Nachlassverwalter schon bei dir gemeldet?«

»Bei mir hat sich niemand gemeldet. Außerdem wird immer in das Haus eingebrochen, alles durchwühlt und zerstört. Da muss was gegen getan werden, ich weiß bloß nicht, wie. Bis das Schuljahr zu Ende ist, bin ich ja im Norden gebunden.«

»Zuerst musst du natürlich herausfinden, wie der Nachlass aufgeteilt wird. Ob sich Verwandte gemeldet haben. Wenn niemand Anspruch auf das Erbe erhebt, bist du gemäß dem Testament Alleinerbin. Das würde die Sache natürlich sehr vereinfachen.«

»Kannst du dich nicht für mich darum kümmern? Und ab und zu nach dem Haus gucken?«

Ich denke einen Moment darüber nach.

»Ich zahle natürlich auch«, schiebt sie noch hinterher. »Ich bin völlig ratlos.«

»Okay.«

Lilja Rós unterschreibt die Vollmacht, in der sie mich beauftragt, mich um ihre Angelegenheiten in der Hauptstadt zu kümmern.

»Ich nehme dann die Sache gleich morgen in Angriff«, sage ich. »Wie kann ich dich im Norden erreichen?«

»Wenn es sehr dringend ist, ist der Pager tagsüber am besten«, antwortet sie.

Ich schreibe mir die Nummer auf.

Lilja Rós scheint mit dieser Vereinbarung überglücklich zu sein, bedankt sich überschwänglich bei mir und fährt wieder raus aufs Land, um Muskeln zu trainieren. Die ihren und die anderer.

Am nächsten Tag gehe ich beim Nachlassverwalter vorbei. Der Fall scheint klar zu sein. Niemand hat sich auf die Aufforderung im Gesetzesblatt hin gemeldet und Ansprüche auf das Erbe angemeldet. Einige Schuldenrückforderungen sind eingetroffen, aber das sind alles Peanuts.

Der Nachlassverwalter zeigt mir eine Liste über die verschiedenen Teile des Nachlasses. Der Wert des Hauses wird auf über zehn Millionen Kronen geschätzt, wobei es aber mit knapp der Hälfte hypothekisiert ist. Die Sparbücher und Wertpapiere wiegen das aber auf der anderen Seite wieder auf. Der Wert des Nachlasses minus Schulden wird auf gute zwanzig Millionen geschätzt.

Davon wird natürlich noch die Erbschaftssteuer abgezogen.

Scheiß drauf.

Lilja Rós ist auf einmal reich.

3

Bei der Kripo ist dicke Luft.

Die Goldjungs riechen direkt nach Stress. Er rinnt an ihnen herunter wie Schweißperlen. Raggi versucht noch nicht mal, so zu tun, als ob er entspannt sei, als ich in sein Büro komme. Auf dem Tisch liegt eine Pappschachtel.

»Hier ist der verdammte Scheiß«, motzt er.

»Wie nett von dir.«

Auf allen Seiten der Schachtel ist mit großen Buchstaben ein Markenname aufgedruckt. »Das ist ja wirklich unglaublich!«, rufe ich fröhlich. »Ich wär ja nie drauf gekommen, dass ihr hier den Tag mit Kelloggs beginnt!«

»Stella!«

»Ich meine, gemessen an dem Erfolg ...«

Raggis Gesicht schwillt an.

»Warum probiert ihr's nicht mal mit Coco Puffs?«, schiebe ich nach.

»Spar dir deine dämlichen Witze.«

»Raggi, Herzchen. Wahnsinnsstress hier, oder was?«

Er fegt ein Blatt Papier zu mir über den Tisch. »Hier ist die Liste mit dem Inhalt der Schachtel«, sagt er wütend. »Du unterschreibst hier unten.«

In der Schachtel ist Hallas Eigentum, das die Goldjungs vom Tatort, aus Hallas Haus und aus ihrem Bankschließfach in der Landsbanki mitgenommen hatten. Man ging nun davon aus, dass sie für die Ermittlungen keine Rolle mehr spielten.

Ich nehme mir reichlich Zeit, um die Gegenstände in der Schachtel mit Raggis Liste zu vergleichen: Handtasche. Verschiedene Schminkutensilien. Einige Schmuckstücke. Ein Kästchen mit Disketten. Portemonnaie. Scheckheft. Sammelkarte fürs Schwimmbad. Führerschein. Handy. Kreditkarte. Geldscheine und Münzen. Diverse Kassenzettel. Lottoscheine. Pager. Schlüsselbund.

»Scheint alles an Ort und Stelle zu sein«, sage ich schließlich.

»Natürlich.«

Ich unterschreibe den Zettel und reiche ihn Raggi: »Mach mir eine Kopie, Herzchen.«

Raggi winkt erst ab, aber geht dann auf den Flur und kehrt umgehend mit einer Kopie in der Hand zurück.

»Hier«, quetscht er sauer aus sich heraus.

»Mann, bist du genervt.«

»Wir haben uns ja auch nicht in der Sonne vergnügt.«

»So wie gewisse andere?«

»Ja, genau, wie gewisse andere.«

»Das war der totale Wahnsinn.« Ich seufze genüsslich, nur um ihn noch mehr aufzuziehen.

»Ich kann's mir vorstellen. Unglaublich, dass Florida nach dieser Heimsuchung noch steht.«

Ich lächele süß: »Die Frage ist viel eher, ob in Florida noch alles steht!«

Raggi winkt wieder ab. Dann setzt er sich an den Tisch und versucht zu lächeln: »Okay, Stella.«

»Kommt ihr wirklich nicht voran?«, frage ich.

Er lehnt sich in seinem Stuhl zurück: »Was glaubst du?«

»Ach, ich verfolge diesen Fall nicht mehr. Geht mich nichts an.«

»Es geht alle was an. Alle sind verpflichtet, bei der Aufklärung eines Mordes zu helfen.«

»Du könntest eine Aufmunterung gut gebrauchen, Raggi. Komm mit essen.«

»Ich stecke bis über beide Ohren ...«

»Ich lad dich ein.«

»... in Arbeit.«

»Wir gehn ins Hotel Holt.«

Fünf Minuten später bin ich mit der Schachtel im Kofferraum und Raggi auf dem Beifahrersitz auf dem Weg in die Innenstadt.

Nach der Vorspeise beruhigt er sich etwas. Das Steak und der Rotwein tun das ihre, um ihn gesprächsbereit zu stimmen.

»Die machen uns verrückt«, meint er.

»Wer?«

»Alle. Die Politiker, die Tratschweiber, die Verrückten und die Pressefritzen.«

Ich bin das Mitleid in Person.

»Die Gerüchte, die in der Stadt kursieren, sind völlig unglaublich«, erzählt er weiter. »Und die Reporter fragen bei uns wegen jeder Klatschgeschichte nach, die sich irgendeine Oma für ihren Handarbeitsclub zurechtstrickt.«

»Zum Beispiel?«

»Heute Morgen kam wieder so eine Story, die schlug wirklich alle Rekorde!« Raggi beginnt zu lachen.

»Ja?«

»Der Premierminister war die letzten beiden Tage zu

Hause. Er hat irgendeine lächerliche Grippe. Also nichts Besonderes. Heute Morgen hat ein Presseheini angerufen und gefragt, ob wir ihn in U-Haft hätten. Den Premierminister selber!«

»Was du nicht sagst …?«

»Ich glaube, dass die Leute langsam verrückt werden. Die Opposition macht die Sache auch nicht besser, indem sie versuchen, im Trüben zu fischen und diesen Fall zu benutzen, um sich an der Regierung zu rächen. Und wir sind dann die, die zwischen Hammer und Amboss geraten.«

»Aber mal im Ernst, ist denn der Premier weniger verdächtig als andere?«

Raggi verschluckt sich am Rotwein.

»Ich meine nur, dass alle, die enge Beziehungen zu Halla hatten, unter Verdacht stehen müssten.«

»Was meinst du mit ›enge Beziehungen‹, Stella?«

»Ach, du weißt schon, so ein kleiner Quickie nach Büroschluss.«

»Niemand hat uns bestätigen können, dass sie derartige Beziehungen miteinander hatten.«

»Die werden auch nicht gerade Eintrittskarten verkauft haben.«

»Außerdem ist sicher, dass der Premierminister den ganzen Abend in einer Besprechung war. Dafür haben wir viele Zeugen.«

»Also stand er doch unter Verdacht?«

»Überhaupt nicht. Aber wir haben selbstverständlich Erkundigungen über alle eingeholt, die regelmäßig mit Halla Umgang hatten und was sie an eben diesem Freitagabend gemacht haben.«

»So? Und wo war Haukur?«

»Der Assistent?«

»Genau der.«

»Der war unter Leuten.«

»Unter Leuten?«

»Ja, zuerst auf einem öffentlichen Empfang und dann auf einem Thorrablót.«

»Zwei Bankette an einem Tag. Kein Wunder, dass er aufgeht wie ein Hefeteig.«

»Oder besser gesagt auf dem Weg zum Thorrablót.«

»Wie, auf dem Weg?«

»Er war auf einem Thorrablót im Norden eingeladen und ist am Abend dahin geflogen.«

»Da hat er ja Glück gehabt.«

Raggi schaut auf: »Kannst du den nicht ausstehen?«

»Na ja, nicht direkt. Wir waren nur zusammen auf der Uni.«

Er wendet sich wieder seinem Steak zu: »Es wird gesagt, dass sich Haukur immer noch Hoffnungen macht, dass er eines Tages für den Norden einen Abgeordnetensitz im Parlament bekommt. Es ist mir wirklich unverständlich, wie manche sich ins Zeug legen, um Abgeordneter zu werden.«

»Wieso unverständlich? Dann ist man auf der Gehaltsliste des Landes. Macht, so viel man will. Reisen in jede Ecke des Landes. Unzählige öffentliche Bankette.«

»Übertreibst du nicht ein bisschen, Stella? Aber wo wir gerade bei Banketten sind. Das ist ein wahres Luxusessen.«

»Was ist mit dem Koks?«

»Was für Koks?«

»Tu doch nicht so. Ich weiß doch, dass ihr in Hallas Wohnung Kokain gefunden habt.«

Raggi schaut mich grinsend an: »Da hast du falsche Informationen bekommen, Stella. Wir haben kein Kokain gefunden.«

»Das glaub ich nicht.«

Er lehnt sich über den Tisch zu mir: »Aber wir haben eine ganze Palette Doping-Mittel gefunden.«

»Doping-Mittel?«

Er nickt.

»Wo kommen die denn her?«

»Wir haben überhaupt keine Ahnung. Zuerst haben wir gedacht, dass sie Lilja Rós gehören, weil sie im so genannten Bodybuilding aktiv ist. Aber sie bestreitet das. Behauptet, noch nie in ihrem Leben Doping-Tabletten gesehen zu haben.«

»Und das findest du nicht besonders glaubwürdig?«

»Ich muss zugeben, dass es mich nicht überzeugt. Wir wissen natürlich, dass viele dieser Mittelchen bei Bodybuildern im Umlauf sind.«

»Aber was ist dann mit den Geschichten wegen den Kokainpartys bei Halla? Ihr habt doch bestimmt diesen Aspekt des Falles schon beleuchtet?«

»Wir haben in jede Richtung ermittelt. In wirklich jede.«

»Und?«

»Ich glaube, dass man zum Beispiel über Hallas ehemalige Liebhaber ganze Romane schreiben kann.«

»Sie war nun mal frei und unabhängig.«

»Hmmm.«

»Und die Kokspartys?«

»Wir haben natürlich auch mögliche Rauschgiftverbindungen untersucht. Aber es gibt keine Beweise. Überhaupt keine. Nur ein paar ... wie soll ich sagen ... Hinweise.«

»In irgendeine bestimmte Richtung?«

»Eigentlich nicht. Nur eventuell zu deinem Freund.«

»Zu meinem Freund? Welchem?«

»Ich meine Saemi.«

»Der ist nicht mein Freund.«

»Weißt du, was er gerade macht?«

»Nein, es ist mir auch egal.«

»Er ist wieder als Laufbursche für Porno-Valdi aktiv.«

»Habt ihr Saemi immer noch im Visier?«

»Nein, eigentlich nicht.«

Ich schaue Raggi forschend an. »Dann ist es Sigvaldi! Habt ihr ihn endlich mal unter die Lupe genommen?«, frage ich.

»Endlich? Was meinst du mit endlich?«

»Du weißt doch selber, was die Leute reden. Dass ihr Sigvaldi aus politischen Gründen freie Hand lasst.«

»Das ist nur ein Teil des Geschwätzes und der Hysterie in der Gesellschaft. Wir haben Sigvaldis Geschäfte genauso auseinander genommen wie die anderer, wenn ein begründeter Verdacht vorlag. Aber wir haben dem Mann bisher nichts nachweisen können. Die Leute scheinen das zu vergessen.« Raggi legt das Besteck zur Seite und lehnt sich wieder über den Tisch: »Mit Saemi ist es genau das Gleiche. Natürlich weiß ich, dass er die Tat nicht begangen haben kann. Die Zeugen bestätigen das. Aber ich hab trotzdem ein unglaublich starkes Gefühl, dass er irgendwie in dem Fall drinhängt.«

»Du hast ein Gefühl? Gefühle beweisen gar nichts.«

»Du sagst es.«

»Mit Tatsachen bist du auf der sicheren Seite.«

»Ich weiß das selbst. Aber ich habe trotz aller Tatsachen, die es in dem Fall gibt, einfach dieses Gefühl.«

Der Ober kommt zu uns.

»Kaffee und Kognak, bitte«, bestelle ich.

Raggi lehnt sich in seinem Stuhl zurück. »Toll von dir, meine Liebe, so ein Essen!«, schwärmt er mit fast vollkommen zufriedenem Gesichtsausdruck. »Du lässt es uns ja wirklich ausgesprochen gut gehen!«

4

Ein ängstliches Mäuschen.

Das ist meine erste Assoziation, als ich meine neue Mandantin betrachte.

Birna ist klein und schlank, mit dunklem, glattem Haar, das gerade bis zum Kinn reicht, hat bleiche Lippen und ein ungeschminktes Gesicht.

Ich setze mich ihr gegenüber an den Tisch im Gesprächszimmer und überfliege schnell die Papiere, die die Goldjungs mir vor ein paar Minuten zugesteckt hatten. Sie ist neunzehn Jahre alt. Gerade von Brasilien gekommen, wo sie nur drei Tage Aufenthalt hatte. Ist auf dem Weg nach Hause in Kopenhagen zwischengelandet. Wurde in Keflavík auf dem Flughafen mit zwei Kilo Kokain in der Reisetasche festgenommen. Streitet alles ab. Behauptet, nicht zu wissen, wie das Kokain in ihre Reisetasche gekommen sei.

Die Goldjungs meinen zu wissen, dass sie ein Kurier für andere wäre und wollen sie dazu bringen, die Namen der Hintermänner preiszugeben. Sie fordern zwei Monate Untersuchungshaft.

Birna hält sich immer noch an ihre ursprüngliche Aussage, dass sie nichts weiß. Das verheißt nichts Gutes für sie.

»Es sieht schlecht aus«, sage ich.

»Aber das ist nicht mein Stoff«, antwortet sie sofort. »Jemand muss das Zeug in meine Tasche geschmuggelt haben.«

»Du glaubst doch nicht im Ernst, dass dir das einer abnimmt?«

»Aber wenn es doch wahr ist!«

»Ach ja? Was hast du denn eigentlich in Brasilien gemacht?«

»Ich habe nur meinen Freund besucht.«

»Du bist um die halbe Welt gereist, um diesen Freund zu besuchen und dann warst du nur drei Tage bei ihm, wenn ich dich recht verstehe? Wie kam das denn?«

Die Antwort kommt sofort: »Er hat mich betrogen. Er hatte eine andere in Rio und hat mich alleine im Hotel zurückgelassen. Dann bin ich einfach wieder nach Hause geflogen.«

Unglaubwürdige Geschichte?

Natürlich. Aber vielleicht auch so gelogen, dass sie schon fast wieder wahr sein könnte? Es gibt so viele verdrehte Sachen auf der Welt.

»Hältst du es für möglich, dass dein Freund das Rauschgift in der Tasche versteckt hat?«, frage ich.

»Nein, das glaube ich nicht«, antwortet sie und schüttelt den Kopf.

»Aus diesen Unterlagen geht hervor, dass du dich geweigert hast, seinen Namen zu nennen. Warum?«

Birna stöhnt selbstmitleidig: »Das ist ein einziger Albtraum.«

Ich schaue sie streng an und warte auf eine Antwort.

»Ich glaube einfach nicht, dass er das gemacht hat«, sagt sie schließlich. »Außerdem wollte ich ihn nicht in Schwierigkeiten bringen.«

»Ihn in Schwierigkeiten bringen?«, frage ich fassungslos. »Dein Freund hat dich betrogen!«

Sie schaut auf ihre Hände, die sie in ihrem Schoß windet.

»Du steckst bis zum Hals in Scheiße, nicht er!«

Birna antwortet nicht.

»Es könnte dir helfen, wenn du ihnen sagst, wie dein Romeo heißt.«

Sie schüttelt den Kopf. Ihr jämmerlicher Gesichtsausdruck geht mir unglaublich auf die Nerven.

»Du musst den Tatsachen ins Auge sehen«, sage ich scharf. »Die haben dich mit zwei Kilo Dope aufgegriffen.

Das bedeutet mindestens vier Jahre Knast. Und es ist wirklich kein Zuckerschlecken, einige Jahre hinter Schloss und Riegel zu verbringen, das kann ich dir sagen!«

Sie guckt mich mit großen braunen Augen an. Vereinzelte Tränen kullern die Wangen hinunter.

»Der einzig mögliche Weg, um ein milderes Urteil zu bekommen, ist zu versuchen, Informationen zu verkaufen«, fahre ich fort. »Aber dann musst du auch Hinweise auf diese Typen geben, die das Rauschgift besitzen.«

Sie schlägt die Hände vors Gesicht und bricht in Tränen aus.

Ich gestehe ihr zu, sich auszuheulen. Schiebe ihr dann ein Papiertaschentuch über den Tisch zu, als sie sich wieder gefangen hat und die Schluchzer weniger werden. Sie wischt sich die Augen und putzt die Nase.

»Also, dann wollen wir mal zum Gegenschlag ausholen. Bist du bereit?«

Sie schüttelt wieder den Kopf.

»Okay. Dann sieht die Sache folgendermaßen aus: Du bekommst Untersuchungshaft und wirst dann zu einer langen Gefängnisstrafe verurteilt.«

Ich stehe auf und stopfe die Unterlagen in meine Aktentasche: »Wir sehen uns heute Nachmittag wieder, wenn sie dich vor den Richter bringen. In der nächsten Woche komme ich dann zu Besuch. Ich rate dir, die Zeit zu nutzen und dir deine Sache gut zu überlegen.«

Birna kommt mir unglaublich hilflos zwischen den beiden stattlichen Wärtern vor, die sie zwischen sich nehmen, den Flur entlangführen und in ihre Einzelzelle bringen.

In den letzten Jahren habe ich einige Mandanten betreut, die in einer ähnlichen Situation waren. Birna ist nur ein weiteres, dummes Opfer. Es macht mich immer wieder wütend, wenn ich junge Mädchen treffe, die noch das ganze Leben vor sich haben und den Mund nicht aufmachen! Sie opfern leichtfertig viele Jahre ihres Lebens für ordinäre Ganoven, die auf ihr Schweigen bauen, damit sie in Ruhe ihre krummen Dinger drehen können.

»Der Teufel ist nie arbeitslos.«

Sagt Mama.

5

»Ist das nicht das Haus von der?«

»Von wem?«

»Ach, du weißt schon, von der, die in der Staatskanzlei abgemurkst wurde.«

»Was ist damit?«

»Ach nichts. Ich wollte nur mal fragen.«

Der Typ dreht sich wieder mit beleidigter Miene um und fährt fort, das Schloss an Hallas Haustür auszuwechseln. Oder besser gesagt an Lilja Rós' Haus. Es gehört ja jetzt ihr.

Sie hatte gesagt, dass sie entschlossen sei, das Haus nicht zu verkaufen, obwohl sie selber vorhatte, weiterhin den meisten Teil des Jahres im Norden zu verbringen. Sie wollte es auch nicht vermieten. Das ist natürlich ihre Sache. Sie wird es sich wohl leisten können, ein Haus zu besitzen, das sie die meiste Zeit des Jahres fast nicht nutzt. Kein Problem für Millionäre.

Ich hielt es für nötig, das Schloss auswechseln zu lassen und habe die Sache gleich in Angriff genommen. Es gibt keinen Grund, darauf zu warten, dass der Langfinger ein drittes Mal zuschlägt und das Haus auf den Kopf stellt.

Lilja Rós hatte die Spuren des zweiten Einbruchs schon beseitigt und aufgeräumt. Innen steht wieder alles in Reih und Glied, wie bei einer Vorzeigehausfrau.

Ich warte auf dem Flur, bis der Typ das neue Schloss angebracht hat. Schließe dann die Haustür von innen ab, gehe hinauf in den ersten Stock, stelle die Kelloggsschachtel der Goldjungs auf den Schreibtisch, lege meine schwarze Lederjacke über die Stuhllehne und setze mich an den Schreibtisch, an dem Halla viele Stunden verbracht hat. Vor dem Computer, der jetzt gestohlen worden war.

Warum dieser Einbruch? Was wollte dieser Langfinger hier? Es war doch sicher kaum nur der Computer, der ihn lockte? Da hätte er ihn doch schon beim ersten Mal mitgehen lassen können.

Hier gab es etwas, das er unbedingt haben wollte. So viel ist sicher. Vielleicht ist es immer noch hier. Aber was? Und wo?

Fragen über Fragen!

Einer der Schlüssel vom Schlüsselbund passt auf das Schloss vom Schreibtisch. Ich öffne eine Schublade nach der anderen und krame in ihnen herum. Aber es befindet sich nichts Ungewöhnliches in ihnen. Nur diverse Papiere. Notizen, Briefe und Berichte. Ich lese einige Unterlagen quer. Hat alles nur mit ihrer Arbeit zu tun, wie es scheint.

In den Schubladen befinden sich auch Disketten in rauen Mengen, die in Plastikschachteln sortiert sind. Auf manchen sind eindeutig Computerspiele drauf. Andere sind mit Etiketten versehen, auf denen mit schöner Handschrift Stichworte zum Inhalt vermerkt sind. Es sieht so aus, als handele alles nur von Politik. Stellungnahmen, Reden, Berichte, Briefe, Notizen. Zweifellos alles langweiliges Geschwafel für Leute, die sich nicht für Politik interessieren.

Letztendlich habe ich die Nase voll. Schließe die Schubladen wieder und gehe über den Flur in das Schlafzimmer. In dieses rosane.

Ich finde es immer noch genauso unglaublich wie beim ersten Besuch. Ist es wirklich möglich, umgeben von dieser Geschmacksverirrung einzuschlafen?

Ich setze mich auf das weiche Bett, lege meinen Kopf auf

ein großes Kissen und betrachte mich selbst im Spiegel, der über dem Bett an der Decke hängt.

Dieses Zimmer erinnert mich noch am ehesten an eine Kulisse im Theater. An eine Bühne. War Halla vielleicht eine Art Regisseurin hier? Oder nur einer der Schauspieler?

Hmmm.

Die Matratze ist wirklich gut. So unheimlich weich. Garantiert aus Amerika! Ich schließe die Augen und döse eine Weile. Und setze mich dann ganz plötzlich hellwach im Bett auf. Die Disketten!

Die Disketten wurden im Bankschließfach aufbewahrt. Warum?

Ich stehe schnell auf, eile ins Arbeitszimmer und durchwühle die Kelloggsschachtel, bis ich alle Disketten aus dem Schließfach zusammen habe.

Es sind acht Stück.

Das Einzige, was auf ihnen draufsteht, sind die Nummern. Eine Zahl auf jeder Diskette. Nummeriert, von eins bis acht. Aber nichts anderes, was darauf hinweisen würde, was auf ihnen gespeichert wurde.

Merkwürdig.

Die Goldjungs haben doch mit Sicherheit die Disketten auf ihren Inhalt abgecheckt. Sie konnten das unmöglich vergessen haben. Vielleicht haben sie nur noch mehr von diesem trivialen, politischen Blabla gefunden?

Vielleicht.

Aber warum wurden Disketten im Schließfach aufbewahrt, wenn auf ihnen nichts Wichtiges gespeichert ist?

Da stimmt doch was nicht!

Ich werfe mir die Jacke über, stecke mir die Disketten in die Tasche und sause die Treppe hinunter.

6

»Scheiß Buchstabensalat!«

Ich springe auf und pfeffere die Maus weg, sodass sie scheppernd auf dem Schreibtisch landet.

Am liebsten würde ich dem Computer die Fresse polieren. Aber es gelingt mir noch rechtzeitig, mich zusammenzureißen. Außerdem haben Computer keine Fresse. Jedenfalls noch nicht.

Egal, was ich mache – Fehlanzeige. Der Computer zeigt mir nur irgendeinen Schwachsinn auf dem Bildschirm. Völlig unverständliches Gewäsch.

Eigentlich kann ich mit Computern so gut wie gar nicht umgehen. Das ist einfach nicht mein Fall. Ich betrachte sie nur als eine Art bessere Schreibmaschine, die es mir erleichtert, Briefe zu schreiben und die Buchhaltung zu erledigen.

Nachdem ich mit den Disketten aus dem Bankschließfach nach Hause gekommen war, ging ich sofort in mein Büro, schaltete den Computer ein, startete das Programm mit der Textverarbeitung, steckte die Diskette, die Halla als Nummer eins beschriftet hatte, ins Diskettenlaufwerk und öffnete die Datei, die auf ihr gespeichert war.

Kinderspiel.

Das, was dann auf dem Bildschirm erschien, war allerdings alles andere als ein Kinderspiel. Ganz im Gegenteil. Buchstaben, Zahlen und Zeichen, zu einem sinnlosen Gemisch kombiniert, sprangen mir entgegen.

Ich wechselte die Diskette und versuchte mein Glück aufs Neue. Aber das Ergebnis war immer das Gleiche: Auf allen Disketten war dieser unverständliche Buchstabensalat.

Uff!

Ich gehe mit langen Schritten zum Aktenschrank, öffne die unterste Schublade, greife nach der halb leeren Flasche Jackie Daniels und genehmige mir einen kräftigen Schluck.

Aaaah!

Nehme dann die Flasche mit zum Schreibtisch, setze mich wieder vor den Computer und glotze den Buchstabensalat an.

Was zum Teufel ist das eigentlich?

»Manchmal sieht man vor lauter Bäumen den Wald nicht.«

Sagt Mama.

Vielleicht hat sie Recht, wie schon manches Mal zuvor. Vielleicht bin ich irgendwie computerblind?

Das kann man schnell herausfinden.

Ich genehmige mir noch einen Schluck. Stelle dann die Flasche auf den Fußboden, lange nach dem Telefon und rufe meinen Cousin Sindri an. An so was wird er sicher seine Freude haben.

Kurze Zeit später sitzt Sindri vor dem Computer.

»Wo ist das Problem?«, fragt er.

Ich reiche ihm die Diskette mit der Nummer eins.

»Siehst du die hier?«

»Ja sicher.«

»Dann sag mir, was drauf ist.«

»Das kann doch nicht so schwierig sein!«

Sindri steckt die Diskette ins Laufwerk und traktiert mit geübten Fingern die Maus.

Fortissimo!

»Da ist eine große Datei drauf«, sagt er.

»Ach ja?«

»In PGP abgespeichert, wie ich sehe.«

Er klickt wieder fleißig mit der Maus herum. Hört dann damit auf und verdreht seine Augen nach schräg-oben, um mich anzusehen, denn ich stehe hinter ihm.

»Hast du das Programm nicht gespeichert?«

»Was für ein Programm?«

»PGP natürlich.«

»Wozu brauchst du das?«

»Um die Datei zu entschlüsseln.«

»Entschlüsseln? Ist es denn verschlüsselt?«

»Das steht hier«, sagt er und zeigt auf den Bildschirm. »Ciphertext Datei. Und dann dahinter: PGP.«

»Aha.«

Sindri guckt mich auf einmal argwöhnisch an.

»Die Diskette gehört doch dir, oder?«, fragt er zögerlich.

»Sie ist auf Bitten der Besitzerin bei mir in Verwahrung.«

»Ach so.«

»Ich muss sehen, was auf ihr gespeichert ist.«

»Dafür brauchst du erstens PGP. Und zweitens ...«

Uff! Ich habe genug von dieser Abkürzung, die er mir so nett um die Ohren haut. »Verdammt noch mal, was ist das eigentlich?«

Sindri nimmt die Lehrerhaltung ein. »Das ist eine englische Abkürzung und heißt Pretty Good Privacy«, doziert er. »Das ist ein tolles Programm, um Texte zu ver- und zu entschlüsseln.«

»Was du nicht sagst.«

»Es funktioniert wie ein Schloss, das man abschließt, um etwas wegzusperren. Um zu vermeiden, dass deine Unterlagen von jemandem Unbefugtem gelesen werden.«

»Okay. Und wo bekomme ich das Programm?«

»Eigentlich überall. Du kannst es über verschiedene Adressen im Internet herunterladen. Aber das ist natürlich nicht genug.«

»Warum nicht?«

»Du brauchst auch noch den richtigen Kryptographie-Schlüssel zu dieser Datei.«

»Und wo bekomme ich den her?«

»Na, bei dem natürlich, der die Datei verschlüsselt hat.« Er lächelt verlegen.

»Und wenn ich den richtigen Schlüssel nicht habe?«, frage ich.

»Dann kann man das Dokument nicht entschlüsseln.«

»Keine Chance?«

»No way.«

»Kannst du nicht den Schlüssel für mich finden?«

Er überlegt einen Moment. »Wo ist der Computer, der das Dokument ursprünglich verschlüsselt hat?«

»Er wurde gestohlen.«

»Ach so.« Sindri zuckt mit den Schultern. »Dann bist du wohl schachmatt«, sagt er.

»Scheiße!«

Mein Computer schnurrt weiter in die Stille, als ob nichts sei. Ihm sind meine Probleme natürlich herzlich egal.

»Gibt es wirklich keine Möglichkeit, den Schlüssel zu knacken?«, frage ich wieder. Wirklich gar keine?«

Sindri schüttelt den Kopf.

»Was ist denn mit allen diesen Computerfreaks, die man im Kino sieht? Kinder, die sich in Computer einhacken und einen Weltkrieg anzetteln?«

»Das gibt's nur im Film.«

»Scheiß Computergedöhns!«

Es muss doch eine Möglichkeit geben! Es gibt doch immer eine. Ich gehe im Zimmer auf und ab. Bleibe dann auf einmal stehen. Lilja Rós! Vielleicht weiß sie etwas über einen Schlüssel?

Ich suche die Nummer ihres Pagers heraus, grapsche das Telefon und hinterlasse ihr die Nachricht, dass sie mich zurückrufen möchte. Sie antwortet mir innerhalb von zwei Minuten. Ich erkläre ihr das Problem.

Es folgt ein langes Schweigen im Hörer.

»Bist du noch da?«, frage ich ungeduldig.

»Ja«, antwortet sie.

»Also, was ist jetzt, weißt du was darüber?«

»Ich ... Ich kann dir nicht helfen.«

»Bist du ganz sicher?«

»Ja. Lass die Sache auf sich beruhen.«

Ich schmeiße den Hörer auf die Gabel.

Die Sache auf sich beruhen lassen? Da kennt sie mich aber schlecht, wenn sie glaubt, dass ich mich so schnell geschlagen gebe!

Nie!

7

»Neeeiiin!«

Mein Magen versucht, seinen Inhalt in den Hals hochzudrücken.

»Hiiilfeee!!!«

Ich werde in den Sitz gedrückt. Ich ducke mich so gut es geht und die Sicherheitsgurte es erlauben.

»Hahaha!«

Dieses höhnische Gelächter kommt vom Sitz neben mir. »Bist du so ein Angsthase?«

Ich bemühe mich redlich, mein Gleichgewicht wiederzufinden. Normal zu atmen. Die Muskeln zu entspannen. Meinen verkrampften Griff um die Sicherheitsgurte zu lösen.

»Das war doch noch gar nichts! Nur ein kleiner Sturzflug«, sagt Saemi und grinst fies, während er am Steuer des Flugzeuges sitzt.

Natürlich musste er sich so aufspielen. Mal zeigen, was für ein toller Kerl er ist. Verdammte Macho-Allüren!

Nach dem Regen heute Morgen ist der Himmel strahlend

blau über dem Land. Man sieht einige Boote wie kleine Flecken auf dem spiegelglatten, weiträumigen Faxaflói. Die Stadt, die unter und vor uns liegt, erinnert mich an aneinander gereihte Spielzeughäuschen.

»Natürlich habe ich keine Angst«, beantworte ich schließlich seine Frage. »Du hast mich mit diesem Looping nur total überrascht!«

»Sei ganz unbesorgt. Das ist eine hundert Prozent zuverlässige Maschine, glaub's mir!«

Saemi hatte mich vorhin auf der Laekjargata angehupt. Er fuhr einen Benz. Zwar einen alten, aber immerhin einen Benz.

Er hatte mir angeboten, einzusteigen und auf einen Flug mitzukommen. Eine halbe Stunde später waren wir schon über der Hauptstadt in der Luft.

»Fliegen und ein Auto. Wie kommst du denn zu diesen Reichtümern?«, frage ich.

»Die Geschäfte gehen gut.«

»Was für Geschäfte?«

»Erledigungen eben, Menschenskinder!«

Mann, mann … »Was für Erledigungen, Menschenskind?«

Saemi lacht: »Warum gehst du denn immer gleich an die Decke?«

Oh, là. là, Stella, ganz ruhig bleiben.

»Ich erledige Sachen für Leute«, erklärt er. »Ich fliege raus aufs Land. Besorge meinen Auftraggebern verschiedene Dinge, die sie dringend brauchen.«

»So'n Kleinkram taugt doch wohl kaum für ein Flugzeug und einen Benz?«

»Ich bin Miteigentümer des Flugzeuges. Mit gehört zwar nur ein kleiner Teil, aber ich fliege oft. Es gibt viel zu tun.«

»Wer sind die anderen Besitzer?«

»Einige Freunde.«

»Welche Freunde?«

»Einige«, wiederholt er.

»Porno-Valdi oder was?«

Er wird misstrauisch: »Wie kommst du darauf?«

»Mir wurde gesagt, dass du für ihn arbeitest, kleine Gefallen erledigst.«

»Wer sagt das?«

»Ich habe meine Quellen.«

»Valdi hat sich mir als guter Freund erwiesen«, meint Saemi nach einer kurzen Überlegungspause. »Das ist kein Geheimnis.«

»Hoffentlich hast du kein Rauschgift an Bord.«

»Wie kommst du denn darauf?«

»Es sind so gewisse Geschichten im Umlauf.«

»Zum Beispiel?«

»Dass du angefangen hast, Rauschgift zu verkaufen. Und dass dein Freund Valdi der Drahtzieher ist.«

»Das ist doch kompletter Schwachsinn.«

»Ach wirklich?«

»Und überhaupt, es gibt gar keinen Drahtzieher.«

»Nein?«

»Nein, in dieser Branche gibt es verschiedene kleine Könige. Nicht einen, der alle Fäden in der Hand hat. Das ist nur dummes Geschwätz.«

Saemi steuert das Flugzeug über den Hafen auf den Flugturm zu. In die Einflugschneise zum Landen.

»Ich habe dich im Winter gar nicht bei der Beerdigung gesehen«, sage ich.

Er antwortet nicht.

»Die Goldjungs haben übrigens immer noch keine heiße Spur.«

»Da kann ich auch nichts dran ändern.«

»Die sind doch immer völlig ratlos, es sei denn, die Kriminellen klopfen besoffen bei ihnen an.«

Saemi lacht und fragt dann:
»Und du, Stella? Hast du den Fall schon gelöst?«
»Wie kommst du darauf?«
»Einfach so. Mir wurde nämlich gesagt, dass du immer noch an der Sache dran bist, obwohl es dich nichts mehr angeht.«
»Wer sagt das?«
»Das ist doch egal. Hast du schon eine private Theorie?«
»Wer weiß?«
Das Flugzeug hüpft zuerst nur auf einem Rad, als es den Boden berührt, aber läuft dann weich auf der Landebahn aus.
»Wer ist denn der Täter?«, fragt Saemi.
»Ich weiß es nicht. Noch nicht. Aber es gibt da einige, die einen guten Grund gehabt hätten, scheint mir.«
»Was für Gründe?«
»Tu doch nicht so unschuldig. Du weißt doch mit Sicherheit alles über Hallas Tricks.«
Saemi guckt mich ernsthaft an. »Was weißt du denn über diese so genannten Tricks?«
»Mehr als du glaubst.«
»Wie bist du an diese Informationen gekommen?«
»Ich habe meine Verbindungen.«
»Hat jemand ... ähm ... irgendwas an Material in den Händen?«
»Was für ein Material?«
»Na ja, du weißt schon, halt Material ...«
Ich lächele freundlich: »Wer weiß?«
Er gibt es auf, mich weiter auszufragen.
»Wo soll ich dich absetzen?«, fragt er, als wir wieder am Auto sind.
»Zu Hause beim Büro.«
Der Benz schnurrt los.
»Halla hatte viele Eisen im Feuer«, sagt Saemi. »Viel-

leicht hat sich eins davon zu guter Letzt als zu heiß herausgestellt.«

»Weißt du welches?«

»Nein. Dann hätte ich es natürlich sofort erwähnt.«

»Natürlich.«

»Glaubst du mir das nicht?«

»Nein.«

»Warum?«

»Weil du selber bis über beide Ohren in Geschäfte und Gefallen, wie du das nennst, verstrickt bist. Du hast doch kein Interesse daran, die Aufmerksamkeit der Obrigkeit auf Hallas Tricks zu lenken. Und du hast noch weniger Interesse daran, den Goldjungs einen Gefallen zu tun.«

»Das stimmt nicht«, antwortet er. »Wenn ich etwas wüsste, was der Sache auf die Sprünge helfen würde, würde ich es sagen. Aber ich habe leider nichts zu bieten.«

Wir sind bei mir zu Hause angekommen.

»Du bist immer noch nicht mit mir ausgegangen«, sagt er. »Wie wärs mit heute Abend?«

»Ich bin beschäftigt«, antworte ich und steige aus.

»Okay. Wenn du Lust hast, sagst du Bescheid.« – Saemi grinst angeberisch und schlägt mit der Faust ein paar Mal auf die Hupe.

Wirklich ein echter Macho!

8

Ein Bett! Ein Königreich für ein Bett!

Ich bin total fertig. Werfe einen schnellen Blick auf die Uhr. Es wird bald drei. Allerdings in der Nacht. Ein ganzer Tag und fast eine halbe Nacht habe ich erfolglos Hallas Papiere durchsucht. Hier ist nichts anderes als Geschwätz über Politik zu finden. Kein Passwort zu den Geheimnissen.

Ich recke mich und stehe dann vom Schreibtisch auf, gehe über den Flur in das rosane Gruselkabinett. Kicke meine Schuhe von den Füßen. Schmeiße die Bluse auf den Flur. Meine schwarzen Hosen auch. Lege mich in dem weichen Bett auf den Rücken.

Hmmm!

Nehme das eine Kissen in den Arm. Drücke es an mich. Drehe mich auf die Seite. Ziehe die Knie an.

Schlafen. Nur schlafen.

Ich hatte mir geschworen, mich erst dann geschlagen zu geben, wenn ich am Ende einer Sackgasse angelangt bin.

Es war mir gelungen, Sindri zu überreden, mit seinem Laptop zu Halla nach Hause zu kommen und die Disketten in ihren Schubladen durchzuchecken. Er sollte herauskriegen, ob nicht auf irgendeiner eine Kopie von diesem verdammten Programm darauf ist. Pretty Good Privacy. PGP.

Sindri hatte eine Diskette nach der anderen in seinen Laptop geschoben und die Inhaltsverzeichnisse mit stoischer Ruhe und Geduld durchsucht.

»Bingo!«, rief er schließlich.

»Was hast du gefunden?«, fragte ich und eilte rüber zu ihm.

»Hier ist zumindest schon mal eine Kopie des Programms«, antwortete er. »Gucken wir uns mal den Schlüsselring an.«

»Den Schlüsselring?«

»Das ist eine Art Ablage im Programm für verschiedene Geheimschlüssel.«

Im Null-Komma-Nix erschien eine Buchstabenkolonne auf dem Bildschirm.

»Guck mal!«, sagte er. »Hier ist ein Schlüssel auf ihren Namen!«

»Du bist ein Genie!«, rief ich und küsste ihn auf den Hinterkopf.

Sindri legte eine neue Diskette ein, klickte wild auf der Maus herum und schaute dann zu mir. »Jetzt brauch ich nur noch das Passwort«, sagte er.

»Das Passwort?«

»Ja, ohne können wir das Dokument nicht entschlüsseln.«

»Aber ich habe kein Passwort.«

»Dann musst du es finden. Sonst hängst du fest.«

Immer wieder der gleiche Scheiß!

»Okay. Wie sieht so ein Passwort aus?«

»Es kann eigentlich alles sein«, antwortete Sindri und zählte mit Hilfe seiner Finger auf: »Ein Buchstabe oder mehrere. Eine Zahl oder mehrere. Eine Mischung von Buchstaben und Zahlen. Ein Wort oder ein ganzer Satz. Egal, was.«

»Das ist doch bescheuert«, sagte ich und hob abwehrend die Hände.

Sindri lächelte verlegen. »Manchmal suchen sich die Leute etwas aus, was sie oft ansehen, aber was so alltäglich ist, dass es niemandem einfallen würde, es mit einem Passwort in Verbindung zu bringen«, erklärt er weiter. »Der Titel eines Buches zum Beispiel.«

»Um es nicht zu vergessen, oder was?«

»Genau.«

»Irgendetwas, was gleichzeitig offensichtlich und völlig absurd ist?«

»Jahaaa. Aber es ist natürlich am wahrscheinlichsten, dass sie ihr Passwort irgendwo aufgeschrieben hat, im Kalender oder auf irgendeinen Zettel«, sagte Sindri. »Es kann nämlich niemand ein verschlüsseltes Dokument öffnen, wenn das Passwort verloren geht – noch nicht mal der, der das Dokument erstellt hat.«

»Was für'n Scheiß!«

Er guckte beleidigt, als ob ich ihn privat und persönlich für das größte Verbrechen verklagen würde.

»Nimm mich nicht so ernst«, sagte ich und klopfte ihm auf die Schultern. »Ich bin einfach nur schlecht drauf.«

Sindri versuchte, ein Lächeln zu Stande zu bringen und guckte mich mit einem Hundeblick an, der mich gleichzeitig rührte und nervte.

Mein lieber Cousin hat sich merkwürdigerweise lange Zeit eingebildet, dass ich eine Art Traumfrau sei. Er lebt immer noch in der Hoffnung, dass er irgendwann das feuchte Paradies heimsuchen darf.

Vielleicht. Aber nicht jetzt.

Ich habe ihn nach Hause geschickt und weiter Hallas Papiere durchsucht. Währendessen habe ich mich immer wieder gefragt, warum ich mich noch mit diesem verdammten Kram beschäftige. Tief drinnen war mir die Antwort natürlich klar. Einfach nur Starrsinn. Ich habe mich in diesen Sumpf begeben, jetzt muss ich auch selber sehen, wie ich da wieder herauskomme. Ich vertrage es einfach nicht, mich geschlagen zu geben. So bin ich einfach. Gebe mich nur mit Tatsachen zufrieden.

Auf dem weichen Bett im rosanen Schlafzimmer schwebt mein Bewusstsein zwischen Wachen und Schlafen. Zusammenhanglose Bilder ziehen an meinem inneren Auge vorbei wie Filmabschnitte im Schnelldurchlauf mit unterschiedlichen Themen. Halla. Saemi. Lilja Rós. Raggi. Der Premier. Gunnleifur. Haukur. Porno-Valdi. Blaue Tasche. Rauschgift. Computer. Disketten. Geheimnisse. Passwort. Flugzeug. Benz.

Winzige Puzzleteilchen. Ohne Zusammenhang.

Aber es gibt trotzdem einen Zusammenhang. Muss es geben. Warum komme ich nicht drauf?

Halla ist tot. Sie hat von ihren Geheimnissen gelebt und sie gut verwahrt. Hatte sie wahrscheinlich auf der Festplatte in ihrem Computer gespeichert und auf den Disketten, die im Bankfach waren.

Doppelte Absicherung.

Aber warum hat sie dann ständig von der blauen Tasche als ihre Versicherung geredet?

Wenn die Geheimnisse schon auf den Disketten im Bankfach waren, waren sie jedenfalls nicht in einer blauen Tasche.

Da fehlt der Zusammenhang.

Die verschlüsselten Dokumente auf den Disketten und die blaue Tasche. Alles ist eng miteinander verknüpft. Musste so sein. Aber wie?

Geben die Disketten einen Hinweis auf die blaue Tasche?

Vielleicht.

Aber es sind einige Disketten. Sindri hat gesagt, dass sich auf ihnen große Dokumente befinden. Viel mehr Text, als ein bloßer Hinweis auf einen anderen Aufbewahrungsort für die Geheimnisse.

Ich drücke das weiche Kissen mit Händen und Füßen an mich und lasse die Mühle in meinem Kopf weitermahlen.

Disketten. Blaue Tasche. Zusammenhang.

Wo ist der Zusammenhang?

Ein Hinweis?

Auf was? Auf den Aufbewahrungsort der blauen Tasche? Kaum.

Ich besitze die Disketten, aber nicht die blaue Tasche. Was, wenn es andersherum ist?

Wenn ich die blaue Tasche, aber nicht die Disketten hätte? Ist das Passwort zu den verschlüsselten Dokumenten vielleicht in der Tasche?

Moment mal!

Und wenn es andersherum wäre … Ja, andersherum!

Von einem Moment zum anderen bin ich hellwach. Setze mich im Bett auf. Vielleicht ist die blaue Tasche keine normale Tasche? Mit Sicherheit ein Versteck, aber weder aus

Schweineleder noch Kaninchenfell? Sondern aus Plastik?

Kann das sein?

Ich schmeiße das Kissen weg, komme aus dem Bett, gehe über den Flur in Hallas Arbeitszimmer, mache Licht an und setze mich auf den Stuhl.

Uff!

Er ist kalt. Ich bekomme eine Gänsehaut auf den nackten Oberschenkeln. Ich mache den Computer an, lade die Textverarbeitung und stecke eine Diskette aus dem Bankfach in den Computer.

Und jetzt?

Verdammt noch mal! Ich habe nicht genau aufgepasst, wie Sindri das gemacht hat. Ich hatte keine Ahnung, wie ich das Programm benutzen sollte. PGP.

Jetzt gibt es nur eine Möglichkeit: Sindri anrufen.

Nach meiner Uhr zufolge wird es gleich fünf. Es ist schon fast Morgen. Ich beschließe, dass Sindri nicht ausschlafen muss.

Ich recke mich zum Telefon und hebe den Hörer ab.

9

Ich lasse es klingeln, und klingeln, und klingeln.

Endlich wird mit verschlafener Stimme geantwortet.

»Sindri?«, frage ich.

»Nein!«

Nach einer Weile kommt er ans Telefon. Murmelt etwas und verspricht, wieder zu mir zu kommen.

Sofort?

Sofort.

Eine halbe Stunde später sitzt er wieder vor dem Computer und hört sich meine Ausführungen an, dass die »blaue

Tasche« das richtige Passwort zu Hallas verschlüsselten Dokumenten sein muss.

»Wenn die zwei Wörter ›blaue Tasche‹ der Schlüssel sind, dann stellt sich nur die Frage, wie sie geschrieben werden«, sagt Sindri. »Wir können ein paar Versionen ausprobieren und gucken, ob eine passt.«

Er versucht ein paar Mal, das Dokument auf einer der Disketten zu entschlüsseln, aber der Computer gibt ihm immer wieder die gleiche blöde Antwort. »Das klappt nicht«, sagt er.

Verdammt!

»Fällt dir nichts Neues ein?«

»Nein«, gestehe ich deprimiert.

»Dann gehe ich jetzt wieder nach Hause, schlafen.«

Ich begleite Sindri zur Tür und küsse ihn auf die Backe. Gehe dann in die Küche, mache mir einen Kaffee und nehme mir einen vollen Becher mit ins Arbeitszimmer. Als ich wieder vor dem Computer sitze, nippe ich am Kaffee. Recke mich dann zu Jackie, kippe einen großzügigen Schluck in die schwarze Flüssigkeit und probiere noch mal. Was für ein Unterschied!

Nichts bringt einen mehr auf Vordermann als ein Jackie-Kaffee.

Lehne mich dann im Stuhl zurück. Lege die Hände um die heiße Tasse. Lasse meinen Blick erst über die Decke, dann über die Wände schweifen.

Nein, leider nicht. Mir fällt nichts Neues ein.

Schließlich betrachte ich das schöne Farbfoto, das direkt gegenüber an der Wand hängt. Bewundere das abenteuerlich blaue Wasser in der Höhle. Lese die Worte unter dem Bild: Grotta azzurra.

Die blaue Grotte.

Was hatte Lilja Rós mir im Winter über Italien erzählt? Dass die Freundinnen dort öfter zusammen Sommerferien gemacht haben und dass Halla sich für alles, was italienisch war, so begeistert hat. Hat sogar Italienisch gelernt.

Italienisch?

Die blaue Grotte? Grotta azzurra.

Ich richte mich im Stuhl auf.

Hat Sindri nicht gesagt, dass manche etwas als Passwort wählen, was sie oft vor sich sehen? Das konnte natürlich genauso gut auf Italienisch wie auf Isländisch sein.

Ich stelle die Tasse auf dem Schreibtisch ab, ziehe Sindris Laptop zu mir herüber und versuche, das Dokument auf der Diskette Nummer eins mit dem neuen Passwort zu entschlüsseln. Grotta azzurra.

Der Computer antwortet mir sofort. Auf Englisch, wie üblich: »Error. Password incorrect.«

Mist!

Auch meine Versuche, die zwei italienischen Worte in diversen Varianten einzugeben, ändern nichts an der Sache: Ich bekomme immer die gleiche Antwort.

Verdammt noch mal!

Ich nehme mir wieder meine Tasse, lehne mich im Stuhl zurück, trinke mehr Jackie-Kaffee und überlege.

Moment mal!

Warum habe ich denn auf einmal die blaue Grotte als denkbares Passwort benutzt, anstelle der blauen Tasche?

Was war ich für ein dummes Huhn!

Ich schimpfe laut mit mir selber, während ich das englisch-italienische Wörterbuch aus dem Regal ziehe. Dann suche ich das italienische Wort für Tasche.

Sacco?

Das war ja nicht sehr schwierig.

Jetzt nehme ich mir wieder den Computer vor und versuche, den Text der ersten Diskette aufs Neue zu entschlüsseln. Als das Programm um das Passwort bittet, schreibe ich »sacco azzurra« und warte gespannt auf das Ergebnis.

Der Computer antwortet sofort: »Error: Password incorrect.«

Ich gebe die beiden Wörter in verschiedenen Schreibweisen ein. Aber das Ergebnis ist immer das Gleiche. Nein danke.

Uff!

Vielleicht ist ja meine Wortwahl total falsch? Ich habe nie Italienisch gelernt. Habe überhaupt keine Ahnung von der Sprache. Außer das bisschen, was alle können: O sole mio!

Mio?

Meine blaue Tasche? Sacco azzurra mio?

Warum nicht?

Man kann's ja noch mal probieren, einmal mehr oder weniger ist auch egal.

Als der Computer um das Passwort bittet, gebe ich die neue Antwort ein und mache mir keine großen Hoffnungen, was die Reaktionen des Computers betrifft. Starre dann ziemlich lange ungläubig auf den Bildschirm, als dort die englischen Worte erscheinen: »Password correct. Just a moment ...«

Unglaublich! Ich habe den Schlüssel geknackt!

Kurz darauf erscheint eine neue Frage auf dem Bildschirm: »Output Datei already exists. Overwrite (y/n)?

Ich springe jubelnd auf, grapsche nach der Tasse, kippe mir den kalten Jackie-Kaffee rein und gröle total unmelodisch:

»O sole mio!«

10

Arschlöcher!

Ich hab doch immer schon gewusst, dass Politiker selbstdarstellungssüchtige Egoisten sind, die nur darauf aus sind, möglichst oft vor irgendwelche Kameras zu laufen. Aber dass manche ganz offensichtlich Kriminelle sind, die es sich genauso leicht erlauben können, Gesetze zu brechen wie auf Ministerpartys in französischem Rotwein zu schwelgen, das wusste ich nicht. Jedenfalls nicht, bevor ich Hallas Tagebücher gelesen hatte.

Ich glaube, ich gehe nie wieder wählen!

Halla hat einige Politiker bis auf die Knochen durchleuchtet sowie deren finanzielle Hintermänner und ihre Handlanger aufgedeckt.

Zwielichtige Gesellen!

Sie hatte jahrelang Tagebücher geschrieben, vom ersten Tag ihrer Arbeit bei der Partei an. Hat alles Mögliche notiert. Was auf Besprechungen, an denen sie teilgenommen hatte, passiert war. Gespräche, die sie mit Kollegen und Freunden geführt hatte. Geschichten, die sie über Politiker, Finanzspekulanten und Beamte gehört hatte, denen sie vorgestellt wurde.

Halla beschrieb die Männer, die sie getroffen hatte, schonungslos; von vielen sehr persönliche Details, ihre Angewohnheiten, Unarten, Interessen, die sie verfolgten, Wahlkampfstrategien und was sie für ihre politischen Freunde und Verwandten getan hatten.

Sie versuchte auch, die politischen Karten zu lesen. Welche Abgeordneten auf dem Weg nach oben waren und welche man scheuen sollte wie der Teufel das Weihwasser. Und sie hatte nichts beschönigt.

Außer den Tagebüchern hatte sie sechzehn Dossiers

über einflussreiche Persönlichkeiten in Politik und Wirtschaft angelegt. In denen hielt sie nicht nur ihre eigenen Kontakte über Jahre hinweg fest, sondern analysierte auch noch die Schwächen jedes Einzelnen und die gröbsten Vergehen. Beschrieb Bestechlichkeit und Machtmissbrauch, aber auch Gewalttätigkeit, Alkoholprobleme und Untreue ihren Ehefrauen gegenüber. Was für eine Lektüre!

Wahnsinn! Diese Informationen waren zweifellos ihre Waffen auf der politischen Karriereleiter. Auf Hallas Karriereleiter.

Als ich das letzte Dossier auf der letzten Diskette durchgelesen habe, bin ich steif und durchgefroren. Ich werfe einen Blick auf die Uhr. Kann es kaum glauben, dass es schon vier Uhr ist.

Seit dem frühen Morgen habe ich pausenlos über den Tagebüchern und den Dossiers gehangen und sie von Anfang bis Ende durchgelesen. Habe darüber völlig die Zeit vergessen.

Aber jetzt bin ich fertig.

Ich stehe auf, mache den Computer aus, nehme die Disketten mit ins rosane Schlafzimmer und lege sie in die Schublade des Nachttischchens, bevor ich unter die Bettdecke krieche. Überlege dann, was ich mit den Disketten machen soll, oder besser gesagt, mit den Informationen, die sich darauf befinden.

Sogar ein Greenhorn in der Politik konnte schnell erkennen, dass Hallas Behauptungen ein politisches Feuerwerk entzünden konnten. Dabei war es völlig egal, ob manche ihrer Berichte möglicherweise nur Tratsch waren. Einige Dinge hatte sie offensichtlich persönlich erfahren. War selber Zeuge von Ereignissen oder sprach mit namentlich erwähnten Augenzeugen. Andere Sachen hatte sie von irgendwelchen Kollegen gehört.

Natürlich wusste ich nichts über den Wahrheitsgehalt

dieser Berichte. Aber auch wenn nur ein winziger Teil dessen, was Halla in ihren Tagebüchern aufgezeichnet hatte, den Tatsachen entsprach, mussten die Disketten für hochgestellte Männer der Politik und Finanzwelt eine Bedrohung sein. Für Männer, die eigentlich eher im Knast als in der Staatskanzlei oder in Banken sitzen sollten. Kein Wunder, dass einige einen riesen Schiss vor Hallas Geheimnissen hatten. Vor der blauen Tasche!

Manchmal wird die Bedrohung stärker als alles andere. Hatte einer dieser Männer vielleicht die Hosen derart gestrichen voll, dass er auch vor einem Mord nicht zurückgeschreckt war? Zum Beispiel Haukur? Oder Porno-Valdi?

Vielleicht.

Allerdings sind auf den Disketten nur die Behauptungen von Halla, aber keine direkten Beweise. Nichts, was vor Gericht anerkannt würde.

Aber es wird auf andere Beweismittel hingewiesen. Es ist von Videos die Rede, die bei LR in Verwahrung seien.

LR?

Klare Sache.

Ich drehe mich auf die Seite und ziehe die Bettdecke über den Kopf.

Diese zwei Buchstaben können nur Lilja Rós bedeuten. Das liegt doch auf der Hand. Die Gute weiß also doch mehr, als sie zugibt. Die Maus, die sich davonschleicht!

Ich bin fest entschlossen, sie mir mal anständig vorzuknöpfen. Aber das muss warten. Jetzt steht erst mal etwas anderes auf dem Programm:

Schäfchen zählen.

11

Sonne?

Ich öffne die dicken, weißen Vorhänge.

Strahlender Sonnenschein!

Ist jetzt endlich der Sommer ausgebrochen? Kann das sein?

Nein! Das glaube ich nicht. Diese gleißende Helligkeit muss eine Täuschung sein. Nur irgendeine Kältesonne.

Seit ich heute Morgen im rosanen Schlafzimmer wach geworden bin, habe ich meine Hausaufgaben gut gemacht. Ich weiß jetzt, was ich zu tun habe.

Gewissen Typen ein bisschen Feuer unterm Hintern machen!

Und Vorsichtsmaßnahmen treffen. Eine Kopie vom Sprengstoff machen und ihn an einem sicheren Ort deponieren. Die Originale ebenfalls gut unterbringen, zum Beispiel im Bankschließfach. Das dürfte ein sicherer Ort sein.

Zuerst aber drucke ich Dossiers über zwei Männer aus: Haukur und Sigvaldi. Ich möchte Raggi die Papiere zeigen. Mal sehen, ob er Interesse daran hat.

Und wenn nicht?

Okay. Dann hätte ich jedenfalls mein Schärflein zur Gerechtigkeit beigetragen. Kein Grund, sich in der Sache zu überanstrengen. Das sind sowieso alles Kriminelle. Sigvaldi und Haukur waren vielleicht schlimmer als alle anderen. Wenn man Hallas Dossiers Glauben schenkt, waren die beiden seit einigen Jahren schon Verbündete, allerdings unter Sigvaldis Führung. Mit Hallas Informationen in Händen könnten die Goldjungs diese beiden Korruptionszwillinge festnageln, wenn sie denn überhaupt irgendein Interesse daran hätten, sich mit so einflussreichen Ganoven anzulegen.

Geht mich das eigentlich irgendwas an? Vielleicht nicht. Ich bin schon lange zu alt für dieses Gerechtigkeitsbusiness. Das ist deren Sache, nicht meine. Ich bin nur Anwältin.

Es hat eine halbe Stunde gedauert, die Disketten zu kopieren. Ich hatte erst ein paar Probleme, unbenutztes Plastik ausfindig zu machen. Ich wollte nicht andere Texte von Halla überschreiben, obwohl ich den Eindruck hatte, dass es darin nur um unbedeutende Politik ging. Zum Schluss fand ich einige Disketten mit Computerspielen und kopierte die Texte darauf.

Halla würde sie wohl kaum vermissen, da wo sie jetzt war. Keine Computerspiele im Himmel!

Oder vielleicht doch? Kleine Engel, die Teufelchen abschießen? Warum nicht? Im Jenseits gibt's bestimmt auch schlaue Geschäftemacher.

Die Disketten mit den Kopien lege ich wieder an die Stelle zurück, wo ich sie her habe: in eine kleine Kiste, die mit anderen Computerspielen halb gefüllt ist. Lege sie dann in eine Schreibtischschublade und stecke sowohl die Dossiers über Haukur und Sigvaldi als auch die Originaldisketten von Halla in meine Aktentasche.

Danach springe ich kurz unter die Dusche, ziehe mich wieder an und gehe hinaus in die Sonne. In die Kältesonne.

Der Mann am Informationsschalter der Bank sieht sich zuerst mit ernstem Gesichtsausdruck außer Stande, einer sündigen Frau wie mir Eintritt in das Heiligtum zu gewähren. Er muss weichen.

Hallas Schließfach in diesem Tempel des Mammon ist leer. Ich lege die Disketten auf den blanken Stahl, mache das Fach zu und schließe es ab, lächele den ernsten Typen sündig an und gehe hinaus in die Sonne.

Sonne? Wo ist sie denn?

Ich hab's doch gewusst! Sie ist schon wieder hinter einer Wolke verschwunden.

»Am 9. Juli kommt der Sommer. Und bleibt nur kurz.«

Sagt Mama.

12

Raggi gelingt es, die ganze Zeit ein Pokerface zu bewahren, während er Hallas Dossiers über Haukur und Sigvaldi liest. Verzieht keine Miene, die mir zu erkennen geben könnte, was er denkt.

Ein Profi.

Kurz, nachdem Halla angefangen hatte, bei der Partei zu arbeiten, begann sie mit dem Sammeln von Informationen, die sie in Dossiers über die beiden zusammenstellte. Haukur war zu der Zeit Abteilungsleiter im Büro und Sigvaldi eine Art Laufbursche mit besonderen Befugnissen für die Partei und den Vorsitzenden.

In Haukurs Dossier ging es zuerst nur um harmlose Gerüchte über innerparteiliche Streitigkeiten. Sie handelten unter anderem davon, wie Haukur namentlich erwähnten Freunden und Mitstreitern innerhalb der Partei zu besseren Posten verhalf, aber denen, die beim Vorsitzenden keine Gnade gefunden hatten, den Weg verbaute. Er sprach mit Schlüsselfiguren. Flüsterte in die richtigen Ohren. Halla nannte dieses Bündnis »Die gute alte Ränkeschmiede«.

Haukur diente dem Vorsitzenden mit größter Ergebenheit. Ein wahrer Stiefelknecht. Aber war trotzdem manchmal verärgert. In Gesprächen mit Halla hatte er so manches Mal Dampf abgelassen, wie undankbar der Vorsitzende sei. Und dass es Probleme wegen seiner Frauengeschichten gebe.

Später wurde es richtig ernst. Sigvaldi und Haukur hatten mit einigen Geschäftsmännern Vereinbarungen über finanzielle Unterstützung der Partei und des Vorsitzenden getroffen. Halla hatte herausgefunden, dass in manchen Fällen Prozente in ihre eigenen Taschen flossen.

Nach einem feuchten Thorláksmessuabend flossen die Prozente auch in Hallas Tasche: Haukur hatte einen Jungen zu sich ins Büro geschmuggelt. Halla erwischte sie, wie sie sich auf allen vieren einen runterholten. Machte auch noch einen Schnappschuss von der Herrlichkeit.

Aus den Tagebüchern geht allerdings hervor, dass Sigvaldi den Umständen nachgeholfen hatte. Er hatte den minderjährigen Jungen besorgt. Und die Kamera auch.

Halla und Sigvaldi hatten offenkundig während ihrer ersten Jahren bei der Partei oft gemeinsame Sache gemacht. Waren gleichzeitig Verbündete und Rivalen. Das, was sie über Sigvaldi schrieb, war irgendwie nicht so direkt wie ihre Beschreibungen der politischen Kollegen. Irgendwas schien sie zurückgehalten zu haben, wenn es um ihn ging, sogar in diesen geheimen Tagebüchern.

Die Kampfszenen im rosanen Schlafzimmer, um die sich die nicht auszurottenden Gerüchte spinnen, fanden viel später statt, als Haukur der Assistent des Vorsitzenden geworden war und Sigvaldi einen eigenen Laden aufgemacht hatte und den netten Kosenamen Porno-Valdi bekommen hatte.

Halla hatte bei sich zu Hause Partys für geschlossene Gesellschaften gehalten, die sowohl feucht als auch gedopt waren. Haukur hatte zu tief ins Glas geguckt und zu viel gekokst und war so schlimm verwirrt, unruhig und aufgeregt, dass Halla ihn für eine Weile im Schlafzimmer geparkt hatte, damit er sich beruhigen konnte.

Aber als sie eine Stunde später wieder hereinkam, traf sie ein blutiges Schlachtfeld an. Ein junges Mädchen lag bewusstlos auf dem Boden, furchtbar zugerichtet nach einer schlimmen Misshandlung. Haukur lag schlafend auf dem Boden neben dem Mädchen, mit blutverschmierten Händen und Schuhen.

Sigvaldi kam Halla zur Hilfe. Er fuhr mit einem seiner Mitarbeiter und dem Mädchen zur Ambulanz. Er gab vor, sie bei einem nächtlichen Spaziergang in der Innenstadt gefunden zu haben. Haukur kam davon. Allerdings hatte Sigvaldi ihn natürlich seitdem in der Tasche. Was er in den nächsten Jahren auch verschwenderisch ausnutzte.

Halla behauptete aber, dass Sigvaldi weitaus mehr zu den Geschehnissen im rosanen Schlafzimmer beigetragen hatte, als sie an jenem Abend gedacht hatte. Sie erwähnte in diesem Zusammenhang Bilder, die an sicherer Stelle verwahrt würden.

Ich beobachte Raggi, wie er die Unterlagen langsam in der Stille meines Büros liest.

Schließlich schaut er von den Papieren auf. »Wo hast du das her?«, fragt er.

»Ich habe es dir doch vorhin schon mal gesagt.«

»Dann sag's mir noch mal.«

»Ich habe das von einer Diskette ausgedruckt, die Halla gehört hat. Sie war in der Schachtel mit ihrem Kram drin, die du mir neulich gegeben hast. Das, was ihr aus dem Bankschließfach geholt habt. Ist das jetzt klar?«

»Wo ist diese Diskette jetzt?«

»Im Bankschließfach. Ich habe sie heute Morgen wieder dorthin gebracht.«

»Hier geht es um Videos, die zwei gesetzeswidrige Ereignisse dokumentieren. Weißt du vielleicht, wo sie aufbewahrt werden?«

»Keine Ahnung.«

»Wird nicht an einer anderen Stelle auf der Diskette erwähnt, wo sich diese Bilder befinden?«, hakt Raggi noch mal nach und guckt mich mit dem gleichen Pokerface an.

»Dann hab ich das wohl übersehen.«

Raggi stöhnt. »Nun gut, das wird sich dann hoffentlich später herausstellen«, sagt er, faltet die Seiten sorgfältig zusammen und steckt sie in seine Jackentasche. »Dann wollen wir jetzt mal deine Diskette holen.«

»Eigentlich gehört sie ja Lilja Rós.«

»Wie meinst du das?«

»So wie ich das gesagt habe, die Diskette gehört Lilja Rós. Sie ist ein Teil von ihrem Erbe. Müssen wir dann nicht zuerst ihre Erlaubnis einholen?«

»In diesen Schriftstücken sind Behauptungen über kriminelle Handlungen. Ich brauche keine Erlaubnis, um solche Beweisstücke sicherzustellen.«

»Soll ich nicht doch anrufen?«

Raggi schaut mich eine Weile schweigend an. »Dann ruf doch an«, antwortet er schließlich locker.

Ich hebe den Hörer ab und wähle die Nummer im Norden.

Keine Antwort. »Sie ist nicht zu Hause«, sage ich und wähle die Nummer von der Schule.

Gleiche Sache hier.

Also lege ich den Hörer auf. »Es geht niemand dran. Ich werde es auf ihrem Pager versuchen.«

Ich schlage die Nummer nach und schicke ihr eine Nachricht. Dann warten wir schweigend in meinem Büro.

Die Minuten verstreichen, ohne dass Lilja Rós sich meldet. Raggis Gesicht verdüstert sich immer mehr.

»Du hast doch sicher den Schlüssel zum Bankschließfach?«, fragt er schließlich nach längerer Wartezeit.

»Ja, ich habe ihn in Verwahrung, aber nur als ihre Rechtsanwältin.«

»Und?«

»Ich kann die Diskette nicht ohne die Einwilligung des Besitzers herausgeben. Das liegt doch klar auf der Hand.«

»Du begibst dich auf unsicheren Boden.«

»Wieso?«

»Du weißt doch sicher selber am besten, welche Strafe

verhängt wird, wenn man der Polizei Beweismittel unterschlägt.«

»Ich unterschlage nichts«, rufe ich sauer. »Ganz im Gegenteil! Habe ich nicht mit euch Kontakt aufgenommen? Habe ich dir nicht die Dossiers von Halla aus eigener Initiative gezeigt?«

Raggi schweigt.

»Ihr hattet das alles monatelang bei euch! Es ist doch nicht meine Schuld, wenn ihr nicht gesehen habt, was ihr da in den Händen haltet! Und jetzt, wo ich dich darauf aufmerksam mache, kommst du mir nur mit Drohungen.«

»Wir nehmen dann selber Kontakt zu Lilja Rós auf«, sagt Raggi und steht auf. »Oder wir gehen einen anderen Weg.«

Ich lache spontan auf.

Er stürmt wütend auf den Flur. Ich folge ihm, bleibe an der Tür stehen und schaue Raggi an: »Gewisse Leute würden sich bedanken.«

Raggi zieht seine Jacke vom Haken und zieht sich hastig an.

»Jedenfalls die, denen man Manieren beigebracht hat.«

Er fegt hinaus, aber dreht sich auf dem Bürgersteig mit saurer Miene um. »Danke«, sagt er trocken.

Wusst ich's doch! Hänschen kann als Hans doch noch etwas lernen!

13

Das Mäuschen ist völlig am Ende.

Mich überrascht das nicht. Die ersten Tage im Gefängnis sind immer die schlimmsten, besonders in der Einzelzelle. Später kriegt man dann Tabletten, die den Aufenthalt dort erträglich machen; tagsüber was Beruhigendes und abends was zum Schlafen. Und ab und zu ein wenig unter der

Hand gehandeltes Koks, um das triste Dasein ein wenig aufzupeppen.

Bevor ich auf's Land, zu Birna ins Gefängnis gefahren bin, hatte ich Raggi über den Stand der Dinge in ihrem Fall ausgefragt. Um herauszufinden, was die Goldjungs vorhatten.

»Sie wird eine lange Haftstrafe kriegen, das ist doch klar«, sagte er.

»Aber wenn sie Informationen ausspuckt, die euch weiterhelfen?«

»Das ist doch ein dummes Lieschen. Was sollte die schon wissen?«

»Mit Sicherheit ein paar Namen.«

Raggi zuckte mit den Schultern. »Du weißt doch, wie der Laden läuft«, meinte er. »Wir müssen wasserdichte Informationen kriegen, damit das bei Gericht irgendwelchen Einfluss auf das Urteil hat.«

Wasserdichte Informationen.

»Ich ertrage das nicht, hier zu sein«, wispert Birna am Tisch im Gesprächszimmer.

»Darüber hättest du mal nachdenken sollen, bevor du dich auf diesen Blödsinn eingelassen hast.«

Für einen Augenblick scheint es, als wolle sie anfangen zu heulen. Aber dann reißt sie sich zusammen. »Kannst du gar nichts machen?«, fragt sie.

»Die haben Beweismittel in den Händen. Ganze zwei Kilo.«

Sie schaut mich mit ihren großen, braunen Augen bittend an.

»Es könnte dein Urteil möglicherweise mildern, wenn du ihnen Namen geben könntest«, lege ich nach. »Wenn du auf die verweisen könntest, die dich benutzt haben. Auf die, denen das Kokain gehört.«

Sie hatte ganz offensichtlich die Zeit in den letzten Tagen gut genutzt, um über ihre Lage nachzudenken.

»Ich weiß nicht, wie die heißen«, antwortet sie.

»Aber du musst doch wissen, wer dir diese Fahrt nach Brasilien angeboten hat?«

»Also, das war so. Ein Mädchen hat mich gefragt, ob ich nicht in ein paar Tagen viel Geld verdienen wollte.«

»Wann war das?«

»Vor ein paar Monaten.«

»Um wie viel Geld ging's dabei?«

»Dreihunderttausend.«

»Und du hast einfach okay gesagt?«

Sie nickt.

»Was hat sie dir dann gesagt? Was musstest du dafür tun, um das Geld zu bekommen?«

»Da hat sie mir noch nichts weiter gesagt. Nur dass mich demnächst jemand anrufen würde.«

»Und dann?«

»Jemand hat mich angerufen.«

»Wann?«

»So vor drei Wochen.«

»Wer war das?«

Birna schüttelt den Kopf: »Ich kannte die Stimme nicht. Aber er hat Englisch gesprochen.«

»Was hat er dir gesagt, was du tun sollst?«

»Ich sollte nach Brasilien reisen, in einem bestimmten Hotel drei Nächte bleiben, dann zurück nach Kopenhagen fliegen und von da aus direkt nach Hause.«

»Sonst nichts?«

»Nein.«

»Hat er nichts von Kokain gesagt?«

»Ich habe es die ganze Zeit nicht gesehen. Erst, als die Polizei es mir hier zu Hause gezeigt hat.«

»Wie ist es denn dann in deine Tasche gekommen?«

Sie zuckt mit den Schultern: »Jemand im Hotel muss das Zeug da reingelegt haben.«

»Du musst aber doch einen Verdacht gehabt haben, um was es bei der Aktion ging?«

»Ich habe nur versucht, nicht darüber nachzudenken«, antwortet sie mit leiser Stimme. »Ich hab das Geld so dringend gebraucht.«

»Hast du das Hotel in Rio selber gebucht?«

»Nein, das Zimmer war schon für mich reserviert worden.«

»Wer hat sich darum gekümmert?«

»Ich weiß es nicht.«

»Und der Freund?«

»Den habe ich nur erfunden, um überhaupt etwas zu sagen«, antwortet sie peinlich berührt.

»Okay.«

Eine Weile herrscht Schweigen in dem kleinen Zimmer.

»Machen wir weiter«, sage ich dann. »Was solltest du tun, als du wieder nach Hause gekommen bist?«

Sie leckt sich die bleichen Lippen.

»Jemanden anrufen.«

»Wen?«

»Das war die Nummer eines Pagers. Ich sollte mittwochnachmittags, eine Woche, nachdem ich angekommen war, dort anrufen und eine Nachricht senden.«

»Was für eine Nachricht?«

»Das waren ein paar Zahlen.«

»Und dann?«

»Dann sollte jemand mich zurückrufen.«

»Aber du weißt nicht, wer?«

Sie schüttelt wieder den Kopf.

»Und was ist mit dem Geld?«

»In Kopenhagen habe ich nur Geld für die Reise bekommen. Und für das Hotel.«

»Und die dreihunderttausend?«

»Die sollte ich hier zu Hause bekommen.«

»Wenn der Stoff in die richtigen Hände gelangt war, oder was?«

»Könnte sein.«

»Okay.« Ich durchdenke kurz die ganze Sache. »Mir scheint, du hast zwei Infos, die du den Bullen verkaufen kannst«, sage ich dann und schaue Birna streng an. »Zum einen den Namen deiner Freundin. Zum anderen die Nummer des Pagers und die Nachricht, die du senden solltest. Stimmt's?«

Sie nickt.

»Bist du dabei?«

»Muss ich dann nicht ins Gefängnis?«

»Doch, aber sie werden dir möglicherweise die Zeit verkürzen.«

»Ist das nicht sicher?«

»Nein, es ist möglich, aber nicht sicher. Aber wenn du überhaupt nichts sagst, kannst du darauf wetten, dass du lange in den Knast wanderst.«

Sie sitzt für einen Moment regungslos. »Hast du einen Zettel?«, fragt sie dann.

Als ich ihr Papier und Stift reiche, schreibt sie den Namen ihrer Freundin in Kopenhagen auf, die Nummer des Pagers und die Zahlennachricht, die sie senden sollte, und schiebt dann das Blatt zu mir über den Tisch.

14

Sirenengeheul direkt hinter mir!

Ich bin auf dem Weg nach Hause. Bin gemütlich in östlicher Richtung eine kleine Nebenstraße am Meer entlanggefahren und habe hin und wieder einen Blick auf den Berg Esja geworfen, dem die Abendsonne dunkles Rouge aufgelegt hat.

Ich kriege einen wahnsinnigen Schrecken, schere nach rechts aus an den Straßenrand und drossele meine Geschwindigkeit. Völlig instinktive Reaktionen eines gesetzestreuen Bürgers!

Das Polizeiauto fährt an mir vorbei und biegt plötzlich vor mir ein, sodass ich eine Vollbremsung machen muss.

Verdammt, ich bin sicher, dass ich nicht zu schnell gefahren bin!

Zwei Verkehrspolizisten in schwarzer Uniform steigen aus dem Auto und richten ihre Mützen, während sie auf mich zukommen.

Ich kurbele das Fenster herunter und lächele sie an: »Ist etwas passiert?«

Es sind zwei gut aussehende Jungs. Mit Sicherheit um die dreißig. Der eine sieht sehr skandinavisch aus, wie ein Wikinger, der andere ist ein Rotschopf. Beide strahlen durch ihre Uniformen Autorität aus.

Die schwarzen Polizeihosen des Wikingers sind eng. Und ich meine eng! Sind sicher zwei Nummern zu klein. Sehen aus wie eine schwarze Zwangsjacke für Hüften und Bauch. Ich glotze unfreiwillig auf die Muskelpakete, die sich bei jedem Schritt bewegen. Und fange an, meine Chancen auszurechnen. Kann mich einfach nicht zusammenreißen.

Dann kommt er an die Autotür, öffnet sie und sagt frech: »Mach den Motor aus.«

»Was?«

»Mach bitte den Motor aus.«

»Warum?«

»Mach ihn einfach aus!«, wiederholt er barsch. Er wirkt kühl und überheblich.

»Okay«, antworte ich und drehe den Schlüssel.

Er hält die Türe weit auf: »Steig bitte aus.«

»Um was geht es?«

»Steig ruhig aus.«

»Ich kenne meine Rechte.«

»Ich zweifele nicht daran.«

Der Rotschopf in der schwarzen Uniform öffnet auch mal den Mund: »Wir haben den Hinweis bekommen, dass du Alkohol getrunken hast, bevor du mit dem Auto weggefahren bist. Wir wollen dich nur ins Röhrchen blasen lassen.«

»Ich besoffen? So ein Blödsinn!«

»Weigerst du dich, zu blasen?«

»Nein, nein.«

»Dann komm mal mit rüber in unseren Wagen.«

Ich gebe auf. Mir bleibt ja auch nichts anderes übrig.

Die beiden Polizisten gehen mit mir zum Streifenwagen. Der Wikinger öffnet die Tür zur Rückbank und lässt mich einsteigen. Setzt sich dann selber auch zu mir. Der andere steigt auf der Fahrerseite ein.

»Ist ganz schnell vorbei«, sagt der Wikinger, zieht das Gerät mit dem Röhrchen aus einer schwarzen Tasche und reicht es mir.

Der Rotschopf lässt das Auto an und fährt los.

»Na hör mal!«, rufe ich. »Wohin fährst du?«

Er antwortet nicht, sondern fährt in östlicher Richtung weiter die Straße entlang. Der Wikinger tut so, als sei nichts passiert.

»Du nimmst das Röhrchen in den Mund und bläst ein paar Mal hinein«, erklärt er mir ruhig.

»Was ist mit meinem Auto?«

»Das fährt nicht von alleine weg.«

»Aber es ist nicht abgeschlossen! Und ich habe meine Tasche darin!«

»Fang an zu blasen.«

Ich blase. Und blase. Und gebe ihm dann das Gerät.

Der Wikinger schaut sich alles genau an.

»Du bist ja total nüchtern!«, stellt er dann grinsend fest.

Ich gucke aus dem Seitenfenster. Der Streifenwagen befindet sich auf Ártúnsbrekka, einer dreispurigen Schnellstraße, die aus der Stadt herausführt.

»Wie wärs denn mal mit Umkehren?«, frage ich.

»Nur Geduld, das eilt nicht«, sagt der Wikinger und macht es sich im Sitz bequem. Verdammter Schwanzträger!

»Du wendest jetzt sofort!«, brülle ich.

Der Fahrer lacht nur und gibt noch mehr Gas.

»Ansonsten zeige ich euch an!«

Der Wikinger grinst wie zuvor. »Uns anzeigen? Wofür denn?«

»Wofür? Gesetzeswidrige Festnahme. Oder sogar Entführung!«

»Aber, aber, kleines liebes Schnuckelchen, du hast doch selber darum gebeten, mitkommen zu dürfen, nicht wahr?«

»Find ich auch«, sagt der Rotschopf.

»Du warst doch so begeistert von uns«, fährt der Wikinger fort. »Wärst doch fast über uns hergefallen!«

»Mistkerl!«

Obwohl der Streifenwagen in voller Fahrt ist, versuche ich die Tür zu öffnen. Aber der Wikinger ist schneller, greift mit einer seiner starken Riesenpranken um meinen Hals und zieht mich zu sich.

»Du tust mir weh!«

»Dann hör auf, uns Ärger zu machen«, antwortet er und drückt meinen Hals so fest zu, dass ich mich nicht bewegen kann.

Dann beginnt er mit der anderen Hand, die Knöpfe meiner Bluse aufzumachen. Schiebt den Stoff zur Seite. Streicht mit den Fingern über meine Brüste. Bohrt und kneift. Nimmt dann die eine Brustwarze zwischen zwei Finger und presst sie fest zusammen.

»Gefällt dir das?«

»Sadist!«

Er lässt los, aber nur, um sich die andere Brustwarze vorzunehmen und sie mit allen Kräften zwischen seinen Fingern zu quetschen.

»Na?«, fragt er.

Ich unterdrücke mein Schmerzempfinden. Tu dem Typen doch nicht den Gefallen, ihm etwas vorzujammern.

»Das reicht«, sagt der Fahrer.

Der Wikinger hört mit der Folter auf, aber hält meinen Hals immer noch fest. »Ach komm, an ihr ist doch sowieso nichts dran. Das sind doch keine Brüste, nur Spiegeleier!«, sagt er.

»Verdammter Hund!«, rufe ich und knöpfe mir die Bluse wieder zu. »Dafür wirst du bezahlen!«

Er lacht und lockert den Griff um den Hals. Ich schiebe seine Pranke weg und versuche, die Schmerzen vom Nacken wegzumassieren, während ich aus dem Seitenfenster gucke.

Wohin bringen die mich eigentlich?

Da ist die Esja. Der Rotschopf ist mit uns an Mosfellsbaer vorbeigefahren und rast den Vesturlandsweg entlang.

Plötzlich drosselt er die Fahrt, biegt von der Ringstraße nach links ab und fährt auf einem schmalen Weg Richtung Meer.

Ist das nicht Álfsnes?

Ich war noch nie hier, zumal es hier nichts anderes als Erde und Steine zu sehen gibt. Und dann natürlich Müll und anderes Ekelzeug, das Bagger an diesem abgelegenen Ort in die Erde eingraben. Was wollen diese durchgeknallten Heinis hier eigentlich? Die sind wohl zu allem fähig.

Der Rotschopf fährt rasant in einen großen Krater, wo Planierraupenfahrer sich lange austoben konnten, um das Gelände zu zerstören.

Niemand ist zu sehen.

Natürlich nicht. Diese schwarzuniformierten Verrückten wollten selbstverständlich keine Zeugen für ihre brutalen Taten.

Als der Pseudo-Niki Lauda den Polizeiwagen endlich zum Stehen gebracht hat, fasse ich schnell an den Türöffner, werfe die Tür auf, springe heraus und laufe ein paar Meter vom Auto weg, bevor ich mir erlaube, mich umzusehen.

Sie bleiben beide im Auto sitzen. Grinsend.

»Ja ja, Liebes, wolltest du nicht hierhin fahren?«, ruft der Wikinger durch die offene Tür. Er grinst seinen Kollegen an. »Sie wird sich hier inmitten des ganzen Zeugs sicher wohl fühlen«, fährt er fort.

Beide lachen herzlich.

Schließlich macht der Wikinger die Autotür zu. Der Rotschopf gibt so kräftig Gas, dass die Räder des Streifenwagens die ganze Strecke bis zum Weg Erde aufwirbeln.

Ich stehe mutterseelenallein in der Mitte des Kraters. Auf einer verlassenen Müllkippe von zwei grobschlächtigen Bullen zurückgelassen.

Was für eine Sauerei!

»Man sollte euch die Säcke abschneiden!«, rufe ich ihnen rasend vor Wut hinterher; und bekomme den vom Auto aufgewirbelten Staub direkt in den Mund. Den widerlichen Müllkippenstaub. Bah!

Selber schuld.

»In den Wind zu reden bringt nichts.«

Sagt Mama.

15

Die ganze Bude ist total verwüstet worden.

Sie sind durch die Fenster auf der Rückseite des Hauses eingestiegen, die sie eingeschlagen haben. Haben die Tür zu meinem Büro eingetreten. Haben die Aktenschränke ausgeräumt und die Papiere über den ganzen Fußboden verteilt. Haben die Schreibtischschubladen aufgesprengt. Alles ist völlig hinüber.

Die gleiche Geschichte in der Wohnung im ersten Stock; Kleidung aus den Schränken gerissen, Bücher aus den Regalen geworfen, meine Sachen in alle Richtungen verteilt. Ich setze mich auf den Fußboden, wühle das Telefon hervor und rufe zuerst die Polizei, dann Raggi an.

Es ist schon fast zwei Uhr nachts. Ich habe drei Stunden gebraucht, um von der Müllkippe nach Hause zu kommen.

Drei Stunden!

Dann bin ich auch noch von oben bis unten eingesandet.

Natürlich war wie üblich keiner unterwegs, wenn man jemanden braucht. Ich musste also den ganzen Weg von der Deponie zur Ringstraße zu Fuß gehen. Erst da konnte ich eine Mitfahrgelegenheit ergattern.

Viele sind allerdings an mir vorbeigerast ohne anzuhalten. Auch solche, die ganz alleine in ihrem Auto saßen. Verdammte Feiglinge! Haben sicher gedacht, dass ich gedopt war. Oder verrückt.

Schließlich war es mir gelungen, einen Motorradfreak anzuhalten. Zuerst hatte er mich nur ausgelacht. Hatte gedacht, das sei ein Gag. Aber dann hatte er mich mitgenommen und in der Seitenstraße abgesetzt, wo mein Auto noch immer an der gleichen Stelle stand. Sogar der Schlüssel steckte noch. Ich bin so schnell ich konnte nach Hause ins Chaos gefahren.

Die Warterei macht mich nervös. Als die Bullen endlich erscheinen, werfen sie nur einen Blick auf die ganze Herrlichkeit, nehmen meine Personalien auf und erklären mir dann, dass ich auf die Goldjungs warten soll. So ein Einbruch ist anscheinend viel zu kompliziert für gewöhnliche Polizisten.

Raggi erscheint mit einer ganz ansehnlichen Mannschaft. Sie versuchen, einen leeren Flecken auf dem Boden für ihre Füße zu finden und schauen sich dann um.

»Wurde etwas gestohlen?«, fragt Raggi.

»Etwas gestohlen?« Ich lache, wütend über so eine dämliche Frage. »Wie um alles in der Welt kommst du denn auf die Idee?«

Raggi bewahrt seine Ruhe. »Ich meine, ob du weißt, ob etwas fehlt. Zum Beispiel Geld, Kreditkarte, Schecks? Vielleicht ein paar Schuldbriefe?«

»Weiß der Teufel! Ich muss mir selber schon fast Gewalt antun, um ruhig zu bleiben. Komm mit in die Küche. Ich will dir jetzt mal eine Geschichte erzählen«, presse ich hervor und gehe voraus.

»Macht schon mal die Fotos, Jungs!«, gibt Raggi Anweisung und folgt mir.

»Mach die Tür zu!«

Er schließt die Küchentür und setzt sich mir gegenüber an den Tisch. Dann überschwemme ich ihn mit großartigen Ausführungen über die Geschehnisse des Abends und der Nacht. Mein Wortschwall ergießt sich wie eine Flutwelle über Raggi.

Er sagt kein einziges Wort, während ich berichte. Dann fragt er betont langsam: »Willst du damit sagen, dass dich zwei Polizisten unter falschem Vorwand festgenommen haben, dich aus der Stadt gefahren und dort ausgesetzt haben, damit ihre Helfershelfer hier ungestört einbrechen konnten?«

»Das liegt doch auf der Hand.«

»Und wozu?«

»Das liegt doch auch auf der Hand.«

»Ach ja? Würdest du es mir dann bitte deutlicher erklären?«

»Aber sicher.« Ich lehne mich über den Tisch: »Das Einzige, was du können musst, ist zwei und zwei zusammenzählen. Dann musst du dabei weniger als fünf und mehr als drei rauskriegen.«

Er antwortet nicht. Guckt mich nur gelassen an.

»Erstens: Bei Halla wurde zweimal eingebrochen. Zweitens: Der Einbrecher hat offensichtlich nicht gefunden, was er gesucht hat. Drittens: Ich habe dir gestern gesagt, dass ich Hallas geheime Tagebücher habe. Viertens: Heute Abend ist bei mir eingebrochen worden, wie bei Halla, genau zu der Zeit, als irgendwelche Bullenschweine auch noch dafür gesorgt haben, dass niemand im Haus ist.« Ich starre Raggi aufgebracht an: »Das Ergebnis ist vier. Bingo!«

»Spiele ich in dieser Verschwörung des Jahrhunderts auch eine Rolle?«, fragt Raggi völlig verärgert.

»Vielleicht«, antworte ich und schau ihm direkt in die Augen. »Wenn du keinem von unserem gestrigen Gespräch erzählt hast, dann steckst du da mit drin.«

Er schweigt.

»Allerdings glaube ich da nicht richtig dran. Du hast doch die Informationen über Haukur und Sigvaldi sicher an andere weitergegeben.«

Raggis Gesichtsausdruck bleibt regungslos.

»Du weißt natürlich am besten selber, mit wem du geredet hast. Aber es wird dir nicht gelingen, mich davon zu überzeugen, dass dieser Einbruch Zufall war.«

»Du bestehst also auf dieser fantastischen Geschichte?«, fragt Raggi nach längerem Schweigen.

»Fantastische Geschichte? Was meinst du mit fantastisch?«

»Ich will nur wissen, ob wir diesen Bericht in einem Protokoll festhalten sollen.«

»Natürlich!«

»Hast du die Nummern dieser Polizisten?«

»Die hatten keine Nummern.«

»Jeder Polizist hat eine Nummer.«

»Die beiden aber nicht.«

»Oder ihre Namen?«

»Das ist vielleicht eine blöde Frage! Meinst du, die haben sich mir persönlich vorgestellt, oder was?«

»Hast du das Kennzeichen vom Streifenwagen?«

»Nein.«

»Das auch nicht?«

»Ich hatte keinen Grund, mir die Nummer zu merken, bevor ich in ihr Auto eingestiegen bin. Und als sie sich vom Acker gemacht haben, war vor lauter Staub nichts zu sehen.«

»Willst du trotzdem an deinem Bericht festhalten?«

»Verdammt noch mal! Ich wusste es doch schon immer, dass ihr die Wahrheit nicht vertragen könnt! Ihr schlagt ihr ja permanent ins Gesicht, aber müsst ihr sie gleich ganz umbringen?«

Raggi steht auf, bespricht etwas mit seinen Leuten auf dem Flur und kommt dann wieder zu mir in die Küche.

»Du überdenkst die Sache bis morgen«, sagt er. »Komm dann um 10 Uhr zu mir, dann nehmen wir dein Protokoll auf.«

»Fährst du jetzt schon?«

»Um zehn Uhr«, wiederholt er und stürmt samt den anderen Goldjungs hinaus.

Ich sitze eine ganze Weile erschöpft in der Küche und wanke schließlich in mein Büro, wo es aussieht, als hätte eine Bombe eingeschlagen. Setze mich völlig fertig auf den Fußboden zwischen die Schuldscheine und Buchhaltungsbücher. Habe noch nicht einmal mehr die Kraft, wütend zu sein. Lege mich auf den Rücken und funktioniere ein paar dicke Bücher zu einem Kissen um. Versuche, ins Traumland abzugleiten.

»Mit der Nase in Büchern schlafen Kinder gut ein.«

Sagt Mama.

16

Der Vizepolizeipräsident ist wie Elliot Ness.

Er geht voran, als sie im Sturmschritt bei mir zur Tür hereinmarschieren. Dann kommen die Goldjungs einer nach dem anderen und stellen sich in einer Reihe vor meinem Schreibtisch auf.

Klopfen noch nicht mal an.

»Wir haben einen Hausdurchsuchungsbefehl«, sagt der Vize mit ernster Miene und reicht mir ein Papier.

Hausdurchsuchung bei mir?

Ich lasse mir den Hausdurchsuchungsbefehl zeigen und lese ihn mir durch. Alles rechtens.

»Du kannst uns allen die Arbeit erleichtern, wenn du sie uns gleich gibst«, fährt der Vize fort.

»Was soll ich euch geben?«

»Die Disketten, die du aus dem Bankschließfach geholt hast.«

»Welche Disketten?«

»Jetzt tu doch nicht so unschuldig. Ich meine natürlich die Disketten von Halla.«

»Die, die ich bei euch neulich abgeholt habe?«

»Du hast sie heute Morgen aus dem Bankschließfach geholt. Wir müssen sie haben.«

»Was ist das denn für ein Blödsinn? Ich habe sie vor zwei Tagen selber ins Schließfach gelegt und danach nicht mehr angerührt.«

Der Vize sieht mich scharf an.

»Hiermit möchte ich dich vorwarnen, dass das Verweigern der Zusammenarbeit mit der Polizei schwerwiegende Konsequenzen nach sich zieht«, sagt er. »Mach dir klar, dass wir an einem Mordfall arbeiten.«

»Ich verstehe einfach nicht, wo das Problem liegt«, antworte ich, stehe auf und halte mich an der Tischkante fest. »Ich habe diese Disketten vorgestern in das Bankschließfach gelegt und habe Raggi noch am gleichen Tag darüber informiert. Die müssen doch immer noch da sein.«

»Nein, sie wurden heute Morgen herausgenommen, wie du natürlich weißt. Wir haben einen Zeugen, der sagt, dass du sie abgeholt hast.«

»Ich?«

»Ja, du.«

»Was für ein Zeuge?«

»Der Bankangestellte, der dich bedient hat. Das ist doch kein Geheimnis.«

»Was für ein Schwachsinn! Das bildet der sich nur ein!«

»Ach ja?«, ruft der Vize und schnaubt vor Wut. »Einbildung? Vielleicht so wie deine Geschichte gestern mit den beiden Polizisten? Und dem Ausflug auf die Müllkippe? Oder wie?«

Die sind einfach nicht zu retten. Ich setze mich wieder hin und zucke gleichgültig mit den Achseln. »Macht doch, was ihr wollt. Versucht nur, nicht wieder alles durcheinander zu schmeißen. Ich bin gerade fertig geworden, das Chaos vom Einbruch zu beseitigen.«

Sie verteilen sich auf die Zimmer. Stecken ihre Nasen in jede Schublade. Drehen jedes Teil um.

Ich war gestern Morgen zu Raggi gefahren, um ein Protokoll aufnehmen zu lassen. Beschrieb alles noch einmal in allen Details: Die Fahrt zur Müllkippe. Die beiden Polizisten, die mich dort hingebracht haben. Das Auto. Gab sogar den Namen und die Telefonnummer des Jungen an, der mich auf seinem Weg in die Stadt mitgenommen hatte.

Ich sah es ihm an, dass er mir nicht glaubte.

Und jetzt das!

Ich war nicht zur Bank gegangen, seit ich die Disketten in das Schließfach gelegt hatte. Trotzdem behauptete der Vize, dass er einen Zeugen dafür hätte, dass ich die Disketten wieder abgeholt hätte. Ich wusste natürlich, dass das eine Lüge war. Wenn nicht der Vize selber log, dann der Zeuge.

Was wird hier eigentlich gespielt? Versuchen die Goldjungs einen Mord aufzuklären oder machen sie gemeinsame Sache mit den Politikern und wollen etwas vertuschen? Kann man keinem mehr trauen? Noch nicht einmal Raggi?

Die Goldjungs suchen und suchen, aber finden natürlich nichts. Die Disketten sind nicht bei mir.

Aber sie befinden sich auch nicht im Bankschließfach, wenn man den Goldjungs Glauben schenken konnte. Weil ich es nicht war, musste jemand anderes sie aus dem Schließfach geholt haben.

Aber wer?

Die Goldjungs selber wohl kaum. Dann würden sie ja nicht bei mir alles auf den Kopf stellen. Wer kam denn sonst in Frage?

Es musste jemand sein, der zu den Schließfächern anderer Zugang hatte, der einen Bankangestellten dazu bringen konnte, eine falsche Zeugenaussage abzugeben. Einer, der die Polizei dazu benutzen konnte, für sich die Drecksarbeit erledigen zu lassen. Ganz normale Ganoven sind zu so was nicht in der Lage.

Schließlich versammeln sich die Goldjungs auf dem Flur.

Mit leeren Händen. Der Vize ist jedoch noch nicht ganz fertig. Er zieht ein anderes Papier aus der Tasche und zeigt es mir. Ein Hausdurchsuchungsbefehl für Hallas Haus.

Ich lese mir das Papier durch. Alles rechtens. Natürlich!

Er möchte den Schlüssel haben.

Sicher nicht!

»Ich komme mit und schließe euch auf«, sage ich.

Er bietet mir an, in seinem Wagen mitzufahren. Ein Angebot, das man nicht ablehnen kann.

Ich sitze auf dem Sofa im Wohnzimmer, während sie alles durchsuchen. Als sie endlich fertig sind, ziehen sie mit einer Kiste im Arm davon.

»Was ist in der Kiste?«, frage ich.

»Das geht dich nichts an«, antwortet der Vize. Er ist wütend.

»Lehn dich nicht zu weit aus dem Fenster«, fügt er hinzu. »Wir haben eine unterschriebene Zeugenaussage, dass du heute Morgen am Schließfach warst. Deine Position als Anwältin hängt am seidenen Faden. Du kannst dankbar sein, dass wir dich nicht sofort festnehmen.«

Ich sage nichts. Es hätte sowieso keinen Zweck. Ich starre die Goldjungs nur abwechselnd an und warte darauf, dass sie verschwinden. Schließe hinter ihnen die Türe ab und höre sie wegfahren. Dann gehe ich hoch in den ersten Stock, in Hallas Arbeitszimmer, und öffne die Schublade.

Sie haben fast alle Disketten von Halla mitgenommen. Aber nicht die Schachtel mit den Computerspielen. Die ist noch an Ort und Stelle.

Ich öffne die Schachtel und gehe die Disketten durch.

Die Computerspiele mit den Kopien von Hallas Tagebüchern sind alle noch da: Marathon. Sim Tower. Lemmings. Indiana Jones. Links Pro. Alone in the Dark. King of Solitaire. Verdammtes Glück!

Ich lege sie wieder an ihren Platz zurück. Schließe die

Schublade. Setze mich dann an den Schreibtisch und durchdenke die ganze Sache.

Jetzt geht es darum, mit Bedacht zu handeln. Einige Spielchen in die Zukunft zu planen und sich vor Tretminen in Acht zu nehmen. Das ist das Erste.

Dann muss ich einen Gegenangriff organisieren. Alle zur Verfügung stehenden Waffen und Männer einsetzen. Raggi? Gunnleifur? Oder die Presse? Es ist allerhöchste Zeit, diesen Biestern, die mir Streiche spielen, mal einen kräftigen Schuss vor den Bug zu verpassen. Sie unter Druck zu setzen.

»Man soll andere für sich die Kastanien aus dem Feuer holen lassen.«

Sagt Mama.

17

Regentropfen rinnen die Windschutzscheibe herunter.

Laut Wetterdienst sollte es heute den ganzen Abend wie aus Eimern gießen. Aber der Regen kommt nicht richtig in Gang. Die meiste Zeit kommen nur ein paar vereinzelte Tropfen wie bei einem alten Mann.

Ich sitze alleine in meiner japanischen Schrottkarre und warte in Sichtweite von Raggis Wohnung. Hatte ihn am frühen Abend mal angerufen, aber da ging keiner ans Telefon. Er war noch nicht nach Hause gekommen. Bei den Goldjungs wurde mit Volldampf Nachtschicht geschoben. War sicher nötig.

Ich finde es wichtig, mit Raggi unter vier Augen zu sprechen. Ich muss mir zuerst darüber klar werden, wer hier versucht, wen zu decken, bevor ich einige gehaltvolle Kapitel aus Hallas Tagebüchern Gunnleifur zuspiele. Oder der Presse.

Raggi wohnt in einem Mehrparteienhaus. Auf der zweiten Etage in einer Fünf-Zimmer-Wohnung, die bis auf die staatlichen Kredite schuldenfrei ist. Ich habe heute Vormittag seinen Grundbucheintrag abgecheckt. Scheint alles normal zu sein.

Ich traue ihm nicht mehr. Jedenfalls nicht ganz.

Traue keinem.

Wollte es trotzdem noch mal probieren. Vielleicht ist er ja okay.

Vielleicht.

Endlich sehe ich Raggis Auto. Es nähert sich dem Block.

Raggi fährt langsam in eine Parklücke vor dem Haus. Er ist alleine im Auto.

Ich lasse den Motor an, fahre die Straße entlang und auf den Parkplatz. Halte hinter Raggis Auto an. Raggi steigt gerade aus.

»Darf ich dich zu einer kleinen Fahrt einladen?«, frage ich durch das geöffnete Fenster.

Raggi dreht sich blitzschnell auf dem Asphalt um: »Was zum Teufel machst du hier?«

»Dir eine Runde durch die Stadt anbieten.«

»Ich bin auf dem Weg ins Bett.«

»Ich verspreche auch, dich nicht auf einer Müllkippe auszusetzen.«

Raggi schließt sein Auto ab und kommt zu mir. Er kann kaum noch seine Füße heben. »Eigentlich darf ich gar nicht mir dir sprechen, so wie der Fall momentan aussieht«, sagt er.

»Hab ich die Pest, oder wie?«

»Manche glauben das, ja.«

»Stell dich doch nicht so an, wir müssen reden.«

»Ich kann nichts sagen.«

»Vielleicht kann ich dir aber etwas sagen.«

»Dann komm ins Büro«, sagt Raggi und wischt sich ein

paar Regentropfen von der Glatze. »Ich will jetzt nur noch schlafen.« Er sieht tatsächlich müde aus.

»Raggi, ich muss mit dir reden. Dringend.«

Er schaut mich schweigend an. Seufzt dann tief, geht um das Auto herum, öffnet die Tür zum Beifahrersitz, setzt sich und schließt die Tür.

Ich fahre im Rückwärtsgang vom Parkplatz und fahre durch die Weststadt. Bis raus nach Seltjarnarnes. Halte schließlich am Steinwall beim Meer an, wo kein anderes Auto zu sehen ist und stelle den Motor ab.

Raggi hat auf der ganzen Fahrt kein einziges Wort gesagt.

»Was zum Teufel ist eigentlich los?«, frage ich.

Er guckt mich argwöhnisch an und antwortet mit einer Gegenfrage: »Müsstest du das nicht eigentlich mir erklären?«

»Ich?«

»Tu doch nicht so unschuldig.«

»Was soll ich denn getan haben?«

»Sag mir nur, was du für Spielchen spielst. Dann kann ich dir vielleicht helfen.«

»Alles, was ich dir berichtet habe, ist wahr. Jedes Wort. Ich spiele keine Spielchen.«

»Guck dir den Fall mal von unserer Perspektive an, Stella. Du kommst zu mir mit Unterlagen. Da werden zwei landesweit bekannte Männer schwerwiegender Vergehen beschuldigt. Du behauptest, dass die Unterlagen Ausdrucke von den Disketten sind, die Halla hinterlassen hat. Wir sind im Prinzip geneigt, das zu glauben, wenn wir irgendwelche Beweise für die Richtigkeit deiner Aussage bekommen. Aber du weigerst dich, uns diese geheimnisvolle Diskette zu übergeben. Erklärst, dass sie im Bankschließfach liegt. So weit alles klar. Wir besorgen uns die Erlaubnis, das Schließfach zu öffnen. Und dann stellt sich heraus, dass das Fach leer ist. Der Bankangestellte behauptet steif und fest, dass nur du am Schließfach warst. Niemand sonst. Und als Tüpfelchen auf dem I servierst du uns noch dein unglaubliches Abenteuer, dass dich zwei Polizisten, die niemand zu kennen scheint, entführt haben sollen. Was sollen wir davon halten?«

»Und was haltet ihr davon?«

»Das ist doch völlig klar. Wir glauben, dass du uns wahrscheinlich täuschen willst. Dass es diese Diskette nie gegeben hat. Dass du, oder jemand, der mit dir unter einer Decke steckt, die Dossiers erstellt hat, um uns auf angesehene Bürger zu hetzen. Um politischen Staub um diesen Fall aufzuwirbeln. Als ob der Fall nicht schon genug aufwirbeln würde.«

»Habe ich dann bei mir selber eingebrochen und alles zerstört?«

»Warum nicht? Das ist schon vorgekommen.«

»Und wozu hätte ich das tun sollen?«

»Weiß der Teufel.«

»Okay, dann weiß ich alles über eure Fantasien. Möchtest du nicht auch die Wahrheit hören?«

»Ich hab mir in den letzten Tagen so viel Schwachsinn anhören müssen, dann vertrage ich die eine Story auch noch.«

»Ich habe durch Zufall Disketten gefunden, auf denen Halla ihre Tagebücher und Dossiers über unappetitliche Geheimnisse alter und neuer Mitarbeiter gespeichert hat. Hab sie von euch bekommen.«

Raggi schüttelt den Kopf.

»Ich habe zwei von Hallas Dossiers ausgedruckt, wie du weißt. Über Haukur und Sigvaldi. Habe die Disketten in Hallas Schließfach gelegt. Oder besser gesagt, in Lilja Rós' Schließfach. Habe dir die Ausdrucke gegeben. Habe dir auch gesagt, wo sich die Disketten befinden. Und damit fing der Zirkus an.«

Raggi guckt mich sauer an.

»Am Tag darauf werde ich entführt. Natürlich kann ich nicht beweisen, dass die Täter Polizisten waren, aber sie fuhren einen Streifenwagen und hatten Uniformen an. Während ich auf der Müllkippe hocke, werden meine Wohnung und mein Büro auf den Kopf gestellt. Dann werden auch noch die Disketten aus dem Bankfach gestohlen, zu dem nur ich Zugang habe. Und ein Bankangestellter wird dazu gebracht, eine Falschaussage zu machen, dass ich die Disketten selber wieder geholt hätte.«

Raggi hört schweigend zu.

»Und das Schlimmste an der ganzen Sache ist, dass ich niemandem außer dir gesagt habe, wo sich die Disketten befinden. Wenn also andere über den Aufenthaltsort der Disketten Bescheid wussten, dann haben sie die Kenntnisse von dir.«

»Ich berichte nur meinen Vorgesetzten, wenn es neue Informationen im Zusammenhang mit einem Fall gibt, den wir gerade bearbeiten. Niemand anderem.«

»Dann haben die weitergetratscht.«

»Das weiß ich nicht.«

»Das sind jedenfalls die nackten Tatsachen des Falles. Ich kann mir das nur so erklären: Einflussreiche Staatsmänner fürchten die Informationen, die Halla gesammelt hatte. Eure Leute haben jemandem von den Disketten erzählt. Die Tour zur Müllkippe, das Verschwinden der Disketten aus der Bank, der Einbruch bei mir – der ganze Rattenschwanz, der folgte, nachdem du die Infos weitergegeben hattest, ist auf deren Mist gewachsen.«

»Und wer sind diese geheimnisvollen Staatsmänner?«

»Ich weiß es nicht. Aber natürlich kann man davon ausgehen, dass Haukur und Sigvaldi ihre dreckigen Finger im Spiel haben.«

»Wie kommst du darauf?«

»Ich hab das im Gefühl.«

Raggi stöhnt. »Weiblicher Instinkt, oder was?«

»Du hast doch selber gelesen, was Halla über Haukur geschrieben hat. Dem ist doch alles zuzutrauen.«

»Wer sagt das? Was ist, wenn in diesen Papieren völliger Quatsch steht? Erfunden von dir oder jemand anderem? Es gibt keine Beweise für das, was da steht. Überhaupt keine.«

»Du glaubst doch nicht im Ernst, dass ich dich verarsche?«

»Warum solltest du nicht?«

»Du weißt doch, dass ich die Wahrheit sage. Und natürlich weißt du auch, dass in den höchsten Ämtern so einiges faul ist.«

Raggi starrt schweigend durch die Windschutzscheibe. Die schwarzen Steine am Strand und die dunkelgrauen Wolken kann man nur undeutlich durch die regennasse Windschutzscheibe erkennen.

Schließlich sagt er: »Auch wenn es die Disketten gäbe und sie sich in unseren Händen befinden würden, könnten wir wenig damit anfangen.«

»Warum?«

»Weil irgendwer egal was auf so einer Diskette speichern kann. Man kann nicht beweisen, wer was oder wann geschrieben hat. Als Beweismittel sind sie nichts wert. Und das weißt du.«

»Aber die Behauptungen über Haukur müssen doch Anlass geben, den Mann zu verhören?«

»Wozu? Es sind doch alles namenlose Anschuldigungen.«

»Was ist mit dem Mädchen, auf das er losgegangen ist? Ihr Name steht in dem Dossier, das ich dir gegeben habe.«

»Sie weiß nichts.«

»Habt ihr sie verhört?«

»Sie erklärt, dass diese Geschichte reine Erfindung ist«, antwortet Raggi. »Ihre Aussage ist natürlich noch ein Grund dafür, dass dir niemand glauben will.«

»Teufel noch mal!«

Raggi packt mich fest am Arm: »Hör mal, Stella, es gibt da nur eine Sache, von der ich mir vorstellen könnte, dass sie unsere Leute überzeugen könnte.«

»Was?«

»Diese Videos, von denen in deinen Dossiers die Rede ist. Wenn es sie denn gibt.«

»Ich weiß nichts über sie.«

»Was ist mit Lilja Rós?«

»Sie behauptet, auch nichts über sie zu wissen.«

»Das hat sie uns auch gesagt«, antwortet Raggi und lässt meinen Arm los. »Aber vielleicht weiß sie mehr, als sie zugeben will. Hast du nicht ganz guten Kontakt zu ihr?«

»Ich denke schon.«

»Dann solltest du diesen Kontakt ausschlachten. Du kannst jetzt alle Hilfe brauchen.« Raggi stöhnt müde. »Wenn wir nur diese Videos hätten, auf denen man eindeutig sehen kann, wie Haukur das Mädchen misshandelt, hätten wir endlich etwas Brauchbares in der Hand.«

»Dann glaubst du mir?«

»Ich möchte dir noch mal eine Chance geben, das ist alles. Und das bin auch nur ich. Meine Vorgesetzten sehen die Sache völlig anders. Die wollen dich festnageln.«

Das Auto springt sofort an.

»Denk dran, dass Lilja Rós deine einzige Hoffnung ist«, fährt er fort. »Quetsch sie aus.«

»Okay.«

Ich wende das Auto und schalte die Scheinwerfer ein.

Ich glaub's nicht! Es hat aufgehört zu regnen!

18

Verdammt noch mal! Alles vermasselt!

Ich muss direkt an Birna denken, als der Nachrichtensprecher im zweiten Programm von der Festnahme eines Kuriers berichtet, der zwei Kilo Kokain im Gepäck hatte.

Bei irgendjemandem muss eine undichte Stelle sein. Informationen sind an die Presse durchgesickert. Vermutlich hat derjenige damit Birnas Aussichten auf ein milderes Urteil zunichte gemacht.

Sie hatte sich meinen Rat zu Herzen genommen und den Goldjungs alles gesagt, was sie über die Hintermänner wusste. Darunter auch die Nummer vom Pager.

Die Goldjungs hatten sofort zu planen begonnen, wie man den Besitzer des Rauschgiftes am besten in die Falle locken könnte. Beschlossen, so zu tun, als sei es Birna gelungen, mit dem Stoff einzureisen. Schickten sie nach Hause, wo sie von zwei Kollegen Tag und Nacht überwacht wurde. Ließen sie den Pager anrufen. Warteten immer noch auf Antwort. Sie wollten das bevorstehende Treffen beschatten und den Ganoven auf frischer Tat festnehmen.

Aber dieser Plan, der sich anhörte, als sei er direkt aus einem amerikanischen Gangsterfilm entnommen, gehörte jetzt wahrscheinlich schon zur Vergangenheit. Man kann doch sicher davon ausgehen, dass der Hintermann wie jeder andere auch die Radio- und Fernsehnachrichten verfolgt. Unglaublich, dass diese Amtsschimmel nie die Klappe halten können.

Ich bin immer noch völlig aufgebracht, als das Telefon klingelt.

Es ist Sigvaldi. »Wir müssen uns mal unterhalten«, sagt er.

»Über was, zum Teufel?«

»Darf ich dich auf ein Glas einladen?«

Die Wachsamkeit wird schnell von der Neugier besiegt. »Warum nicht?«, sage ich.

»Ich schicke dir ein Auto. Ist in zwanzig Minuten da. Passt das?«

»Okay.«

Es ist ein Benz.

Ich lasse zehn Minuten auf mich warten. Nur mal um deutlich zu machen, wer hier das Sagen hat.

»Hi Baby!« Der Fahrer dreht sich um, als ich mich auf den Rücksitz setze. Es ist der Super-Macho höchstpersönlich. Saemi.

Sein Gegrinse geht mir auf die Nerven. »Immer noch der gleiche Laufbursche, wie?«

»Immer noch die gleiche Zimtzicke, wie?«, fragt er im gleichen Tonfall zurück und lacht über meine schlechte Laune.

Ich muss mich zusammenreißen. Darf mir nicht von allem und allen die Laune verderben lassen, auch wenn mir etwas nicht passt.

Saemi fährt schnell in die Innenstadt auf den Parkplatz hinter dem Eldóradó. Lässt mich durch die Hintertür herein und lotst mich an der Mösenbar vorbei in Sigvaldis Büro. Es ist niemand da.

Saemi nimmt mir meine Lederjacke ab und hängt sie auf einem Kleiderbügel in einen Schrank, der sich direkt neben der Tür befindet. Gießt mir dann ein Glas ein und reicht es mir.

»Ich gehe jetzt Bescheid sagen, dass du da bist«, sagt er.

Jackie enttäuscht einen nie.

Ich gehe auf und ab und fühle, wie der starke Alkohol meinen Hals weich werden lässt. Setze mich in den schwarzen Chefsessel mit der hohen Lehne, lasse meine Arme auf den weichen Armstützen ruhen und lehne mich zurück.

Klasse Sessel für's Ego.

Dann kommt Sigvaldi. Er ist immer noch ganz in Schwarz.

»Du hast es dir in meinem Stuhl gemütlich gemacht, wie ich sehe«, sagt er. Sein Lächeln gelangt nicht bis in die Augen.

Ich sitze unbeweglich. Er hatte mich doch glatt warten lassen!

Saemi füllt mein Glas auf und gießt ein weiteres ein, geht dann aber hinaus und macht die Tür hinter sich zu.

Sigvaldi setzt sich auf die Tischkante, beugt sich zu mir vor und prostet mit mir. Sein Blick ist scharf und stechend.

»Man erzählt sich so einiges über dich in der Stadt«, sagt er.

»Wie nett. Gibst du was zum Besten?«

»Man sagt, dass du dich neuerdings auf Müllkippen rumtreibst.«

»So so.«

»Auch, dass dich die Polizei unter die Lupe genommen hat.«

»Ist das irgendwie neu?«

»Man sagt sogar, dass du jetzt so dick in der Tinte sitzt, dass du dein Büro bald in den Knast verlegen musst!«

»Glaubst du das etwa?«

»Ich glaube, dass du deine Nase in Sachen steckst, die dich nichts angehen«, antwortet er und beugt sich noch näher zu mir.

»Ach ja?«

»Diese Beschäftigung war schon immer höchst zweifelhaft, wenn nicht sogar direkt schädlich für die Gesundheit.«

»Soll das eine Drohung sein?«

»Eine Drohung? Wie kommst du denn darauf?«

»Über gewisse Leute wird gesagt, sie seien zu allem fähig.«

»Und meistens haben ja diese Geschichten einen wahren Kern. Deswegen ist es immer am besten, vorsichtig vorzugehen.«

»Ich bin nie vorsichtig. Das ist so langweilig.«

Er starrt mich eine Weile schweigend an und fährt dann fort: »Trotzdem möchte ich dir empfehlen, dich in der nächsten Zeit lieber um deine Juristerei zu kümmern, statt zu versuchen, die Arbeit der Polizei zu erledigen.«

»Tu ich das gerade?«

»Hör schon mit diesem Versteckspiel auf! Ich weiß, dass du versucht hast, die Polizei auf mich zu hetzen!«

»Auf dich? Wieso sollte ich das tun?«

»Deine Aktionen in diesem Fall sind sowohl unverständlich als auch dumm. Hör auf, mich mit Dreck zu bewerfen. Das ist ein guter Rat von mir.«

»Wenn es keinen Dreck gibt, kann ich doch auch keinen werfen, oder?«

»Mir wurde gesagt, dass du durchtriebener als der Teufel bist«, sagt Sigvaldi. »Aber denk dran, dass nicht alle Müllkippenbesuche so glimpflich enden müssen.«

»Was willst du damit sagen?«

»Nichts Besonderes. Ich will dich nur daran erinnern, dass es manchmal am besten ist, wenn man andere einfach in Ruhe lässt.«

»Drohst du mir jetzt schon wieder?«

»Ich drohe niemandem, ganz im Gegenteil. Das ist nicht mein Stil. Ich gebe dir nur einen guten Rat.«

»Das bringt nichts. Ich finde es immer so verdammt schwer, gute Ratschläge anderer zu befolgen.«

»Mach es doch in diesem Fall trotzdem.«

»Und wenn nicht?«

Sigvaldi steht auf und nimmt einen tiefen Schluck Jack. »Ich verstehe natürlich gut, dass du zur Zeit ziemlich gestresst bist«, sagt er. »Zuerst wirst du in nicht gerade sympathischer Gesellschaft auf die Müllkippe gefahren. Dann wird bei dir eingebrochen und irgendwelche trampeligen Ganoven stellen dein Haus auf den Kopf wie ein Wirbelsturm in der Karibik. Du machst dir doch bestimmt Sorgen, was dir als Nächstes passiert.«

»Waren das vielleicht deine Ganoven?«

Er grinst.

»Deine oder die von Haukur«, setze ich nach, als von ihm kein Kommentar kommt. »Aber das kommt ja aufs Gleiche heraus. Du hast ihn doch eh in der Tasche, stimmt's?«

»Worauf willst du hinaus?«

Ich habe keine Lust länger um den heißen Brei herumzureden. »Halla nahm kein Blatt vor den Mund.«

Sigvaldi erbleicht. »Also stimmt es doch«, sagt er.

»Was?«, frage ich und strahle siegesgewiss.

»Dass du Hallas Tagebücher hast.«

»Wer sagt das?«

»Hast du die Disketten? Oder hast du den Text als Ausdruck?«

Ein spöttisches Grinsen ist alles, was er von mir als Antwort bekommt.

Er taxiert mich eine Weile, als ob er Schwierigkeiten hätte, sich zu einer Entscheidung durchzuringen. Dann fragt er auf einmal: »Sind die Disketten zu verkaufen?«

Ich lache völlig spontan laut auf.

Sigvaldi wird vor Wut weiß im Gesicht. »Ich lasse mich von niemandem erpressen«, sagt er mit drohender Stimme. »Und schon mal gar nicht von einem alkoholabhängigen Weibsstück.«

Ich stelle mein Glas ab und stehe auf.

»Die meisten halten es für besser, mich als Freund zu haben, denn als Feind«, fährt er fort. »Denk dran.«

»Meine Jacke ist da in dem Schrank«, sage ich.

Er glotzt mich eine Weile wütend an, geht dann aber zur Tür und öffnet sie. »Saemi, bring sie nach Hause!«, ruft er.

Ich nehme mir Zeit, meine Jacke anzuziehen. Mache meine Knöpfe in Ruhe zu und schaue Sigvaldi währenddessen lächelnd an.

»Ich warne dich«, wiederholt er. »Es ist das Beste für dich, wenn du damit aufhörst, Lügengeschichten über mich zu verbreiten.«

»Mir kam allerdings der Gedanke, dass es ein paar Journalisten geben könnte, denen es Spaß machen würde, einen Blick auf die Papiere zu werfen. Da gibt's doch für einige Wochen Material über Gewalt, Drogenmissbrauch und Bestechung.«

»Niemand wird diese Verleumdungen drucken.«

»Bist du da ganz sicher?«

»Ja.«

»Ich nicht. Ganz im Gegenteil. Ich glaube, dass einige Reporter ziemlich scharf auf diese Goldgrube wären.«

»Das, was dort über mich steht, ist von vorne bis hinten erlogen und ganz bestimmt nicht von Halla geschrieben.«

»Hast du die Papiere gesehen?«

»Ich halte mich auf dem Laufenden.«

»Das hat Halla offensichtlich auch getan. Welche Summe habt ihr dem Mädchen eigentlich dafür bezahlt, dass es schweigt?«

»Welchem Mädchen?«

»Dem, auf das Haukur losgegangen ist.«

»Ich sag's dir zum letzten Mal: Hör auf, dich in meine Sachen einzumischen.«

»Was, wenn nicht?«

»Manche benehmen sich derart, dass sie Unfälle geradezu provozieren.«

»Oder Mord? Wie Halla?«

»Das hab ich nicht gesagt.«

Beim Herausgehen drehe ich mich in der Tür noch mal nach ihm um. »Valdi? Herzchen?«

»Ja?«, antwortet er. Mit einem Hoffnungsschimmer in seinen dunklen Augen.

»Fick dich ins Knie!«

Es verschlägt ihm die Sprache. Er hält das halb leere Glas in der Hand und gafft mich an.

Saemi lacht erst, als wir schon die Hverfisgata entlangfahren. »Du bist unglaublich! So mit Valdi zu reden!«, sagt er.

»Ich lass mich von keinem erpressen.«

Im Handumdrehen sind wir wieder zu Hause.

»Wann bittest du mich herein?«

»Nicht jetzt.«

»Willst du dich nicht ein bisschen entspannen? Ich hab ein paar tolle Massagetechniken drauf.«

»Hahaha! Der alte Frauenheld packt seine Tricks aus!«, lehne ich höhnisch lachend ab.

Als ich die Tür zur leeren Wohnung öffne, bedauere ich fast, dass ich sein Angebot ausgeschlagen habe. Ich könnte heute Abend Gesellschaft gebrauchen. Aber es bringt nichts, vertanen Möglichkeiten nachzutrauern.

»Es ist zu spät, Amen zu sagen, wenn die Messe längst vorbei ist.«

Sagt Mama.

19

Ich drücke am frühen Morgen auf die Klingel.

Gunnleifur ist erstaunt, mich zu sehen. Weist mich schnell in seine Bibliothek, schließt die Tür, bietet mir einen Platz an, setzt sich selber in den großen Sessel und guckt mich unentschlossen an.

»Ich muss gestehen, dass mich dein Besuch völlig überrascht«, sagt er. »Ich hätte, um ehrlich zu sein, nicht gedacht, dass wir uns noch einmal wiedersehen.«

Er verstummt. Wartet ab. Ist auf der Hut.

Jetzt bin ich dran. »Als wir letztes Mal miteinander gesprochen haben, ging es dir hauptsächlich um Korruption innerhalb der Partei«, sage ich.

»Ja, genau.«

»Willst du was in der Sache unternehmen?«

»Zum Beispiel?«

»Aufräumen. Leute austauschen.«

»Warum fragst du mich ausgerechnet jetzt danach?«

»Ich muss wissen, ob du bereit bist, die Sache in Angriff zu nehmen, wenn du die richtigen Informationen bekommst.«

»Ach so.« Gunnleifur lehnt sich über den Tisch. »Die richtigen Informationen, sagst du.«

»Wie lautet die Antwort?«

»Das hängt natürlich davon ab, wie gehaltvoll die Hinweise sind«, sagt er. »Wenn ich Beweismaterial gegen bestimmte Männer in die Hände bekommen würde – Beweise über Machenschaften, die sich nicht mit den Tätigkeiten eines Parteivorsitzenden vereinbaren lassen – dann würde ich umgehend zur Tat schreiten. Aber natürlich zuerst innerhalb der Partei.«

»Nehmen wir an, es gäbe Dokumente über schwere Vergehen einiger Mitarbeiter, die dem Parteivorsitzenden nahe stehen. Was würdest du damit machen?«

»Gegen wen richten sich die Anschuldigungen?«

»Ist das wichtig?«

Er antwortet mit einer Gegenfrage: »Von wem stammen diese Dokumente?«

»Nehmen wir an, Halla hat entsprechende Unterlagen erstellt.«

»Halla?« Gunnleifur kann seine Aufregung nicht länger verbergen. »Hast du ihre Unterlagen gefunden? Die blaue Tasche?«

»Vielleicht.«

»Das sind ja wirklich unerwartete Neuigkeiten!«, ruft er und reibt sich die Hände. »Ich wusste gar nicht, dass du immer noch an diesem Fall arbeitest.«

»Die Wege des Daseins sind unerforschbar oder so ähnlich.«

»Was hast du also in der Hand?«

»Ich kann dir Dossiers über zwei Freunde geben.«

»Zwei Freunde?«

»Sigvaldi und Haukur.«

»Haukur. Aha.«

»Wenn du versprichst, auf die beiden Druck auszuüben.«

»Druck? Warum?«

»Ich habe meine Gründe.«

»Ach ja?«

»Sigvaldi schikaniert mich. Es wird Zeit, ihm endlich mal Manieren beizubringen. Und Haukur ist ein Krimineller.«

»Ja, genau. Ich verstehe dich gut. Diese Dossiers – hast du sie dabei?«

»Ja.«

»Darf ich sie mal ansehen?«

»Deswegen bin ich hier.«

Ich lege meine Dokumentenmappe auf den Schreibtisch, öffne sie, nehme einen großen braunen Umschlag heraus und gebe ihn Gunnleifur. Er zieht die Papiere aus dem Umschlag: Eine Kopie der Dossiers über Haukur und Sigvaldi.

Gunnleifur liest gierig eine Seite nach der anderen und sagt manchmal »ja« oder »genau« zu sich selbst. Vergisst mich eine Weile völlig.

»Bemerkenswerte Unterlagen«, sagt er schließlich, sortiert die Seiten, legt sie ordentlich zusammen und auf den braunen Umschlag. »Zweifellos sehr bemerkenswerte Unterlagen.«

»Reicht das?«

»Es sieht gut aus.«

»Alle beide sind natürlich Kriminelle.«

»Ja, genau. Eins wollte ich noch fragen: Hier steht etwas von Videos, auf denen besagte Szenen zu sehen sind.«

»Bisher sind sie noch nicht gefunden worden.«

»Ach nein? Nicht?«

»Ich bin noch auf der Suche.«

»Ah ja.«

Gunnleifur steckt die Seiten wieder in den Umschlag zurück. »Sag mal, hat Halla nicht noch mehr solcher Dossiers über andere Leute geschrieben?«

»Ich denke schon. Sie hat viel geschrieben.«

»Hast du auch Papiere über andere?«

»Vielleicht.«

»Ah ja.«

»Sie hat Dossiers über alle möglichen Leute erstellt. Auch über dich.«

Er verzieht keine Miene. »Ich habe nichts zu befürchten«, sagt er ruhig.

»Ansonsten wäre ich auch nicht hier«, antworte ich. »Was aber nicht heißt, dass du ein Engel wärst.«

»Ach nein? Nicht?«

»Ich habe jedenfalls keine Informationen, dass du ein Krimineller bist.«

»Aha.« Er zögert kurz, fragt aber dann doch: »Sie hat doch mit Sicherheit einiges über den Vorsitzenden geschrieben?«

»Das ist ziemlich wahrscheinlich.«

»Dieses Dossier wäre sehr nützlich.«

»Das hier war die erste Ration«, sage ich und stehe auf.

»Vielleicht bekommst du später einen zweiten und größeren Happen. Das hängt davon ab, was du mit diesem machst.«

»Ach ja?«

Ich muss ihn einfach ein bisschen aufziehen: »Ja, genau.«

Er lächelt. Völlig unerwartet. Sieh mal an. Der Kerl ist also doch nicht ganz humorlos.

»Ich finde schon raus«, sage ich kurz angebunden, schließe meine Mappe und marschiere hinaus. Ich bin schon auf dem Flur, bevor er überhaupt Zeit findet, aufzustehen. Ich verlasse eilig das Haus und knalle die Tür hinter mir zu.

Aaaah!

Es geht mir so unglaublich gut, als ich die frische Morgenluft vor der Türe tief einatme. Keine Chance geben. Diesen Typen zeigen, wo's langgeht. Das ist der Trick.

»Macht ist das beste Rauschmittel.«

Sagt Mama.

20

Ich nehme eine Flasche Jackie mit zum Abendessen zu Lilja Rós. Weiß aus Erfahrung, dass in Hallas Bar nur Wodka, Gin und Scotch zu finden sind.

Sie hat sich zurechtgemacht. Das helle Haar hochgesteckt. Sich geschminkt. Ihr neues, hellblaues Sommerkleid angezogen.

Es gibt typisch isländische Küche: Lammkeule mit karamellisierten Kartoffeln. Mit Sicherheit tausend Kalorien in jedem Bissen! Der Rotwein war gerade mal genießbar. Kalifornischer Burgunder für arme Leute.

Ich habe Lust auf meinen Jackie, lange bevor wir mit dem Essen fertig sind. Aber ich reiße mich zusammen. Der Abend ist noch lang und die Flasche schnell leer.

Nach dem Essen gehen wir rüber ins Wohnzimmer und setzen uns auf das weiche Sofa. Ich verlange, dass sie Jack auf zivilisierte Art trinkt, nämlich pur. Sie protestiert, gibt aber schließlich doch nach und trinkt ein Glas. Und dann noch eins. Wird offener. Ihre Wachsamkeit lässt nach.

Natürlich wusste sie, dass ich an Hallas Tagebücher herangekommen war, aber konnte es einfach nicht fassen, wie es mir gelungen ist, das richtige Passwort zu finden. Wiederholt ständig, dass sie von nichts gewusst hat.

»Hat Halla dir nie gezeigt, was sie geschrieben hat?«

»Das Tagebuch war völlig privat«, antwortet Lilja Rós. »Halla hat keinen darin lesen lassen, nicht einmal mich.«

»Aber du hast von dem Tagebuch gewusst.«

»Natürlich.«

»Bist du nicht neugierig geworden?«

»Politik hat mich noch nie interessiert.«

»Aber es ist doch ganz normal, ein bisschen neugierig zu sein.«

»Halla hat mir manchmal gezeigt, was sie geschrieben hatte. Es ging dabei um Finanzgeschichten, Wahlen und so was. Ich fand das nicht besonders spannend.«

»Mir fehlt alles, was sie im letzten Jahr geschrieben hat. Weißt du vielleicht, wo das gespeichert ist?«

»Könnte es nicht auf der Festplatte von ihrem Computer gewesen sein? Auf dem, der gestohlen wurde?«

»Sie hat dich also nicht gebeten, Kopien ihrer Tagebücher aufzubewahren?«

Lilja Rós schüttelt den Kopf und lächelt. Sie hat so einen besonderen schuldbewussten Gesichtsausdruck. Als ob sie lügen würde und sich dafür schämt.

»Die Geschichte von Halla zeigt, dass Wissen Macht ist, nicht wahr?«

»Sie kam in kurzer Zeit ziemlich weit, wenn es das ist, was du meinst«, antwortet Lilja Rós.

»Hmmhmm ...«

»Es war nicht leicht für sie. Trotz dem ganzen Geschwafel über Gleichberechtigung haben Frauen in der Politik noch lange nicht die gleichen Möglichkeiten wie Männer. Die Männer bestimmen, wo's langgeht.«

»Also hatte Halla ihre Position damit verbessert, dass sie die Männer bespitzelte und dann entsprechende Informationen für ihre Karriere nutzte?«

»Sie hat sie nur mit ihren eigenen Waffen geschlagen.«

»Mir scheint, dass sie dabei ein bisschen zu weit gegangen ist.«

»Halla hat oft gesagt, dass sich Frauen in der Politik stärker behaupten müssen als Männer, einfach nur, um ihr Dasein zu rechtfertigen. Sie war einfach schlauer als sie und gut organisiert mit allem, was sie sich vornahm.«

»Das merkt man.«

»Natürlich hat sie genau verfolgt, was die Männer gemacht haben und hat ihre Schnitzer gnadenlos ausgenutzt, wenn sich eine Gelegenheit bot. Das machen alle in der Politik.«

»Aber die Videos mit Haukur? Wo er das Mädchen schlägt? Wo sind sie?«

Lilja Rós beginnt zu lachen. »Manchmal bist du echt wie Halla«, sagt sie.

»Ich?«

»Ich meine nicht das Aussehen. Aber von der Art – du denkst immer nur an deine Arbeit! Entspannst du dich eigentlich nie?«

»Natürlich entspanne ich mich auch. Ich war fünf Wochen in Florida.«

»Dann entspann dich jetzt mal und hör auf, mich über diese unliebsame Sache auszufragen.«

Ich recke mich zur Jackie-Flasche und gieße uns beiden noch mal ein Glas ein. »Stoßen wir an«, sage ich.

Der Jack zeigt seine Wirkung bei Lilja Rós. Also quetsche ich sie weiter aus: »Du bist die Einzige, die mir erzählen kann, wie Halla wirklich war. Du hast sie am besten gekannt.«

Lilja Rós wiederholt seufzend: »Ja, ich habe sie am besten gekannt.« Sie lässt sich zur Seite fallen und legt den Kopf auf die Sofalehne. »Halla war oft so einsam in der Stadt. Sie hat mich manchmal gebeten, in die Stadt zu kommen und bei ihr ab und zu ein Wochenende zu verbringen, einfach nur, um Gesellschaft zu haben.«

»Aber ich dachte, sie hatte so viele Freunde?«

»Meinst du Männer?«

»Hmmhmm …«

»Das war nur körperlich. Manchmal ein Teil der Arbeit. Oder ein One-Night-Stand. Rein, raus und fertig!« Sie lacht. »Aber Halla hatte keine engen Vertrauten hier in der Stadt. Keine echten Freunde.«

»Aber du wusstest schon, dass sie viele Bekannte hatte?«

»Natürlich. Sie hat mir manchmal alles haarklein erzählt und sich über die Kerle lustig gemacht. Sie hat sie benutzt, wenn sie Lust auf sie hatte. Ansonsten waren sie völlig bedeutungslos für sie.«

Lilja Rós hebt die Füße und legt sie in meinen Schoß. Streckt sich dann ganz aus und schließt die Augen.

»Aber die Videos? Wo sind sie?«

»Was für Videos?«

»Zum Beispiel das Video, auf dem Haukur das Mädchen schlägt?«

Sie öffnet wieder die Augen: »Warum fragst du eigentlich ständig nach diesen Videos?«

»Für mich ist es sehr wichtig, dass sie gefunden werden. Außerdem sind die Videos möglicherweise der Schlüssel zur Lösung des Falles. Die Erklärung für Hallas Tod.«

Sie guckt mich eine Weile schweigend an.

»Neeeiiin, das glaube ich nicht«, sagt sie dann.

»Warum nicht?«

»Natürlich ist Haukur durchtrieben und korrupt, aber er hätte es nie gewagt, Halla etwas anzutun.«

»Bist du sicher?«

»Ja, genau deshalb, weil du fragst.«

»Ich komm nicht ganz mit.«

»Haukur wusste sehr genau, dass es für ihn die schlimmsten Konsequenzen hätte, wenn er Halla etwas antun würde. Das war ihre Versicherung.«

Vielleicht.

Ich bleibe hartnäckig: »Ich muss trotzdem diese Videos kriegen. Wenn ich die nicht finde, lassen mich die Goldjungs nie in Frieden.«

Sie zieht ihre Füße zu sich, setzt sich und hebt das Glas: »Auf ex?«

Wir trinken die Gläser aus.

»Ich habe viele Videos von Halla und mir«, sagt sie. »Willst du sie sehen?«

»Okay.«

Der Fernseher ist am anderen Ende vom Wohnzimmer. Lilja Rós holt ein paar Videokassetten aus einem Schrank.

»Sind das alles Videos von euch beiden?«

»Keine Sorge, du sollst dir nicht alles angucken«, antwortet sie lachend und schiebt eine Kassette ins Videogerät.

Wir setzen uns vor den Fernseher.

Es sind alles normale selbst gedrehte Aufnahmen. Man sieht Halla, Lilja Rós und andere Leute, die ich nicht kenne. Manche Passagen sind in der Wohnung aufgenommen, andere im Urlaub. Dann gibt es noch Bilder von Halla an ihrem Arbeitsplatz.

Irgendwie ist es komisch, Halla auf einmal lebendig im Fernsehen zu sehen. Zu sehen, wie sie spricht, lacht und

Grimassen zieht. Sie war wirklich eine gut aussehende Frau. Aber sie wirkt auf mich trotzdem ganz anders als auf den Fotos, die ich gesehen hatte.

Jetzt hält sie gerade eine Rede. Macht das wirklich gut. Bringt die Leute zum Lachen. Sie bedankt sich für ein Geschenk, das sie von ihren Arbeitskollegen bekommen hat. Hält es in der einen Hand. Sieht aus wie moderne Kunst. Eine gegossene Statue aus Metall.

»Das habe ich an Hallas fünfundzwanzigstem Geburtstag aufgenommen«, erklärt Lilja Rós. »Da hat sie noch in der Parteizentrale gearbeitet.«

»Die Rede war wirklich gut. Hat sie viele Reden gehalten?«

»Halla war gut. Sie hat sich immer mit Elan für alles eingesetzt, was sie sich vorgenommen hatte.« Sie schiebt eine andere Kassette in das Videogerät. »Hier müssen Bilder von ihr und dem Ministerpräsidenten drauf sein.«

Sie findet die Passage schnell. »Ich habe das in ihrem Büro in der Staatskanzlei aufgenommen, an dem Tag, an dem sie dort angefangen hat.« Stolz schwingt in der Stimme mit.

Da ist Halla zusammen mit dem Premier. Und Haukur. Alle mit dem schönsten Sonnenscheinlächeln. Halla setzt sich an den Schreibtisch und die Männer stehen neben ihr, küssen sie auf die Wange und schauen dann in die Kamera.

Dann kommen andere Bilder von Halla, auf denen sie alleine am Schreibtisch sitzt und Papiere durchsieht, am Computer schreibt oder telefoniert.

»Das ist alles gestellt«, erzählt Lilja Rós. »Das ist doch gut geworden, findest du nicht?«

»Ja, es sieht wirklich echt aus.«

Jetzt steht Halla am Schreibtisch. Sie schaut eine Weile in die Kamera und sagt etwas, was man nicht hören kann. Dann nimmt sie einen Blumentopf und stellt ihn auf eine

Ecke des Tisches, hinter das Telefon. Neben das Kunstwerk, das Geburtstagsgeschenk.

Ich hole Jackie und die Gläser und gieße uns beiden noch mal ein. Dann gucken wir weiter Videos an, bis ich genug gesehen habe und zu gähnen anfange.

»Ich gehe jetzt nach Hause und leg mich hin.«

»Du kannst doch in Hallas Bett schlafen«, sagt Lilja Rós, krabbelt auf den Knien zum Videorecorder und macht ihn aus.

»Nein, ich fahre lieber nach Hause.«

»Warum, hier ist doch genug Platz?«

»Okay, dann schlafe ich im rosanen Gruselkabinett.«

»Im rosanen Gruselkabinett?«, wiederholt sie und lacht aus vollem Hals. »Das passt ja super!«

»Schläfst du nie da?«

»Um Gottes willen, nein, das würde mir im Traum nicht einfallen!«

Ich stehe auf, gebe ihr eine Hand, ziehe sie auf die Füße.

Es ist noch ein bisschen Jackie in der Flasche. Deshalb nehme ich das Glas und die Flasche mit, sage gute Nacht zu Lilja Rós, steige die Treppe hinauf und gehe in das rosane Schlafzimmer.

Dort angekommen, kippe ich mir den Rest ins Glas, nehme einen Schluck, stelle die Flasche auf den Boden und das Glas auf den Nachttisch, ziehe die Tagesdecke vom Bett, schiebe das Federbett zur Seite und setze mich schwerfällig auf die Matratze.

Ich bin fast besoffen. Mannomann. Ich sehe es mir deutlich an, als ich in den großen Spiegel an der Wand gucke. Da springt mir mein Spiegelbild entgegen, das auch auf dem rosanen Bett sitzt. Fast besoffen.

Ich stehe wieder auf, gehe zu der anderen Spiegelwand und betrachte mein Gesicht. Fahre mit den Fingern durch mein Haar.

Es besteht kein Zweifel, ich werde bestimmt nie Miss World. Nicht mein Ding. Aber Spiegeleier?

Ich knöpfe mir die Bluse auf, ziehe sie aus der Hose und lasse sie auf den Boden fallen. Ich nehme beide Brüste fest in die Hände und streiche meine Zeigefinger über den Brustwarzen hin und her, bis sie mir antworten. Aber dann hebe ich die Arme und verschränke die Hände im Nacken, sodass sich die Brüste nach vorne heben.

Verdammte Lüge!

Meine Brüste sind vielleicht nicht groß. Eigentlich sind sie tatsächlich recht klein. Aber straff. Verlockend. Juan konnte jedenfalls nie genug von ihnen kriegen. Es sind aber nie und nimmer Spiegeleier!

Juan!

Jetzt könnte ich ihn gebrauchen.

Ich werde schon feucht, wenn ich nur an ihn denke! Streiche wieder über die Brüste. Presse sie aneinander, wie er es gemacht hat. Fahre dann mit der anderen Hand den Magen herunter. Öffne den Gürtel. Ziehe den Reißverschluss herunter. Schiebe die Hose über die Hüften. Lasse meine Hose auf den Boden rutschen und steige aus den Hosenbeinen heraus. Strecke mich vor dem Spiegel.

Streiche mit den Fingern leicht über den Nabel. Den Unterleib herunter. Bis hinein in das weiche, heiße, feuchte Paradies.

Das wird eine von diesen Nächten.

Ich bin in der Fantasie mit Juan schon weit gekommen, als ich ein Geräusch neben mir höre.

Jemand keucht. Irgendwo im Schlafzimmer.

Ich halte den Atem an. Ich stehe einen Augenblick wie zu einer Statue erstarrt. Atme dann aus, gehe rückwärts zum Bett, setze mich hin und horche.

Was hatte ich gehört?

Atemzüge?

Ja, jemand hat geatmet. Ganz nah bei mir.

Halla wird ja wohl kaum in ihrem rosanen Gruselkabinett spuken. Jedenfalls nicht, wenn ich da bin. Ich glaube nicht an Geister. Auch nicht mitten in der Nacht.

Was war es dann?

Der Spiegel – könnte es sein, dass sich jemand hinter dem großen Spiegel befindet?

Es scheint so.

Wut entflammt so plötzlich in mir, wie der Geysir im Haukadalur spuckt, wenn man Seife in ihn hineinschmeißt. Die Wut stürmt ungebremst durch den ganzen Körper. Verdammt noch mal! Es gibt nur einen Weg, die Wahrheit ans Licht zu bringen.

Ich beuge mich zur leeren Flasche herunter, fasse sie am Hals, richte mich wieder auf, gehe näher an die Wand heran und lege alle meine Kraft in die Jack-Daniels-Flasche.

Der Spiegel zerspringt in tausend Stücke.

Sieben Jahre Unglück! Und mit Sicherheit noch irgendwas zusätzlich, weil er so groß ist.

21

Lilja Rós schreit vor Entsetzen.

Hinter dem zerbrochenen Spiegel kommt ein schmaler, länglicher Raum zum Vorschein, eine Art enger Gang. Da sitzt sie auf einem kleinen Stuhl, hält sich die Hände schützend über den Kopf und kreischt panisch in einem fort, auch als schon längst keine Scherben mehr über sie regnen.

Neben dem Stuhl steht eine Videokamera auf einem Stativ.

Langsam verebben die Schreie. Sie nimmt die Hände vom Gesicht und schaut mich an. Angst spricht aus ihren Augen.

»Ich habe nichts gemacht, ich habe wirklich nichts gemacht!«, jammert sie wehleidig.

Sie ist mit Scherben übersät. Sie sind in ihrem Haar und im Gesicht, auf dem hellblauen Schlafanzug und auf dem Boden um sie herum.

»Es stimmt wirklich«, jammert sie weiter, »ich habe die Kamera nicht angerührt!«

»Was zum Teufel hast du denn dann gemacht?«

»Ich habe nur … nur … geguckt.«

Sie ist immer noch völlig verängstigt und atmet schnell und flach.

Ich werfe einen schnellen Blick auf die Kamera und starre dann Lilja Rós wieder wütend an.

»Warst du vielleicht Hallas Kameramann?«, frage ich barsch. »Obwohl du immer so getan hast, als wüsstest du nichts über die Videos?«

»Nur … nur manchmal«, antwortet sie und schluckt schwer.

»Nette Arbeitsverteilung bei euch, das kann man wohl sagen.«

»Aber meistens war es wirklich ganz harmlos.«

»Ganz harmlos!«

»Du weißt doch, was ich meine.«

»Mir kann es doch völlig egal sein, was du filmst, solange nicht ich das Objekt bin!«

»Ich habe dich wirklich nicht gefilmt. Es ist noch nicht mal eine Kassette in der Kamera. Guck, hier.«

Sie öffnet die Videokamera. Das Kassettenfach ist leer.

»Okay«, sage ich und merke, wie meine Wut langsam verfliegt. »Ich bin ja nicht von der Filmprüfstelle.«

Ich setze mich wieder auf das Bett.

Sie beguckt sich die Spiegelscherben auf dem Fußboden. »Ich komme hier nicht barfuß raus«, sagt sie kurz darauf und lächelt schüchtern.

Da hat sie Recht. Gefährliche Scherben liegen überall.

Ich stehe auf, ziehe die dicke, rosane Tagesdecke vom Bett und breite sie über die Scherben am Boden aus.

»So, jetzt kannst du über die Tagesdecke laufen.«

Sie steht vom Stuhl auf und tritt vorsichtig auf eine Kante der Decke.

»Warte!«, rufe ich.

Sie guckt mich ängstlich an.

»Schüttel dich mal kräftig!«

Bei jeder ihrer Bewegungen fallen Scherben von ihrem blauen Schlafanzug.

»Augenblick!« Ich flitze schnell ins Badezimmer, um eine Haarbürste zu besorgen. »Du hast so viele Scherben im Haar. Ich bürste sie dir gerade raus.«

Ich taste mich über die weiche Decke vor und spüre die Scherben wie kleine Steine unter meinen Fußsohlen.

»Beug dich mal vor!«

Ich bürste ihr größere und kleinere Scherben aus dem hellen Haar, die vor uns auf die Decke fallen.

»Die Haare sind okay«, sage ich schließlich, »jetzt ist der Schlafanzug dran.«

Sie knöpft das Schlafanzugoberteil auf und lässt es hinter sich auf den Boden fallen. Die Schlafanzughose ereilt das gleiche Schicksal.

Lilja Rós ist das wandelnde Muskelpaket. Nirgendwo ein Gramm Fett zu sehen. Sie hat einen großen Anhänger an einer silbernen Kette um den Hals, ein rotes Herz mit kleinen blauen Steinen liegt zwischen den Brüsten.

»Jetzt kannst du kommen.« Ich halte sie an einem Arm fest, führe sie vorsichtig über die Decke und lasse sie sich aufs Bett setzen.

Geschafft!

Es ist noch ein bisschen Jackie im Glas übrig, das auf

dem Nachttisch steht. Ich trinke einen Schluck und reiche Lilja Rós den Rest.

Sie trinkt auf ex.

»Also, du hast nur geguckt, oder wie?«

Sie wird knallrot.

»Das hast du doch gesagt.«

»Ja«, flüstert sie.

»So, wie du es früher so oft getan hast, stimmt's?«

Sie nickt.

»Macht dir das Spaß?«

»Manchmal.«

»Das war doch eine nette Show, findest du nicht?«

Lilja Rós hebt den Kopf. Sie ist immer noch rot. Dann lässt sie die Augen langsam sinken.

Ich habe total vergessen, dass ich nackt bin.

Sie streckt die Hand aus. Ihre Finger zittern, als sie mich mit den Fingerspitzen berührt.

Das musste ja kommen.

Eigentlich bin ich noch nicht mal überrascht. Wahrscheinlich habe ich im Innersten damit gerechnet. Habe mich nur geweigert, darüber nachzudenken.

Als ich mich ins Bett lege, schließe ich die Augen und erlaube ihr, zu tun, was sie möchte. Und versuche, an Juan zu denken.

Die Nacht ist noch lang.

»Oh Gott, oh mein Gott!«, stöhnt sie einige Zeit später, presst sich gegen mich, als sei sie im wahrsten Sinne des Wortes auf dem Weg in den Himmel, und drückt ihre trainierten Oberschenkel so fest zusammen, dass ich mir vorkomme, als läge ich in einer Schraubzwinge.

»Halla! Halla!«, ruft sie.

Ich mache trotzdem weiter.

»Lieber ein schlechter Liebhaber als ein leeres Bett.«

Sagt Mama.

22

Dorftanz!

Die ausgelassene Stimmung eines feucht-fröhlichen Tanzabends ist genau das Richtige, um einen wilden Tag angemessen ausklingen zu lassen. Der totale Wahnsinn.

Lilja Rós hatte mich und meinen Kater um die Mittagszeit mit kohlrabenschwarzem Kaffee geweckt. Auf dem Tablett lag auch ihr Anhänger. Das große Herz mit den blauen Steinen. Ich schaute sie fragend an.

»Halla hat ihn mir vor langer Zeit geschenkt«, sagte sie. »Jetzt möchte ich ihn dir schenken.«

Ich nahm den Anhänger, um ihn mir um den Hals zu hängen. Aber Lilja Rós hielt mich zurück.

»Es ist ein Medaillon, das man öffnen kann«, sagte sie.

»Wie?«

Sie zeigt auf einen winzig kleinen Knopf unter einem Stein. Als ich ihn drücke, öffnet sich das Medaillon.

Im kleinen Fach befindet sich ein Schlüssel. War das vielleicht der Schlüssel zum Glück?

»Ich hab schon davon gehört, dass man Hufeisen für Glücksbringer hält. Aber noch nichts dergleichen über einen Schlüssel«, sage ich.

Lilja Rós schließt das Medaillon wieder.

»Das ist ein echter Schlüssel.« Sie lächelt. »Ich kann dir auch sagen, auf welches Schloss er passt.«

Jetzt geht mir ein Licht auf.

»Ich glaube, ich weiß es«, antworte ich. »Das ist ein Schlüssel für ein Bankschließfach.«

»Stimmt.«

»Wo ist das Schließfach?«

»Im Norden.«

»Sind dort etwa die Videos versteckt?«

Sie nimmt das Medaillon und legt es mir an der Kette um den Hals.

»Komm mit mir in den Norden«, sagt sie, »und schau selber nach.«

Das ist eines dieser Angebote, die man einfach nicht ablehnen kann.

Also sind wir in den Norden gefahren.

Sie hatte einen Leihwagen besorgt. Mit Allradantrieb. Wollte mir auf dem Weg ein bisschen was vom Land zeigen.

Als wir im Borgarfjördur waren, öffnete ich eine Flasche Jackie. Es reichte ja völlig, wenn einer von uns beiden nüchtern ist. Lilja Rós erklärte sich freiwillig bereit, auf der Hinfahrt diesen Part zu übernehmen.

In Blönduós wohnt sie alleine in einem kleinen Reihenhaus. Erst haben wir es uns gemütlich gemacht und uns mit Snacks voll gestopft, dann haben wir uns auf den Weg zu einem echten Tanz auf dem Land begeben. So gegen Mitternacht sind wir bei dem Versammlungshaus des Bezirkes angekommen. Alles ist proppenvoll. Und alle besoffen. Lilja Rós kennt viele.

Im Handumdrehen habe ich einen ganzen Fanclub mit Saufkumpanen um mich geschart. Einige der Männer sind wandelnde Muskelpakete, die wie Lilja Rós Bodybuilding als einziges Hobby haben.

Ich tanze mit ihnen. Flirte mit einigen. Zwei sehen ganz gut aus. Verheißen Gutes. Der eine fragt mich, ob ich nicht mit ihm draußen spazieren gehen will. Natürlich will ich.

Draußen ist es hell, aber bewölkt. Sommernacht auf dem Land. Motorengeräusche überall. Rufe und Schreie. Wütendes Gekreische und Verfluchungen. Lachen und Weinen.

Das Muskelpaket ist eine enttäuschende Nummer. Sein ganzes Dasein ist anscheinend nur darauf ausgerichtet,

Muskeln aufzubauen. Sie wölben sich geschmeidig unter meinen Händen, groß und gestählt – alle, bis auf den Muskel, auf den es hierbei ankommt. Er ist vernachlässigt worden. Zumal er ja auch nicht auf den Isländischen Meisterschaften präsentiert wird.

Der Tanzabend ist schon fast zu Ende, als ich auf der Tanzfläche grob am Arm gepackt und herumgewirbelt werde.

»Ach nein«, sagt eine bekannte Stimme, »ist das nicht unsere Müllkippenkandidatin?«

Der Wikinger und der Rotschopf stehen mir großspurig grinsend gegenüber. Ohne Uniformen. Halten mich zwischen sich fest.

»Wir müssen uns mal ausführlicher unterhalten«, sagt der Wikinger.

»Verdammte Idioten!«, rufe ich.

»Lasst mich in Ruhe!«

Sie führen mich zwischen sich aus dem Saal, obwohl ich mich nach besten Kräften wehre und mich mit den Füßen gegen die Laufrichtung stemme.

»Eine wahre Freude zu sehen, wie begeistert du über unser Zusammentreffen bist!«, setzt der Wikinger grinsend fort. »Wie eine läufige Hündin.«

»Sehr witzig!«

Wir sind jetzt schon im Freien. Sie schleifen mich zum Parkplatz, der neben dem Versammlungshaus liegt. Da dreht mir der Wikinger plötzlich den Arm auf dem Rücken hoch und presst mich an ein Auto, während der Rotschopf an einem anderen Wagen die Türen öffnet.

Sie sind mit einem Benz da.

»Wir wollen dich noch mal auf eine kleine Fahrt mitnehmen. Dir hat es doch letztes Mal so gut gefallen!«, sagt der Wikinger.

Sie versuchen, mich gerade auf die Rückbank des Benz'

zu bugsieren, als Lilja Rós mir zuruft: »Stella, wohin fährst du?«

Ich kann in einer schnellen Bewegung einen Schritt rückwärts machen und mich zur Hälfte umdrehen.

»Diese verdammte Idioten wollen mich entführen!«, rufe ich ihr zu.

Der Wikinger schiebt mich wieder auf das Auto zu. Schubst mich dann auf den Rücksitz und ist selber schon fast eingestiegen, als sich ein Schatten in der Tür zeigt.

»Was ist denn hier los?«, fragt das Muskelpaket.

»Hilf mir hier raus!«, rufe ich.

»Sie macht immer so ein Theater«, sagt der Wikinger und lacht.

»Ach ja?«

Das Muskelpaket taxiert den Wikinger schweigend eine Weile, aber packt ihn dann ganz plötzlich an einer Schulter und schmeißt ihn so leicht, als wäre er ein schwarzer Müllsack, auf den Parkplatz. Reicht mir dann eine Hand und hilft mir aus dem Auto. Einige Zuschauer haben sich eingefunden, um die Schlägerei zu verfolgen. Lilja Rós steht in der ersten Reihe.

»Ich rate dir, dich nicht einzumischen«, sagt der Wikinger und steht auf. »Wir sind nämlich von der Polizei.«

»Dann zeig mal deinen Ausweis«, antwortet das Muskelpaket.

»Der lügt wie gedruckt! Das sind zwei Irre aus Reykjavík!«, rufe ich.

Die Zuschauer rücken enger heran.

»Sie kommt mit uns«, sagt der Wikinger mit Autorität in der Stimme.

»Das glaube ich nicht«, sagt das Muskelpaket, legt seinen Arm um mich und geht eng umschlungen mit mir an dem Wikinger vorbei.

Der Rotschopf hat sich hinter das Steuer gesetzt.

»Komm, wir hauen ab!«, ruft er.

Der Wikinger scheint anderer Ansicht zu sein. Er kommt mir hinterher, bis ihm das Muskelpaket den Weg verbaut. Sie stehen sich gegenüber. Groß und kräftig. Mit gegrätschten Beinen. Bereit, aufeinander loszugehen.

»Ich hab gesagt, du sollst kommen«, ruft der Rotschopf wieder.

Ich betrachte den Wikinger eingehend. Da bekomme ich eine Idee. Kann der Versuchung einfach nicht widerstehen.

»Ach, jetzt fällt's mir wieder ein, ich wollte mich doch noch für den Ausflug bedanken!«, sage ich und lächele.

»Nichts zu danken«, antwortet der Wikinger und grinst breit. »Ich wusste doch, dass es dir gefallen hat.«

Ich gehe einen Schritt auf ihn zu. Lächele sanft. Dann geb ich's ihm. Einen Tritt. Mit voller Kraft. Direkt oben zwischen die Beine.

Es vergehen einige Sekunden, bevor er schreit. Dann fällt er auf die Knie und hält sich die Hände auf seine empfindlichste Stelle und schreit wieder.

»Nichts zu danken, Schätzchen«, rufe ich ihm zu. »Ich weiß doch, dass es dir gefallen hat!«

»Bravo!«, ruft einer der Zuschauer. Jemand anderes beginnt zu klatschen. Andere klatschen mit.

Lilja Rós zieht mich mit sich.

»Komm schon, Stella, ich bitte dich«, sagt sie. Sie guckt das Muskelpaket an. »Du auch. Das ist sicherer.«

Wir machen, dass wir in den Mietwagen kommen. Lilja Rós fährt los, gibt Gas und ist in kürzester Zeit auf der Ringstraße.

Ich bin überglücklich.

»Das hab ich noch nie gemacht. Aber manchmal hat es mich schon verdammt gereizt.«

»War es genauso toll, wie du es dir vorgestellt hast?«, fragt Lilja Rós.

»Toll? Es war ein einzigartiges Gefühl! Der Himmel auf Erden!«

23

Ich kann nicht wieder einschlafen.

Obwohl wir den Forderungen der Müdigkeit erst gegen vier Uhr nachgegeben haben, bin ich schon drei Stunden später aufgeschreckt und sitze hellwach im Bett.

Nachdem ich mich eine Weile unter der Bettdecke hin und her wälze und einige Versuche, wieder einzuschlafen, erfolglos bleiben, ziehe ich mir den weißen Bademantel an, den Lilja Rós mir geliehen hat. Dann schleiche ich die Holztreppe herunter, mache mir Wasser heiß für eine große Tasse löslichen Kaffee, setze mich in einen Sessel im Wohnzimmer und versuche, mein Gehirn vom Nebel der Nacht und dem jaulenden Kater zu befreien.

Als meine Riesentasse leer ist, streune ich durch die Wohnung. Gestern Abend hatte ich keine Möglichkeit, sie mir genauer anzusehen. Im Erdgeschoss befinden sich Wohnzimmer und Küche, eine Waschküche und ein Zimmer, das Lilja Rós zur Unterrichtsvorbereitung nutzt.

Die Morgensonne scheint direkt durch das Fenster ins kleine Zimmer. Dort steht alles fein säuberlich sortiert und aufgeräumt, wie auch sonst überall in der Wohnung. Jedes Teil hat seinen Platz.

Aber Lilja Rós hat vergessen, den Computer auf dem Schreibtisch auszumachen. Die Maus scheint geradezu darauf zu warten, dass ich ein bisschen mit ihr herumspiele. Der Schreibtischstuhl hat einen weichen Bezug, der mich an den Oberschenkeln kitzelt, als ich mich setze und nachsehe, was Lilja Rós auf ihrer Festplatte gespeichert hat.

Eine lange Reihe mit Titeln von Dateien erscheint auf

dem Bildschirm. Eine Mappe weckt sofort mein Interesse. Ihr Titel heißt kurz und knapp: HALLA.

Ich zögere.

Natürlich habe ich nichts an diesem Computer zu suchen, schon gar nicht, seinen Inhalt durchzustöbern. Aber die Neugier wird stärker als alles andere, wie schon so oft.

»Verbotene Früchte schmecken am besten.«

Sagt Mama.

In der Halla-Datei gibt es eine ganze Menge Dokumente. Sie sind alle mit einem Zahlencode benannt; zuerst vier Ziffern, dann zwei und noch mal zwei. Und zum Schluss drei Buchstaben: PGP.

»Klare Sache, Watson«, sage ich zufrieden zu mir selbst. Das müssen Kopien von Hallas Tagebüchern sein, sortiert nach Jahr, Monat und Tag. Sie hat sie also auch hier hingeschickt. Natürlich durch die Telefonleitung. Damit sie bei Lilja Rós in sicherer Verwahrung sind.

Natürlich habe ich die drei Buchstaben am Ende sofort erkannt. Sie sind die Bestätigung dafür, dass der ganze Text auf gleiche Weise verschlüsselt wurde wie der auf den Disketten in der Stadt.

Ich überfliege die Titel der Dokumente. Die Jahreszahlen zeigen, dass es die gleichen Texte sind, die ich im Süden gelesen habe.

Aber hallo!

Nicht ganz. Da tauchen Daten auf von den letzten Jahren, in denen Halla noch lebte. Die hatten auf den Disketten aus dem Bankschließfach gefehlt.

Jetzt zögere ich nicht mehr länger. Krame in Windeseile aus meiner Erinnerung Sindris Erklärungen hervor. Finde schnell das Programm Pretty Good Privacy und rufe es auf dem Bildschirm auf. Öffne das letzte Dokument, das Halla in den Norden geschickt hat. Setze das italienische Passwort ein.

Bingo!

Ich brauche ungefähr zwei Stunden, um das letzte Jahr, in dem Halla lebte, als Tagebuchversion durchzulesen. Als ich damit fertig bin, gehe ich wieder in die Küche und mache mir noch einen Kaffee, setze mich dann ans Küchenfenster, verfolge in Gedanken versunken die Kinder beim Spielen auf der Straße und versuche, die neuen Informationen zu verdauen.

Bin ich der Sache eigentlich näher gekommen?

Vielleicht, vielleicht auch nicht.

Unbestritten ist allerdings, dass sich Halla in den letzten Monaten ernsthafte Sorgen wegen ihrer Geschäfte mit Sigvaldi machte. Vor allem deshalb, weil er meinte, dass die Polizei ihn wegen Verdacht auf Rauschgiftschmuggel genauer unter die Lupe nehmen wollte. Valdi wollte, dass Halla ihren politischen Einfluss geltend machte, um Nachforschungen zu verhindern. Das hätte natürlich die Aufmerksamkeit der Polizei auf sie selber gelenkt. Deshalb hatte sie sich auch herausgeredet, um nichts in Valdis Sache unternehmen zu müssen. Sigvaldi war aufgebracht und drohte ihr alles Übel der Welt für ihre Untätigkeit an.

Hatte er zum guten Schluss mehr getan als nur gedroht?

Vielleicht.

Und dann war da noch die Pager-Geschichte, wie Halla sie nannte. Das war wirklich eine merkwürdige Sache. Halla war immer mit ihrem Pager unterwegs. Eines Tages bekam sie eine Nachricht, die sie nicht verstand. Rief trotzdem beim Absender an. Ein Mann antwortete. Sagte ihr, dass sie ihr »Paket« am zentralen Busbahnhof abholen könne. Der Abholzettel, den sie benutzen sollte, war bereits durch den Briefschlitz am roten Haus geschoben worden.

Legte dann auf.

Am nächsten Tag fuhr sie zum Busbahnhof, um das Paket abzuholen. Aus irgendeinem Grund zögerte sie, als sie die Wartehalle betrat. Fand die ganze Sache ziemlich merkwürdig. Suchte sich erst mal einen Platz wie ein Fahrgast, der auf die Abfahrt seines Busses wartet. Beobachtete die Paketausgabe. Überzeugte sich davon, dass es dort mehrere Mitarbeiter gab. Aber sie hatte den Verdacht, dass man sie in eine Falle locken wollte. Deshalb verließ sie die Wartehalle wieder, ohne das Paket abgeholt zu haben.

Lilja Rós war an diesen Tagen in der Stadt. Sie bot sich sofort an, das Paket abzuholen. Halla widerstrebte das. Fand es gefährlich. Vermutlich versuchte Porno-Valdi, sich an ihr zu rächen. Trotzdem stimmte sie letzten Endes zu.

Nachmittags fuhr Lilja Rós alleine zum Busbahnhof. Als Halla nach Hause kam und sie zu Abend gegessen hatten, öffneten sie zusammen das Paket in der Küche. In ihm befand sich nur ein Kochbuch. Nichts anderes. Keine Nachricht. Keine Erklärungen.

Vielleicht sollte ihr das nur einen Schrecken einjagen? Wollte Porno-Valdi seine Muskeln spielen lassen? Ich verstand die Geschichte ebenso wenig wie Halla.

Ich gehe wieder hoch in die obere Etage, setze mich ans Bett und tippe Lilja Rós an. »Es ist schon Mittag«, sage ich. Als sie ein paar grunzende Laute von sich gibt, füge ich hinzu: »Es ist ganz tolles Wetter!«

Sie reckt sich genüsslich, setzt sich dann auf und lässt die Beine aus dem Bett hängen. »Hast du schon geduscht?«

Ich schüttele den Kopf.

»Dann komm.«

Am Nachmittag will sie mir unbedingt zeigen, wo sie als Teenager auf dem Land gewohnt hat. Bei Halla.

Der Weg, der zum Haus führt, ist schlecht erhalten. Hier und da liegen mitten auf dem schmalen Lehmweg große Steine. An anderen Stellen haben sich tiefe Schlaglöcher gebildet, wo die Erde weggespült wurde.

Lilja Rós fährt im Schneckentempo auf den Hof zu.

Das alte Wohnhaus ist verwittert. Die Wände geben nach. Die Farbe blättert großflächig ab. Die Eingangstür hängt nicht mehr in den Angeln.

Auf dem Vorplatz steigen wir aus dem Auto und gehen ins Haus. Hier ist alles verwahrlost und von Pferden und Schafen vollgeschissen.

Lilja Rós geht voran. Zeigt mir das Zimmer, in dem sie und Halla zusammen während der Sommerferien geschlafen haben. Es ist klein und leer.

Traurigkeit liegt drückend wie ein Albtraum über diesem halb verfallenen Haus. Hier hatten Menschen geschuftet und gelitten. Geliebt und gestritten. Vor langer, langer Zeit. Wozu?

Ich mache, dass ich rauskomme. Lilja Rós folgt mir kurz darauf mit Tränen in den Augen. Ich gucke automatisch weg, während sie ihre Fassung wiedergewinnt. Ich schaue über die kleine Heuwiese, die jahrelang außer Tieren auf Futtersuche niemand genutzt hat.

Das ist ein verlassener Ort. Verlassen von Menschen. Und von Gott. Wenn er sich denn überhaupt mal irgendwann so weit in den Norden gewagt hat.

Ich habe in meiner Geschichte auch einen Platz, den ich verlassen habe. Das alte Hotel an der Ringstraße in den Ostfjorden, wo ich aufgewachsen bin. Zuerst habe ich bei Mama und Papa gewohnt. Dann nur noch bei Papa, nachdem Mama weggegangen ist. Ich bin dort seit Jahren, seit ich angefangen habe, in der Stadt zu studieren, nicht mehr hingefahren. Schon der Gedanke daran jagt mir im hellen Sonnenschein einen Schauer durch den Körper.

Lilja Rós schweigt den ganzen Weg bis zur Ringstraße.

»Es ist komisch, nach so vielen Jahren wieder herzukommen«, sagt sie schließlich. »Mir kommt alles hier viel, viel kleiner vor, als ich es in Erinnerung hatte.«

»Das ist nur der Beweis dafür, dass niemand darauf bauen kann, dass seine Erinnerungen Tatsachen sind.«

»Alles sieht jetzt so klein und heruntergekommen aus. Und verlassen.«

»Die Erinnerungen sind meistens besser als die Wirklichkeit.«

»Das ist eine furchtbare Vorstellung.«

»Ganz und gar nicht.«

Sie hält an. Schaut aus dem Fenster. »Ich finde es besser, den Hof aus der Ferne zu sehen«, sagt sie.

»Mach dir ein Prinzip draus: Wenn du von einem Ort schöne Erinnerungen hast, fahr nie wieder hin.«

»Vielleicht hast du Recht.«

»Die Kehrseite der Medaille ist natürlich was anderes: wenn du schlechte Erinnerungen von irgendeinem Ort hast, dann lohnt es sich auch nicht, wieder hinzufahren.«

»Warum?«

»Weil es dort bestimmt nicht besser geworden ist!«

Lilja Rós fängt an zu lachen. »Getreu deiner pessimistischen Regel sollte man also nie zweimal an den gleichen Ort fahren.«

»Das wäre vernünftig. Schützt vor Enttäuschungen.«

Gegen Abend kommen wir wieder nach Blönduós. Lilja Rós ist auf der Ausfahrtsspur zum Parkplatz vor einer Tankstelle, als ich den Wikinger entdecke. Er steht an einer Zapfsäule und füllt den Benz.

»Nicht abbiegen! Fahr weiter!«, rufe ich im Befehlston.

Sie guckt kurz zu mir, aber fährt dann wieder zurück auf die Ringstraße und fährt genau vor der Nase des Wikingers weiter.

»Sie sind hier«, sage ich.

»Wer?«, fragt Lilja Rós.

»Diese beiden Idioten aus Reykjavík.«

Sie überquert schnell die Brücke des Flusses Blanda und fährt ins Dorf hinein. »Sie sind uns dann wohl heute Nacht nachgefahren, vom Gemeindehaus aus«, sagt sie.

»Vielleicht. Ich finde es wahrscheinlicher, dass sie uns schon die ganze Zeit auf den Fersen sind.«

»Meinst du ab Reykjavík?«

»Ja.«

Ich lasse mir die Sache durch den Kopf gehen, während Lilja Rós vor dem kleinen Reihenhaus einparkt. Es konnte doch kein Zufall sein, dass diese Wilden hier aufgetaucht sind. Die sind hinter uns her.

Aber warum?

Zweifellos, um uns zu beobachten. Zu sehen, was wir hier im Norden machten. Wen wir treffen würden. Ob uns irgendwas ausgehändigt würde. Das lag klar auf der Hand.

Jetzt ging es darum, sie abzuhängen. Wieder nach Reykjavík zu kommen, ohne dass sie es bemerken würden – und wenn, dann erst zu spät. Mit unserer Beute, wegen der wir hier hochgefahren sind.

Wir gehen schnell ins Haus. Ich folge Lilja Rós in die Küche, wo sie anfängt, das Abendessen vorzubereiten.

»Ich will nicht erst morgen nach Hause fahren«, sage ich.

»Aber wir müssen doch in die Bank?«

»Ja, schon. Wie gut kennst du den Filialleiter?«

»Hier kennt eigentlich jeder jeden.«

»Dann sprich jetzt mit ihm. Wir müssen noch heute Abend ans Schließfach.«

»An einem Sonntagabend? Das kommt für ihn sicher nicht in Frage.«

»Dann musst du ihn halt bequatschen.«

Wir setzten uns, trinken Kaffee und schmieden einen Plan.

Als Lilja Rós sich mit Koffein Mut angetrunken hat, ruft sie den Filialleiter an. Ich finde, sie klingt sehr überzeugend. Sie behauptet, dass sie ganz unerwartet schon heute Nacht zurück in die Stadt fahren muss. Muss unbedingt einen Gegenstand mitnehmen, der im Bankschließfach liegt. Hört sich Mitleid erregend an.

Schließlich bekommt sie, was sie will. Der Filialleiter verspricht, sie am Abend um zehn zu treffen. In der Bank.

24

Es ist zehn Uhr.

Wir warten schon seit ein paar Minuten vor der Bank, als der Filialleiter mit einem schwarzen Jeep kommt.

Er geht mit uns direkt zu den Schließfächern, wo ich den Schlüssel aus dem Medaillon hole, das Fach aufmache und spontan laut auflache.

Im Fach ist eine Handtasche. Und sie ist blau.

Die blaue Tasche!

Es gibt sie also doch.

Ich gucke mir ihren Inhalt an, während Lilja Rós das Fach abschließt. In der Tasche befinden sich ein paar Videokassetten. Nichts anderes. Schließe dann die Tasche, nehme den Schlüssel und lege ihn wieder in das Medaillon.

Lilja Rós bedankt sich überschwänglich auf dem ganzen Weg bis zur Straße beim Filialleiter.

Ich untersuche die Videokassetten genauer, als wir wieder bei Lilja Rós zu Hause sind. Sie sind alle unbeschriftet.

»Komm, wir gucken mal rein«, sage ich.

Lilja Rós wird verlegen. Ich habe aber keinen Videorecorder«, antwortet sie.

»Echt nicht?«

Unglaublich! Da hat man die Videos in den Händen und kann nicht sehen, was für Material auf ihnen ist. Verdammt noch mal!

»Okay.« Ich versuche, ruhig zu bleiben. »Dann müssen wir damit wohl warten, bis wir wieder in der Stadt sind.«

»Und eigentlich habe ich gar keine Lust, sie anzusehen.«

»Hast du ja wohl auch schon, nicht wahr?«

»Ein paar Ausschnitte.«

»Und den Rest hast du selber gefilmt?«

Sie lässt den Kopf hängen.

»Was ist denn eigentlich da drauf? Außer Haukurs Starauftritt, meine ich?«

»Ach, Filme von Hallas Partys.«

»Und?«

»Szenen aus dem Schlafzimmer.«

»Mit Halla?«

»Nein, hauptsächlich mit anderen Leuten.«

»Vielleicht mit dir?«

»Nein.«

»Okay.«

Sie überlegt kurz und fügt dann hinzu: »Jedenfalls nicht wissentlich mit mir.«

»Na, das wird sich dann ja zeigen.«

Wir fangen an, unser Gepäck zusammenzusuchen. Das geht schnell, denn wir hatten uns kaum die Zeit genommen, unsere Sachen auszupacken. Dann geht Lilja Rós ins Arbeitszimmer und fuhrwerkt dort herum, während ich mir noch einen Riesenbecher Kaffee hole.

Etwas später kommt sie wieder in die Küche. »Warst du am Computer?«, fragt sie.

Es hat keinen Sinn, zu lügen. »Ja«, antworte ich.

»Warum hast du nicht um Erlaubnis gebeten?«

»Weil du geschlafen hast.«

Sie macht ein merkwürdiges Gesicht. Sie guckt mich mit einer Mischung aus Argwohn und Angst an.

»Ich wollte dich nicht wecken. Du hast heute Morgen so fest geschlafen«, fahre ich fort.

»Ach ja?«

»Ich konnte nicht mehr schlafen. Und ich hatte nichts anderes zu tun.«

»Hast du etwas Neues in den Tagebüchern entdeckt?«

»In welchen Tagebüchern?«

»Natürlich in Hallas. Du hast sie doch heute Morgen gelesen.«

»Woher weißt du das?«

»Der Computer speichert von selber Kopien dessen, was zuletzt auf dem Bildschirm war. Alle fünf Minuten.«

»Ach ...«

»Ich habe neue Kopien von Hallas Tagebüchern gefunden, die sie in den letzten Monaten, bevor sie gestorben ist, geschrieben hat. Sie wurden heute Morgen gespeichert, als du sie gelesen hast.«

»Ach so.«

Sie guckt mich immer noch an.

»Nein«, beantworte ich schließlich ihre Frage. »Ich habe nichts Neues gefunden, was wichtig wäre. Außer, was sie über Sigvaldis Drohungen geschrieben hatte. Und die Geschichte mit dem Pager.«

»Mit dem Pager?«

»Ja, erinnerst du dich nicht? Die Sache mit dem Paket, das du am Busbahnhof abgeholt hast?«

»Ach, das.«

»Fandest du das nicht auch merkwürdig?«

»Ja.«

»Hast du jemals herausgefunden, wer das Paket geschickt hat?«

»Nein.«

Lilja Rós setzt sich an den Küchentisch, wo wir warten, bis es zwei Uhr nachts ist. Dann wollen wir los und wieder nach Hause in die Stadt fahren.

»Was machen wir mit den Männern?«, fragt Lilja Rós.

»Die schalten wir noch für eine Weile aus, bevor wir fahren.«

»Wie?«

Ich stehe auf, gehe zum Küchentisch und öffne die Schublade, wo das Besteck verwahrt wird. »Das wird sich zeigen«, antworte ich und lächele zufrieden, als ich das scharfe Fleischmesser entdecke.

Wir entdecken ihren Benz auf dem Parkplatz vor dem Hotel.

Ihren Benz?

Obwohl ich selten darauf achte, wie japanische Blechkisten aussehen, übersehe ich eigentlich nie einen Benz. Ich erkenne direkt, dass ich diesen hier schon einmal gesehen habe. Und sogar in ihm gesessen habe. Das ist das Auto, in dem Saemi mich zum Eldóradó gefahren hat, um Porno-Valdi zu treffen.

Klare Sache.

Ich schreibe mir das Kennzeichen auf. Will in der Stadt mal überprüfen, auf wen dieser Wagen zugelassen ist. Ich persönlich wette auf Sigvaldi.

Alle im Dorf scheinen um zwei Uhr nachts tief zu schlafen. Keine Bewegungen im Hotel, Niemand auf dem Parkplatz.

Lilja Rós wartet im Leihwagen, während ich den Benz frisiere. Zuerst lasse ich die Luft aus den Reifen. Aus einem nach dem anderen. Stoße dann das tolle Fleischmesser bis zum Schaft in die luftleeren Reifen.

Wunderbar!

Mit dem können uns die ungehobelten Mistkerle in den nächsten Stunden nicht verfolgen. Das ist sicher. Auch wenn es ein Benz ist.

25

Lilja Rós ist völlig übermüdet, als wir am frühen Morgen wieder in die Stadt kommen. Sie ist den überwiegenden Teil der Strecke gefahren und macht sich deshalb auf dem direkten Weg ins Bett, nachdem wir die Reisetaschen in den Flur bugsiert haben.

Ich kann nicht direkt schlafen gehen. Ich muss mir einfach zuerst die Videos ansehen!

Erst mal falle ich aber über die Vorräte im Kühlschrank her. Schmeiße ein paar Eier in die Pfanne. Toaste Brot. Hole mir Joghurt und Apfelsaft. Nehme alles mit ins Wohnzimmer und mache es mir vor dem Fernseher gemütlich.

Vor mir liegen ein paar Stunden Kino.

Es handelt sich jedenfalls nicht um Filme der Rubrik »für die ganze Familie«. Die meisten Abschnitte zeigen, was sich im Schlafzimmer abspielt. Offensichtlich durften sich während der Partys eine ganze Menge Leute dorthin zurückziehen, um sich in guter Gesellschaft zu entladen. Sich im Bett herumwälzen.

Ein paar Gesichter kommen mir bekannt vor. Abgesehen von Halla. Und dem Premier. Sie sind in einem netten Abschnitt zusammen.

Die Eintönigkeit geht mir bald auf die Nerven. Die Qualität des Filmes ist auch nicht immer die beste. Und man hört nichts von dem, was im Zimmer gesagt wird.

Dann beginne ich zu spulen.

Zwischendurch gibt es Szenen, die woanders im Haus aufgenommen wurden. Im Wohnzimmer oder auf den Fluren. Sogar auf der Toilette. Es gibt die gleichen Bilder von Partys, bei denen die Gäste ihre Kleidung anließen. Tanzten, tranken, rauchten, etwas für die Nase nahmen.

Für die Nase?

Ich halte das Video an. Spule zurück. Und langsam vorwärts.

Ja, sie schnupften. Aber keinen normalen Schnupftabak.

Ich betrachte die Sequenz genauer. Da sitzen ein paar Leute zusammen im Wohnzimmer und ziehen etwas die Nase hoch. Einer nach dem anderen. Entweder wussten sie nicht, dass sie gefilmt wurden oder es war ihnen egal. Musste Koks sein.

Nein, was sehe ich denn da? Kann das sein?

Ich spule das Video wieder zurück. Lasse es dann wieder vorwärts laufen. Halte das Band an.

Lilja Rós ist auf der Mattscheibe deutlich zu erkennen. Und grade dabei, weißes Pulver zu schnüffeln.

Die Gute überrascht mich doch immer wieder. Was war mir nicht im Frühsommer durch den Kopf gegangen? Genau: die Maus, die sich davonschleicht!

Lilja Rós ist in mehreren Szenen zu sehen. An einer Stelle vergnügt sie sich mit Halla im rosanen Gruselkabinett. Sie halten sich im Arm und wälzen sich auf dem Bett, als sie von etwas gestört werden. Halla schiebt Lilja Rós von sich weg, nimmt einen Pager vom Nachttisch, schaut ihn an, wirft ihn Lilja Rós zu, streckt sich dann nach einem anderen Pager, der genauso aussieht, guckt ihn ebenfalls an und fängt dann an zu telefonieren. Am Ende des Gespräches legt sie sich wieder auf den Rücken und lächelt Lilja Rós an, die ihren Pager achtlos zur Seite wirft und sich wieder über Halla beugt.

Ich höre ein Schniefen hinter mir.

Es ist Lilja Rós. Sie war ins Wohnzimmer gekommen, ohne dass ich sie bemerkt hatte, und schaut mit Tränen in den Augen auf die Bilder vom Video.

»Setz dich zu mir«, sage ich und ziehe sie zu mir aufs Sofa.

Wir gucken uns zusammen das Video bis zu Ende an.

»Was war das da für eine Sache mit den Pagern?«, frage ich, als sie sich wieder eingekriegt hat.

»Wir hatten beide genau das selbe Gerät«, antwortet sie. »Manchmal wussten wir nicht, wer von uns angerufen wurde. Aber es war meistens für sie.«

Haukurs Starauftritt ist auf der letzten Videokassette, die ich ins Gerät schiebe. Die Videokamera war schon einige Zeit gelaufen, als er völlig besoffen ins Schlafzimmer torkelt.

Er setzt sich mit dem Glas in der einen Hand aufs Bett. Nimmt gerade noch einen Schluck, als ein Mädchen hereinkommt. Sie setzt sich neben ihn. Küsst ihn immer wieder. Zieht ihm das Sakko aus. Löst die Krawatte.

Als Haukur sie wegstößt und sich rücklings auf das Bett fallen lässt, zieht sich das Mädchen aus. Schnell. Bis sie nackt vor ihm steht. Dreht sich um sich selber und streicht mit den Händen über ihren Körper wie eine geübte Stripperin. Kniet sich dann über Haukur, öffnet seine Hose und bemüht sich, ihn mit Schlecken auf Touren zu bringen. Plötzlich tritt Haukur sie aus dem Bett. Als sie vom Bett rollt, schlägt sie kräftig mit dem Kopf auf dem Fußboden auf. Beide liegen bewegungslos an ihrem Platz.

War das alles?

Ich spule vor. Lasse dann wieder langsam weiterlaufen. Da war endlich eine Bewegung. Ein paar Leute sind ins Zimmer gekommen. Jemand beugt sich über das Mädchen am Boden. Kommt mir bekannt vor. Nun guckt der Typ nach Haukur im Bett. Dreht sich dann um.

Ich bin unangenehm überrascht. Es ist Saemi.

Er spricht mit jemandem, der so weit vom Bett weg steht, dass man ihn nicht auf dem Film sehen kann. Es sieht aus, als hätten sie eine Auseinandersetzung. Saemi schüttelt den Kopf. Hört dem Unsichtbaren zu. Guckt erst zum Mädchen, dann wieder zum Mann, den die Kamera nicht erfasst. Flucht. Zieht sich dann die Schuhe aus. Wirft sie zur Türe. Zieht Haukur die Schuhe aus und sich an. Steht beim Mädchen. Schaut wieder den Unsichtbaren an. Sagt etwas. Wartet.

Plötzlich beginnt Saemi, das Mädchen, das bewusstlos auf dem Boden liegt, zu treten. Immer wieder. Tritt sie mit den schwarzen Schuhen blutig. Tritt sie in die Brust, den Magen, ins Gesicht. Sie wird durch die kräftigen Tritte herumgeschleudert.

Endlich hört er auf zu treten und schaut mit finsterer Miene auf. Zieht dann die Schuhe aus. Steckt sie wieder auf Haukurs Füße, zieht ihn dann vom Bett herunter auf den Boden und schiebt ihn neben das blutige Mädchen. Steigt über beide drüber und verschwindet aus dem Bild.

Kurze Zeit später sieht man deutlich drei oder vier Blitzlichter, als würden Fotos geschossen. Dann wird die Kamera ausgeschaltet.

Wir sitzen eine Weile schweigend vor dem grauen Bildschirm.

Die Sache hatte sich völlig anders abgespielt, als ich erwartet hatte. Haukur hatte zwar das Mädchen von sich weg auf den Boden getreten, aber sie nicht anderweitig misshandelt. Das hatte Saemi getan. Für solch einen brutalen Angriff wandert er bestimmt ein paar Jahre in den Knast. Und das Video ist seine Eintrittskarte. Er schien allerdings auf Anweisung gehandelt zu haben. Aber auf dem Video war an keiner Stelle ersichtlich, wer den Befehl gegeben hatte.

»Hast du das schon mal gesehen?«, frage ich.

»Ja«, antwortet Lilja Rós. »Deshalb wusste ich ja auch, dass Saemi zu allem fähig ist.«

»Aber da war mit Sicherheit noch jemand mit ihm im Zimmer«, fahre ich fort. »Weißt du, wer?«

»Halla hat's mir gesagt.«

Ich schaue sie fragend an.

»Es war Sigvaldi«, antwortet sie schließlich. »Er hat die ganze Sache organisiert.«

»Das musst du alles den Goldjungs erzählen, sobald wir ihnen das Video bringen.«

»Sie können die Kassette behalten«, sagt Lilja Rós entschlossen. »Die anderen möchte ich vernichten.«

Ich werfe einen Blick auf die Uhr. Es ist Mittagszeit. »Okay. Am besten, ich rufe jetzt schnell Raggi an«, antworte ich.

»Denk daran, ihm von den Typen im Norden zu berichten. Und gib ihm die Autonummer.«

»Keine Sorge, das vergesse ich bestimmt nicht.«

Die Verbindung steht sofort. Berichte Raggi erst von der Fahrt in den Norden und von den beiden Kumpanen mit dem Benz. Er nimmt die Neuigkeiten gelassen auf. Schreibt sich trotzdem das Autokennzeichen auf und verspricht, es zu überprüfen.

Als ich ihm von dem Video mit der Misshandlung erzähle, ist er allerdings ganz gespannt. Lässt mich am Telefon warten, während er den Vize anruft.

»Um zwei Uhr, Stella«, sagt er nach einer Weile. »Komm mit der Videokassette um zwei Uhr hierher.«

»Was mache ich nicht alles, um euch Deppen auf die Sprünge zu helfen ...«

»Du kannst so viel Müll von dir geben, wie du willst, wenn nur das Video in Ordnung ist«, sagt Raggi aufgeregt.

»In Ordnung? Das nagelt den Ganoven direkt ans Kreuz! Fester als die Nägel von Golgatha.«

Nur nicht den Ganoven, mit dem ich gerechnet hatte.

26

Raggi holt uns am Empfang ab und führt uns hoch in ein großes Büro, wo die Polizeipräsidenten auf uns warten.

Der Präsident und der Vize.

Ich nehme die Videokassette aus meiner Aktentasche und reiche sie Raggi. Er schiebt sie sofort in das Videogerät.

Die drei sitzen schweigend da und schauen sich den Film an. Dann werfen sie sich gegenseitig finstere und entschlossene Blicke zu.

Der Polizeipräsident schreitet mit langen Schritten zu uns herüber. »Ich möchte mich persönlich bei euch beiden bedanken, dass ihr uns dieses Material gebracht habt.«

Er klingt feierlich. Als ob er der Staatspräsident wäre, der uns das Ritterkreuz verleihen würde.

»Ragnar nimmt das Protokoll auf«, fährt er fort und schaut seine Untergebenen an. »Und um vier treffen wir uns zu einer Besprechung.«

Raggi geht mit uns runter in sein Büro, wo ich die Aufnahme des Protokolles verfolge. Lilja Rós hält sich an unsere Absprachen. Wir hatten vereinbart, was sie sagen durfte. Erstens: wo und wann sich die Tat ereignet hatte. Zweitens: die Behauptungen von Halla, dass Sigvaldi dabei gewesen sei und Saemi befohlen habe, das Mädchen zu treten und dann Fotos zu machen. Dieselben, die er dann benutzt hatte, um Haukur davon zu überzeugen, dass er das Mädchen im Rausch misshandelt hätte.

Ich lese mir das Protokoll durch, bevor Lilja Rós unterschreibt.

»Dieses Mal kommt er nicht davon«, sagt Raggi.

»Wer?«

»Saemi natürlich!«

»Der ist doch eh nur ein Handlanger. Wie oft soll ich dir das noch sagen?«

»Wusstest du, dass das Auto auf ihn eingetragen ist?«

»Was für ein Auto?«

»Dieser Benz, den ich für dich abchecken sollte.«

»Ich glaub's nicht!«

»Der Computer lügt nicht.«

»Ich war immer total sicher, dass dieses Ungeziefer im Auftrag von Haukur oder Sigvaldi unterwegs wäre.«

»Vielleicht mischen sie ja alle zusammen in dieser Sache mit«, sagt Lilja Rós.

»Was passiert als Nächstes?«, frage ich aufgeregt.

»Das wird mit Sicherheit in der Besprechung entschieden«, antwortet Raggi. »Wir müssen alles genau beweisen können, bevor wir zur Tat schreiten.«

»Ihr nehmt Saemi doch sicher fest?«

»Das liegt doch auf der Hand, findest du nicht?«

»Doch, doch, er kommt ja an dem Video nicht vorbei.«

»Und dann wird es sogar für dich schwierig.«

»Für mich? Ich werde mich von diesem Fall fern halten.«

»Das sollte ein Witz sein.«

»Aber die Hintermänner kommen natürlich wie immer davon.«

»Sei doch nicht so pessimistisch, Stella.«

Lilja Rós ist schon an der Tür.

»Hör mal, gibt's schon was Neues im Fall Birna?«, frage ich Raggi noch schnell.

Er schüttelt den Kopf. »Wir haben bisher immer noch keine Antwort bekommen.«

»Okay.«

Ich fahre Lilja Rós in die Innenstadt und mache mich dann auf die Suche nach Saemi. Ich finde, ich muss mit ihm sprechen. Privat und persönlich eine Erklärung von ihm fordern. Nach einer Stunde finde ich ihn endlich auf dem Flughafen. Er macht die Maschine startklar für einen Flug in den Westen.

»Hast du Lust auf noch eine Tour?«, fragt er grinsend.

»Wo ist dein Benz?«

Das Grinsen verzieht sich zu einer Grimasse.

»Ausgeliehen«, antwortet er.

»Arbeiten diese beiden Grobiane für dich?«

»Was für Grobiane?«

»Diese Typen, die mich neulich entführt und Lilja Rós und mich am Wochenende in den Norden verfolgt haben. Die waren mit deinem Benz unterwegs.«

»Ich hab keine Ahnung, wovon du sprichst.«

»Tu doch nicht so. Das Spiel ist aus.«

»Was für'n Spiel? Fußball?« Ihm vergeht das Lachen schnell. Er scheint endlich zu kapieren, dass etwas Ernstes passiert ist.

»Ich habe die blaue Tasche gefunden«, sage ich. »Mit dem Video, in dem du die Hauptrolle spielst.«

Die sonnengebräunten Wangen erbleichen. »Wo ist das Video?«

»Ich habe es nicht mehr. Der Fall geht mich nichts mehr an. Ich will nur wissen, auf wessen Veranlassung mich dieses Ungeziefer entführt hatte. Damit ich's ihnen heimzahlen kann.«

»Haben die Bullen das Video?«

Ich nicke.

»Verdammte Scheiße!«

»So, wie die Sache jetzt steht, kannst du mir doch die Wahrheit erzählen.«

»Willst du damit sagen, dass ich erledigt bin?«

»Ich habe immer gesagt, dass du nur ein Handlanger bist, wie ein Bauer im Schach. Und die Bauern werden immer zuerst geopfert.«

»Aber manchmal setzen sie den König matt.«

»Glaubst du wirklich, dass du der richtige Mann dafür bist?«

»Nicht, solange er noch Turm und Dame hat.« Saemi hält die Hände in den Hüften und schaut über die Landebahn, wo gerade eine Passagiermaschine zum Landen ansetzt. »Verdammte Scheiße«, wiederholt er.

»Antwortest du mir jetzt mal?«

»Du hältst dich doch für so unglaublich schlau«, sagt er und schaut mich wütend an. »Lern Schach spielen!«

Dann geht er langsam auf das kleine Flugzeug zu.

27

Ich schrecke jäh hoch.

Mein Herz schlägt so schnell und laut in meiner Brust, dass ich es in der Stille hören kann. Alles um mich herum ist dunkel.

Ich reibe mir die Hände im Gesicht. Fahre mit den Fingern durchs Haar. Schüttele mich im Bett. Versuche, richtig wach zu werden.

Ich habe schlecht geträumt. Was für ein Albtraum! Ich habe einen Mann durch die dunkle Stadt verfolgt. Bin hinter ihm hergegangen, von einer Straße in die nächste. Habe nicht gesehen, wer es war. Habe auch nicht gewusst, warum ich ihn verfolgte. Bin ihm nur hinterhergelaufen. Der Abstand zwischen uns hat sich nicht verringert, aber ich habe nicht aufgegeben. Bin immer weiter gelaufen.

Plötzlich sind wir in einem Hinterhof gelandet, der in drei Richtungen geschlossen war. Nur ein Weg, um herein- und hinauszugelangen. Mein Weg.

Ich habe mich dem Mann genähert. Bin schon fast bei ihm, als er sich plötzlich umdreht. Er hat eine Maske an.

Genau dieselbe, die ich vor langer Zeit mal auf einem Aschermittwochsball angehabt hatte. Irgendwas hat er in der Hand gehalten.

Als ich stehen geblieben bin, ist er auf mich zugerannt. Hat den Gegenstand in der hoch erhobenen rechten Hand gehalten. Da habe ich endlich gesehen, was es war. Die Statue! Das Kunstobjekt, das Halla zum Geburtstag geschenkt bekommen hatte. Er hat es wie einen Knüppel in der Hand gehalten und ist direkt auf mich zugelaufen. Ich habe ihn auf mich zukommen sehen, mit dem ausgestreckten Arm. Das glänzende Kunstobjekt zielte direkt auf meinen Kopf. Es gab keine Ausweichmöglichkeit. Ich habe versucht, zu schreien, aber konnte nicht. War wie gelähmt. Mir wurde schwarz vor Augen. In dem Moment bin ich schweißgebadet und mit Pulsrasen aufgewacht.

Ich versuche, mich in der Dunkelheit zu orientieren. Beuge mich dann zur Nachttischlampe. Mache Licht an.

Ich liege alleine in meinem Bett. Hinter zugezogenen Vorhängen. Gucke auf meinen Wecker. Es ist immer noch mitten in der Nacht. Habe gerade mal zwei bis drei Stunden geschlafen.

Lege mich im Bett auf den Rücken. Schließe die Augen. Merke, wie sich die Ereignisse von gestern wieder ins Gedächtnis drängen.

Raggi hatte mich gegen sechs Uhr abends angerufen.

»Hast du was von Saemi gehört?«, fragte er ohne große Vorreden.

»Was meinst du?«

»Sein Flugzeug ist verschwunden.«

»Wie, verschwunden?«

»Der Tower in Ísafjördur hat vor ungefähr einer Stunde den Funkkontakt zu ihm verloren. Sie glauben, dass das Flugzeug abgestürzt ist.«

Ich sah Saemi noch einmal vor mir. Wie wütend und aufgeregt er war, als wir gestern auf dem Flugplatz auseinander gegangen waren.

»Hat er einen Hilferuf gesendet?«, fragte ich.

»Nein, ich glaube nicht. Aber eine Maschine der Flugüberwachung und ein paar Helikopter müssten jetzt im Gebiet angekommen sein. Allerdings ist dichter Nebel über dem Hochland im Westen. Die Suche kann sich also hinziehen.«

Ich blieb am Ende des Gespräches in meinem Büro sitzen und durchdachte diese unerwarteten Neuigkeiten.

Unfall oder Absicht?

Hatte Saemi wirklich gedacht, dass er alle Hoffnungen begraben kann? Dass er sich nicht auf die letzte Schlacht mit dem König einlassen könnte? Hatte er sich angesichts der Übermacht geschlagen gegeben?

Vielleicht.

Aber was hatte er mir da noch mal auf dem Flugplatz gesagt? Ein König, der noch einen Turm und eine Dame zur Verfügung hat, kann nicht von einem Bauern matt gesetzt werden? Das war doch so?

Sigvaldi war natürlich der König. Musste sein. Aber von was für einem Turm hatte Saemi gesprochen? Haukur oder was?

Und was für eine Dame?

Halla war zweifellos eine Art Dame. Aber sie war schon längst tot und begraben. Und mir fiel keine andere Dame in diesem Schachspiel ein.

Oder?

Die Bilder von Halla und Lilja Rós kommen mir aus dem Gedächtnis wieder hoch. Ihr Spiel im rosanen Gruselkabinett. Ich war mir immer so sicher, dass Halla die war, die das Heft in der Hand hatte. Etwas anderes kam nicht in Frage. War das vielleicht ein Missverständnis?

Ich schloss die Augen und sah die beiden wieder vor mir.

Das ausgelassene Spielchen auf dem Bett, bei dem Lilja Rós die Rolle der Stärkeren einnahm. Die Verwechslung der Pager.

Die Pager!

Irgendwas war da mit den Pagern, das mich schon länger gestört hatte. Irgendwas, auf das mich mein Unterbewusstsein schon lange vergeblich aufmerksam machen wollte. Ich hatte es immer wieder von mir weggeschoben. Was zum Teufel konnte das sein?

Plötzlich schoss mir die Antwort wie ein Blitz durch den Kopf. Ich hieb ganz unfreiwillig mit der Faust auf den Tisch.

Die Nummer!

Ich sprang auf, ging zu einem der Aktenschränke, öffnete ihn, nahm zwei Akten heraus und legte sie auf den Schreibtisch. Atmete tief ein, bevor ich die Schriftstücke in der einen Mappe durchsuchte.

Die Pager-Nummer, die Birna mir gegeben hatte. Und den Goldjungs. Ich hätte sie doch gleich wiedererkennen müssen, als ich sie zum ersten Mal gesehen hatte. Jetzt wusste ich es. Mir hatte nur die Bestätigung gefehlt.

Da war sie.

Ich schrieb die Nummer auf ein gelbes Memo-Zettelchen. Legte dann Birnas Unterlagen zur Seite und öffnete die andere Mappe. Blätterte, bis ich das richtige Blatt gefunden hatte. Sah sofort, dass die Pager-Nummer, die ich hinter dem Namen meines Mandanten vermerkt hatte, die gleiche war. Schrieb sie auf dem gelben Zettel unter die andere Nummer. Legte dann den Stift hin.

»Was bin ich für eine verdammte Niete!«, schimpfte ich mich selber aus und schloss die Mappe. »Idiot!«

28

Ich bin immer noch schweißnass, als ich langsam aus dem Bett hervorkrieche. Wird wohl das Beste sein, unter die Dusche zu springen und sich den Schrecken der Nacht abzuspülen.

Ich tippele mit schnellen, kleinen Schritten über den Flur ins Bad. Stelle mich unter den kräftigen Strahl. Stelle das Wasser so heiß ein, dass ich es gerade noch ertrage.

Danach sitze ich lange vor dem großen Spiegel des Schminktisches im Schlafzimmer und rufe mir das Gespräch von gestern Abend mit Lilja Rós ins Gedächtnis.

Nach den Abendnachrichten im Fernsehen war ich zu ihr gefahren. Ich hatte immer noch den Schlüssel zum Haus und ließ mich selber hinein.

Warf zuerst einen Blick ins Wohnzimmer, aber da war sie nicht.

Ihre Tasche lag auf dem Telefontisch im Flur. Nach kurzem Zögern kramte ich in ihrem Zeug. Suchte so lange, bis ich ihren Pager gefunden hatte. Schaltete ihn ein. Das Gerät hatte die Nummern und Nachrichten der letzten Anrufer gespeichert. Ich durchsuchte den Speicher, bis Birnas Nachricht vor meinen Augen blinkte. Die endgültige Bestätigung für das, was ich eh schon wusste.

Plötzlich merkte ich, dass ich noch mal aufs Klo musste, bevor ich nach oben gehen und mich mit Lilja Rós auseinander setzen würde.

Blieb dann wie angenagelt in der Tür stehen.

Sie saß auf dem Stuhl im Badezimmer mit einem Strohhalm in der einen Hand. Es waren noch ein paar weiße Körnchen auf dem Handspiegel übrig, der vor ihr auf dem Tisch lag.

Wir erschraken beide.

Lilja Rós hatte sich schnell wieder unter Kontrolle. Beugte sich vor und sog die letzten Kokain-Körnchen mit dem einen Nasenloch hoch. Legte dann den Spiegel und den Strohhalm in eine Schublade.

Versuchte so zu tun, als ob nichts wäre.

Ich konnte meinen Mund einfach nicht halten: »Bist du etwa abhängig von diesem verdammten Gift?«

»Natürlich nicht«, antwortete sie sofort. »Ich nehme vereinzelt etwas, wenn ich Lust darauf habe.«

»Was heißt vereinzelt?«

»Na ja, ab und zu eben.«

»Vielleicht jeden Tag?«

»Wieso verhörst du mich hier eigentlich?«, fragte sie verärgert. »Das geht dich doch überhaupt nichts an!«

»Du machst dich kaputt, wenn du nicht aufhörst.«

»Ich bin in Topform.«

»Und was glaubst du, wie lange noch?«

Sie brauste wieder auf.

»Ich muss mir von dir keine Moralpredigten anhören«, keifte sie mich an. »Ich bin schon in der Lage, mich um mich selber zu kümmern!«

»Das sagen die Alkis auch.«

Ihre Augen glänzten boshaft: »Dann müsstest du das ja selber am besten wissen!«

Okay, es reicht.

Ich war nicht hierher gekommen, um mit Lilja Rós über ihren Rauschgiftkonsum zu streiten. Eine andere Sache war wichtiger.

»Wo hast du das Kokain her?«, fragte ich.

Sie antwortete nicht.

»Das kostet doch sicher auch etwas?«

Die Antwort kam umgehend: »Ich kann's mir leisten.«

Ich starrte sie an. Der Gedanke kam ganz von alleine. Ja, du kannst es dir leisten. Jetzt schon.

Sie schien meine Gedanken lesen zu können. »Halla hat mir oft geholfen. Sie hatte immer mehr als genug von dem Zeug.«

»Woher hat sie es gekriegt?«

»Von hier und da.«

»Und du?«, wiederholte ich meine Frage. »Wo kriegst du jetzt den Stoff her?«

Sie antwortete mir genau so wenig wie beim ersten Mal.

»Importierst es vielleicht selber, oder wie?«

Sie sah den Pager in meiner Hand und fuhr sich schnell mit der Zunge über die Lippen. »Was meinst du?«, fragte sie kurzatmig.

»Wie ich sehe, hast du die Nachricht erhalten.«

»Was für eine Nachricht?«

»Diese hier.« Ich wedele mit dem Pager in ihre Richtung. »Aber hast dich wohl nicht getraut zu antworten, was?«

Sie atmete einmal tief ein. »Nicht, nachdem du mir von Birnas Festnahme erzählt hast«, antwortete sie dann einfach gerade heraus.

»Ich?«

»Ja, weißt du es nicht mehr?«

»Ich habe dir nie etwas über diesen Fall erzählt.«

»Dann hast du es wohl vergessen. Unglaublich, wie Alkohol das Gedächtnis beeinflusst. Ich kann mich noch ganz deutlich erinnern. Falls jemand danach fragen sollte.«

»Danach fragen?«, wiederholte ich.

»Ja, aber dazu wird es wohl nicht kommen, oder?«

Sie steht auf, geht langsam zur Tür, nimmt mir den Pager aus der Hand und macht ihn aus. »Wir sollten diese unerfreuliche Sache vergessen«, sagte sie und lächelte. »Wir sind doch so gute Freundinnen geworden.«

Für einen Moment fehlten mir einfach die Worte. Dann bemühte ich mich, meine Wut im Zaum zu halten, die mich schier überwältigte. »So gute Freundinnen, dass du mich ohne zu zögern anlügst, um dich selbst zu retten?«, sagte ich ruhig, aber merkte, dass meine Hände vor Wut zitterten.

»Sei nicht so dramatisch«, antwortete sie.

Ich drehte mich schnell auf dem Absatz um und stürmte den Flur entlang auf den Ausgang zu.

»Stella?«, rief Lilja Rós hinter mir her, bevor ich die Haustür erreichte.

»Was?«

»Du bist immer noch meine Anwältin. Das bedeutet doch, dass du an die Schweigepflicht gebunden bist und nichts weitergeben darfst, was zwischen uns gesprochen wird, nicht wahr?«

Verdammte Frechheit!

29

Auf in den Kampf! Für mich und Mammon!

Ich habe uns beide viel zu lange vernachlässigt. Stehe deshalb früh auf, entschlossen, weder lebende noch tote Gespenster mehr zu jagen und mich stattdessen auf meine edle Mission als Geldeintreiberin zu konzentrieren. Keine Ganovenspielchen mehr! Die Krönchen kommen nicht von selber zu mir. Ich muss sie mir erarbeiten. Muss dreist sein. Es drauf ankommen lassen.

»Dem, der zögert, ist das Glück nicht hold.«

Sagt Mama.

Ich überfliege während des Frühstücks einen Artikel im Morgunbladid. Leute vom Rettungsdienst hatten gegen Mitternacht im Westen das Wrack des Flugzeuges gefunden. Konnten nichts mehr tun. Waren sicher, dass Saemi auf der Stelle tot war. Game over. Die Ermittlungen nach der Ursache des Unfalls waren bereits aufgenommen worden, aber es konnte Tage, wenn nicht Wochen dauern, bis ein Ergebnis vorlag.

Ich ziehe los. Bin den ganzen Tag unterwegs. Komme erst gegen acht Uhr abends nach Hause. Völlig geschlaucht, aber um ein paar Krönchen reicher als am Morgen.

Während ich den Anrufbeantworter abhöre, ziehe ich mir die Klamotten aus. Lilja Rós hat angerufen. Zweimal. Bittet mich um Rückruf.

Ganz bestimmt nicht!

Die anderen Anrufe sind von Schuldnern. Sie wollen mit mir besprechen, ob sich eine Zahlungsfrist nicht verschieben lässt. Oder eine Zwangsversteigerung. Oder dieses und jenes. Das sind die üblichen Punkte der Tagesordnung. Nichts Besonderes.

Heute gehe ich nicht in die Dusche, sondern lasse Wasser in die Badewanne einlaufen. Lege mich ins Schaumbad. Spüre, wie das knallheiße Wasser den Körper nach und nach wieder aufleben lässt.

Das Telefon klingelt.

Ich gehe nicht dran. Ich genieße es zu spüren, wie die Müdigkeit langsam mit dem Wasser verdampft. Gehe dabei schon mal die schwierigsten Rückforderungsfälle durch, die morgen auf mich warten. Teile mir den Tag ein. Lasse mich von keinem abenteuerlichen Unsinn ablenken.

Schließlich steige ich aus der Wanne, trockne meinen heißen Körper sorgfältig ab und lege mich ins Bett.

Das Telefon klingelt wieder. Ich hebe den Hörer ab.

Es ist Lilja Rós.

»Bist du immer noch wütend?«, fragt sie.

»Was hast du denn gedacht?«

»Was ich gesagt habe, hab ich nicht so gemeint.«

»Ach, wirklich?«

»Nein, nein«, sagt sie versöhnlich. »Es war das Rauschgift, das mich so verändert hat. Du musst mir verzeihen.«

»Was hast du jetzt vor?«, frage ich nach kurzem Schweigen.

»Ich wollte schon oft aufhören. Vielleicht schaffe ich es jetzt«, antwortet sie.

»Und was ist mit Birna?«

»Ich weiß nicht. Kann ich denn etwas machen?«

»Ansonsten wird sie zu einigen Jahren Gefängnis verurteilt.«

»Kriegt sie die nicht sowieso?«

»Das ist nicht sicher.«

Für eine Weile höre ich nur ihre schnellen Atemzüge am Telefon. »Ich habe dich heute Nacht so vermisst«, sagt sie dann.

»Die Sache ist jetzt vorbei.«

»Ach, sei doch nicht so.«

»Wir sprechen da nicht weiter drüber.«

»Sag das nicht.«

»Doch, es kommt nicht in Frage und Schluss.«

»Aber du wirst mich doch nicht anzeigen, oder?«

»Ich habe gestern Abend deine Vollmacht zerrissen. Mit deinen Angelegenheiten habe ich nichts mehr zu tun.«

Sie schweigt einen Moment. »Hat Ragnar dich heute schon erreicht?«

»Nein. Ich war ja auch unterwegs.«

»Er hat mich am Nachmittag angerufen und bat mich, dir etwas auszurichten, falls er dich nicht selber erreichen würde.«

»Also, wie lautet die Nachricht?«

»Er möchte, dass du die Männer identifizierst, die dich entführt haben.«

»Wann?«

»Sie arbeiten heute Abend auf einem Neubau in Kópavogur. Er bittet dich, um elf Uhr dorthin zu kommen.«

»Heute Abend um elf?«

»Ja, heute Abend. Er wird dort sein, um sie festzunehmen, wenn es die richtigen Männer sind.« Lilja Rós gibt mir eine Adresse.

»Eigentlich habe ich gar keine Lust, heute Abend aus dem Haus zu gehen«, sage ich.

»Ragnar hat gesagt, dass es wichtig sei.«

»Es wäre natürlich klasse, diese Typen in Handschellen zu sehen.«

Lilja Rós möchte noch mehr erzählen, aber ich bin nicht in der richtigen Quatschlaune.

»Ich habe jetzt keine Zeit dafür«, antworte ich.

»Kommst du morgen vorbei? Bitte!«

»Ich weiß noch nicht.«

»Ich muss überlegen, was ich tun soll. Du musst mir dabei helfen!«

»Okay, dann bis morgen.«

Ich lege den Hörer auf und sammle meine Klamotten zusammen. Setze mich aufs Bett und denke scharf nach.

Warum war keine Nachricht von Raggi auf meinem Anrufbeantworter, als ich nach Hause kam. Hätte er nicht eine Nachricht aufs Band gesprochen? Wenn er mich schon so dringend heute Abend treffen will?

Ich hebe den Hörer ab und rufe bei Raggi zu Hause an. Keine Antwort.

Dann rufe ich bei der Kripo an. »Er ist unterwegs«, sagt das Telefonfräulein. »Aber er kommt später am Abend noch mal wieder.«

»Vor elf?«

Sie weiß es nicht genau.

Ich lege auf und ziehe mich an. Als es halb elf ist, rufe ich wieder bei der Kripo an.

Er ist immer noch nicht da.

Ich hinterlasse eine Nachricht und betone, dass Raggi sie noch vor elf erhalten muss. Egal, was er gerade machte.

Ziehe mir dann Lederjacke und feste Stiefel an, grabsche mir die Autoschlüssel und meine Aktentasche und gehe hinaus in den Sommerabend.

30

Das Mehrfamilienhaus scheint menschenleer zu sein.

Es war nicht schwer, das Haus zu finden. Drei Stockwerke mit zwei Treppenhäusern. Die Hausnummer steht mit großen Ziffern auf der Straßenseite. Wurde dort mit Pinsel und Teer hingekleistert. Das Haus steht als Rohbau. Eigentlich schon mehr als das. Fenster sind eingesetzt und Wellblech auf dem Dach.

Zwei Autos wurden vor dem Haus geparkt. Aber nirgendwo in der Nähe des Hauses ist auch nur eine Menschenseele unterwegs.

Ich warte gelassen im Auto darauf, dass Raggi sich blicken lässt. Es ist schon nach elf, aber es kommt niemand.

Vielleicht haben sie sich im Haus versteckt und warten dort? Obwohl ich kein Licht sehe? Könnte sein.

Ich versuche zuerst beim näher liegenden Treppenhaus, in das Haus zu kommen. Die Tür wurde aus rohen Holzlatten zusammengenagelt. Sie ist mit einem Vorhängeschloss zugesperrt. Ich gehe zum anderen Treppenhaus. Auch hier gibt es eine rohe Brettertür. Aber sie ist nicht abgeschlossen.

Ich begutachte das Schloss. Es hängt an der Tür, wo es hingehört. Verriegelt. Jemand hat die Tür geöffnet, indem er das Befestigungsstück aus der Wand gerissen hat. Ja und?

Da hatte sicher mal jemand den Schlüssel zu Hause vergessen. Musste sich beeilen und hat sich halt stattdessen mit der Nagelklaue Zutritt verschafft.

Nichts Besonderes.

Ich gehe hinein. Taste mich langsam vorwärts, um nicht über die Planken am Boden zu fallen. Schaue mich um.

Hier drinnen ist noch alles im Rohzustand. Die Zementverschalungen sind frisch entfernt worden. Die Wände noch nicht verputzt. Die Installateure fangen gerade an, sich heimisch einzurichten.

Die Treppe selber ist auch aus Beton gegossen. Noch kein Geländer. Die Enden einiger Eisenstangen ragen noch aus der Wand. Hier und da stehen auch dicke starke Eisenstangen senkrecht aus den Treppenstufen und -absätzen hervor, an denen das Geländer angebracht werden soll.

Ich schaue in alle Zimmer im Erdgeschoss.

Keine Menschenseele.

Wende mich der Treppe zu. Gehe hoch in den ersten Stock. Da sieht alles genauso aus. Ich gehe in die eine und in die andere Wohnung, aber da ist auch niemand.

Noch eine Etage.

Steige Stufe für Stufe die Treppe hoch. Komme auf dem obersten Treppenabsatz an. Schaue mich um. Gucke dann in die Zimmer.

Das Ganze ist doch die totale Verarschung. Hier arbeitet überhaupt niemand!

Ich gehe schnell die Treppen herunter. Auf dem Weg nach draußen springe ich über das Zeug auf dem Fußboden im Erdgeschoss.

Halte plötzlich inne.

Der Keller! Da habe ich noch nicht geguckt!

Vorsichtig taste ich mich die Treppe herunter. Bleibe dann für einen Moment im düsteren Gang stehen und versuche mich in der Dunkelheit zu orientieren.

Es gibt wenige und nur kleine Fenster im Keller. Die meiste Helligkeit kommt von oben durch das Treppenhaus.

Ich versuche, etwas in der Dunkelheit zu erkennen.

Plötzlich sehe ich Sternchen! Und zwar eine ganze Menge.

Dann geben meine Knie nach und ich falle nach vorne. Ich habe Wahnsinnsschmerzen am Kopf und in der einen Schulter. Reflexartig halte ich mir den Arm vors Gesicht, während ich auf den groben Boden sinke.

Ein zweiter Schlag kommt auf mich nieder. Er landet auf den Schultern.

Vor meinen Augen dreht sich alles. Ich schreie vor Schmerzen und Angst auf und versuche, auf allen vieren davonzukrabbeln. Weiß nicht, in welche Richtung. Nur weg. Weg von den Schlägen. Weg von den Schmerzen.

Ich stoße mir den Kopf. Taste mit den Händen vor mir herum.

Das ist die Betontreppe, die ins Erdgeschoss führt.

Bei diesem Anblick fühle ich neue Kraft in mir. Krabbele auf allen vieren die Treppe hoch, dem Licht entgegen. Komme irgendwie oben an. Dort stehe ich auf und möchte aus dem Haus laufen.

Verdammt!

Ich bin über die Latten am Boden gestolpert. Falle hin. Drehe mich auf den Rücken. Fühle, dass mir Flüssigkeit in die Augen rinnt. Drehe mich auf die Seite. Stütze mich auf einen Ellenbogen und versuche, mir die Augen mit dem Handrücken auszuwischen.

Meine Hände! Alles rot!

Das ist ja Blut! Mein eigenes Blut!

Dann höre ich, wie jemand die Kellertreppe hochsteigt. Unter größten Anstrengungen gelingt es mir, mich hinzusetzen. Ich sehe den Angreifer einige Treppenstufen unter mir stehen. Er hat eine dicke Jacke an und eine Mütze über den Kopf gezogen.

Wie eine Maske.

Ich sehe ihn ganz deutlich im Dämmerlicht. Erkenne ihn wieder. Es ist der Mann aus dem Albtraum.

Er geht langsam die letzten Stufen hoch, auf mich zu. Hält etwas in der behandschuhten Hand.

Eine Eisenstange?

Nein. Es ist ein Brecheisen.

Er ist jetzt oben angekommen. Bleibt ein paar Meter entfernt von mir stehen. Schaut mich durch die Maske an. Nimmt dann das Werkzeug in beide Hände. Hebt es hoch über seinen Kopf. Rennt zu mir und lässt das Brecheisen mit voller Kraft heruntersausen.

Ich rolle mich zur Seite. Höre, wie das Brecheisen mit aller Macht auf den betonierten Fußboden aufschlägt, genau dort, wo ich gesessen habe. Der Hieb ist so stark, dass die Waffe dem Angreifer aus den Händen springt.

Jetzt geht es um Leben und Tod.

Ich rolle mich wieder zurück. Trete dem Mann so fest ich kann in die Kniekehlen. Er fällt hin.

Ich stehe auf. Mir ist schwindelig. Bin immer noch etwas orientierungslos und benommen. Versuche trotzdem, aus dem Haus rauszukommen.

Aber der Angreifer ist schneller und greift nach mir. Hält das eine Bein fest, sodass ich lang hinschlage.

Dann legt er seine Hände eng um meinen Hals. Fasst zu. Drückt und drückt. Ich taste nach seinen Händen. Versuche, den Griff zu lockern. Aber er ist stärker als ich.

Ich bekomme keine Luft mehr. Fühle, dass ich ersticke. So ist es also, in den Klauen des Todes zu landen.

Als ich sicher bin, dass alles vorbei ist, lässt der Druck am Hals nach. Ganz plötzlich! Ich japse nach Luft.

Dann höre ich es auch. Das Sirenengeheul, das den Angreifer aus dem Takt gebracht hat.

Ich nutze die Gelegenheit. Ziehe die Beine an. Trete ihn so fest ich kann. Direkt in den Solarplexus.

Der Angreifer landet am oberen Treppenabsatz auf dem Rücken. Er liegt direkt vor mir und kriegt kaum Luft.

Ich nutze meine letzten Kräfte, packe seine Füße und schiebe ihn vom Treppenabsatz herunter.

Aus dem Keller ertönt ein Geschrei, das einem durch Mark und Bein geht. Es vermischt sich mit dem lauter werdenden Sirenengeheul vor dem Haus. Ich höre in der Ferne Rufe und Schreie vieler Männer, die ins Haus gerannt kommen.

»Hier ist überall Blut!«, ruft einer.

Ich sitze benommen auf der obersten Treppenstufe. Wie zwischen Wachen und Schlafen. Dann kommt jemand und sieht nach mir. Untersucht mein Gesicht. Wischt mir einen Großteil des Blutes aus dem Gesicht.

»Wie geht es ihr?«

Es ist Raggi. Es beugt sich über mich und fährt gleich fort, ohne eine Antwort abzuwarten: »Ist der Angreifer immer noch hier?«

»Da unten«, flüstere ich und zeige auf den Keller.

Raggi geht die Treppe herunter. Ruft dann: »Bringt einen Scheinwerfer her!«

Ein barmherziger Samariter beschäftigt sich mit meinem Kopf und dem Hals. Verbindet mich. Gibt mir eine Spritze.

Für einen Moment weiß ich nicht, ob ich noch lebe oder schon tot bin, bis ich langsam wieder zu mir komme.

»Wer ist es?«, frage ich Raggi, als er wieder die Treppe hochkommt.

»Leider habe ich deine Nachricht viel zu spät erhalten«, antwortet er, streckt seine Hände aus und hilft mir beim Aufstehen.

»Sie muss sofort auf die Unfallstation«, sagt der barmherzige Samariter.

»Du willst es doch sicher selber sehen?«, fragt Raggi.

Na klar.

Er stützt mich vorsichtig, während er mir die Treppe herunterhilft.

Der Angreifer liegt immer noch im Flutlicht der Goldjungs auf dem Kellerboden am Fuße der Treppe. Er ist genau dort aufgekommen, wo die Enden der Eisenstangen aus dem Boden hochstehen. Er ist in eine Stange gefallen, deren blutiges Ende den Körper durchbohrt hat.

Die Goldjungs hatten die Jacke geöffnet und die Maske abgenommen, sodass ich das Gesicht erkennen konnte.

Lilja Rós.

Herbst

1

Eigentlich hätte ich mausetot sein müssen.

Das sagten jedenfalls die Ärzte im Krankenhaus nach der ersten von vielen Operationen. Die Schulter hatte mir mit Sicherheit das Leben gerettet. Hatte den ersten Schlag gedämpft. Aber deshalb war sie auch schlimm gebrochen.

Obwohl der nächste Winter vor der Tür steht, muss ich mich immer noch von dem Angriff erholen. Konnte mich monatelang nicht um mein Büro kümmern. Bekam Hilfe, um das Wichtigste zu erledigen. Alles andere musste warten.

Den Ärzten war es gelungen, meine Schulter wieder zusammenzubasteln. Trotzdem ist es noch lang hin, bis sie wieder in Ordnung ist. Trotz der Gymnastikübungen jeden Tag wird sie wahrscheinlich nie wieder vollständig hergestellt.

Lilja Rós hatte mehr Glück. Die Eisenstange, die ihr beim Fallen die Seite durchbohrt hatte, hatte keine wichtigen Organe zerstört. Sie hat sich bestimmt schnell erholt.

Jetzt sitze ich vor meinem Fernseher und gucke mir mit sinkendem Interesse die Nachrichten an. Ich bin eben ins Wohnzimmer gekommen. Hatte heute den besten Tag meines Lebens, seit ich fast gestorben wäre. Habe ein Glas Jackie in Reichweite.

Der Parteivorsitzende ist gefallen. Das erste Programm zeigt gerade Bilder vom Parteitag, als der Vorsitzwechsel stattfand. Offiziell heißt es allerdings, dass der Premier sich nicht wieder zur Wahl gestellt hat. Was natürlich ganz richtig ist. Er wusste, dass er keine Chance mehr hatte. Ein Realist.

Die Skandalgeschichten hatten ihn zu Fall gebracht. Der Mord an Halla. Die vorläufige Festnahme von Haukur. Aber vor allem die Geschichten wegen seiner vielen Verbindungen zu Porno-Valdi.

Allerdings sollte man nicht meinen, dass auch nur einer wegen dieser Sachen ins Gefängnis gewandert wäre. Die Goldjungs hatten Valdi und Haukur zwar mehrfach verhört und auch bei ihnen zu Hause nach Beweismaterial gesucht. Aber sie hatten keinen Erfolg. Als es drauf ankam, konnte das Video auch nicht viel ausrichten. Es war natürlich niemand anderes drauf zu sehen als Saemi, der das Mädchen misshandelt hatte. Jetzt war er tot und konnte gegen niemanden aussagen.

Die Ursachen des Flugunglückes waren immer noch ungeklärt. Die Untersuchungskommission hatte keine Anzeichen dafür gefunden, dass die Maschine defekt war, als Saemi abstürzte. Wahrscheinlich menschliches Versagen des Piloten, ließen irgendwelche Oberschlauen verlauten.

Menschliches Versagen?

Ich glaube das einfach nicht.

Es wurde schnell beliebt, Saemi die Schuld anzuhängen.

Auch die beiden Idioten, die mich auf die Müllkippe gebracht und Lilja Rós und mich in den Norden verfolgt hatten, sagten aus, dass sie für Saemi gearbeitet hätten.

Der Staatsanwalt hat sie beide angeklagt. Aber ich bin mir ziemlich sicher, dass sie nur eine winzige Strafe auferlegt bekommen. Wahrscheinlich ein Bußgeld, das Sigvaldi für sie bezahlt. Sie waren ja sowieso seine Handlanger, so wie Saemi es gewesen war.

Die Goldjungs wussten das natürlich auch. Aber sie konnten Sigvaldi genau so wenig beweisen wie an den Tagen zuvor und mussten ihn deshalb nach einigen Stunden Verhör laufen lassen.

Auch Haukur mussten sie laufen lassen. Als Politiker war er aber empfindlicher der allgemeinen Meinung ausgesetzt als Valdi und wurde genötigt, von allen seinen Parteiämtern zurückzutreten.

Und jetzt ist der Parteivorsitzende den gleichen Weg gegangen.

Ich schaue mir Gunnleifur auf dem Bildschirm an. Er nimmt den Jubel auf dem Parteitag besonnen auf. Lächelt sogar hin und wieder. Bald würde er Premierminister. Ob die Korruption damit etwas zurückgeht?

Vielleicht.

Ich war diesbezüglich jedenfalls zuversichtlich, als ich ihm Hallas Dossier über den Parteivorsitzenden ausgedruckt und zugeschickt hatte. Halla hatte mit Sicherheit auf dem Parteitag das ihre dazugetan.

Ich genehmige mir einen großen Schluck Jackie.

Aaah!

Nach ein paar mehr Schlucken fühle ich mich vielleicht wieder wie ein Mensch.

Lilja Rós ist in Haft.

Die Goldjungs hatten sie verhört, aber sie erzählte ihnen fast nichts, was sie hören wollten. Konnte den Angriff auf mich natürlich nicht abstreiten, versuchte aber die Tat auf das Rauschgift zu schieben. Wegen eines Rausches, der sie gewalttätig werden ließ, wusste sie nicht mehr, was sie tat.

Verdammte Lüge!

Sie hatten bei ihr zu Hause Kokain gefunden. Sowohl hier in der Stadt als auch im Norden. Sie wird für versuchten Mord angeklagt. Und zweifellos auch für Rauschgiftbesitz.

Der Mord an Halla liegt hingegen immer noch als ungelöster Fall auf dem Schreibtisch der Goldjungs. Sie strengen sich wirklich an zu beweisen, dass Lilja Rós am Werk war. Nachdem sie mich angegriffen hatte, kamen sie auf die Idee.

Die Goldjungs fanden schnell heraus, dass Lilja Rós finanziell ziemlich schlecht dastand, bevor sie von Halla geerbt hatte. Hatte überall hohe Schulden.

Koks ist teuer.

Trotzdem ist es ihnen immer noch nicht gelungen, zu beweisen, dass Lilja Rós am Tag, an dem Halla ermordet wurde, in Reykjavík war. Lilja Rós selber streitet alle Anschuldigungen der Art ab. Deswegen sind die Goldjungs im Patt.

Ich gieße mir mehr Jackie ins Glas. Nehme einen Schluck und wälze ihn im Mund hin und her, bis mir Tränen in die Augen steigen.

Aaah!

Natürlich sollte ich mich freuen, nach so einem hinterlistigen Anschlag noch am Leben zu sein. Aber ich denke selten daran, dankbar zu sein.

Trotzdem habe ich etwas zu feiern, denn ich habe jetzt einen Benz. Unglaublich, aber wahr: ich brause zur Zeit mit einer silbergrauen Nobelkarosse, die vom Himmel gefallen zu sein scheint, durch die Stadt.

Unglaubliches Glück gehabt! Vielleicht hat es dem da oben Leid getan, dass er so grausam zu mir war und mir den Benz als Schmerzensgeld geschickt?

Ich war dabei, die Zeit bei einem Autohaus totzuschlagen, als ich die silbergraue Karosse zum ersten Mal sah. Das Auto wurde mit Volldampf auf den Parkplatz gefahren und sah aus wie ein Ritter in blank polierter Rüstung. Ich konnte nicht anders, als dieses Traumauto begeistert anstarren.

Die Frau, die aus dem Benz ausstieg, war um die fünfzig, im Gesicht ein sorgfältig gepinseltes Gemälde und edel mit Pelz bekleidet. Bemerkte sofort, dass ich mit dem Auto liebäugelte.

»Willst du das Auto kaufen?«, sprach sie mich direkt an.

»Es ist mit Sicherheit viel zu teuer für mich«, antwortete ich.

»Was hast du cash zur Verfügung?«

»Jetzt gerade?«

»Ja.«

»So eine halbe Million, glaube ich.«

»Das passt ja ausgezeichnet«, sagte sie und steuerte auf das Autohaus zu. »Komm!«

Ich traute meinen eigenen Ohren kaum.

Sie ging auf einen leicht ergrauten Verkäufer zu, der hinter einer Theke saß und wedelte ihm mit dem Fahrzeugbrief vor der Nase herum.

»Sie möchte mir das Auto da abkaufen«, sagte sie. »Kannst du bitte die Sache für mich regeln?«

»Aber natürlich«, antwortete der Verkäufer und sah sich den Brief genauer an. »Habt ihr schon einen Kaufpreis ausgehandelt?«

»Fünfhunderttausend.«

»Bitte?« Der Verkäufer konnte sein Befremden nicht verbergen. »Ist er irgendwie beschädigt?«

»Er ist völlig in Ordnung.«

Der Verkäufer stand auf und ging zum Fenster. »Ist es dieser Silbergraue da?«, fragte er.

»Ja.«

»Aber, meine Verehrteste, das ist ein E 320. Der bringt leicht ein paar Millionen.«

»Willst du diese Angelegenheit jetzt regeln oder nicht?«

Er schaute wieder auf den Fahrzeugbrief und fragte dann: »Darf ich bitte einen Ausweis sehen?«

Sie öffnete ein Portemonnaie mit allen möglichen Kreditkarten.

Der Verkäufer setzte sich an den Computer, rief die Informationen über den Benz auf und verglich sie mit dem Führerschein.

»Ähem, scheint alles in Ordnung zu sein«, sagte er und schaute die Frau an. »Aber willst du nicht doch lieber mit der Entscheidung warten?«

»Nein.«

»Sollen wir nicht selber das Auto von dir kaufen? Sagen wir, für zwei Millionen? Das ist ein fairer Preis.«

»Fair!«, rief ich empört. »So ein Auto kostet fünf oder sechs Millionen!«

»Ich habe ihn für fünfhunderttausend verkauft«, antwortete die Frau entschieden. »Wenn du den Papierkram nicht für mich erledigen willst, dann gehe ich eben woandershin.«

Da gab er auf. Als wir den Kaufvertrag unterschrieben hatten, tauschten wir den Scheck gegen den Autoschlüssel.

»Jetzt ruf mir bitte ein Taxi, mein Guter«, sagte die Bepelzte zum fassungslosen Verkäufer.

»Soll ich dich nicht fahren?«, fragte ich.

»Ja, danke schön.«

Das Auto war ein wahrer Traum. Aber das war mir von vornherein schon klar. Ein Superbenz mit Automatikschaltung. Ich konnte allerdings überhaupt nicht verstehen, warum sie ihn für fast nichts loswerden wollte.

Ich musste sie einfach danach fragen.

»Dieses Auto ist das Ein und Alles meines Mannes«, sagte sie. »Hat mir nie erlaubt, ihn zu fahren.«

»Trotzdem war er auf deinen Namen registriert?«

»Ja, aber nur, um Steuern zu sparen. Der kriegt einen Schock, wenn er nach Hause kommt.« Sie lächelte bei der Vorstellung.

»Ist er im Ausland?«

»Er hat sich sein Flittchen mit nach London genommen«, antwortete sie und lachte kalt. »Deshalb habe ich beschlossen, es ihm heimzuzahlen. Ich wollte dafür sorgen, dass das der teuerste Fick der isländischen Geschichte wird.«

Einige Tage später rief mich ihr Mann an und verlangte, den Kauf rückgängig zu machen. Er wurde ganz schön wütend, als ich ihn nur auslachte und ihn bat, seiner Frau herzliche Grüße zu bestellen.

Ich mache das Fernsehen aus und gehe mit Jackie in der Hand ans Fenster und proste meinem Benz zu.

»Anderer Leute Unglück wird selten beweint.«

Sagt Mama.

2

Obwohl ich mich großzügig am Jackie bedient habe, sitzt immer noch ein kalter Schauer in mir. Zumal er nicht von gewöhnlicher Kälte kommt.

Ich mache das Videogerät an. Lege die Kassette ein und mache es mir in meinem Fernsehsessel gemütlich. Sehe, wie sie auf dem Bildschirm erscheinen. Die beiden Freundinnen.

Ich habe sie heute besucht. Lilja Rós. Habe sie zum ersten Mal nach dem Angriffsabend getroffen. Sie hatte schon oft darum gebeten, mit mir sprechen zu dürfen, aber ich war nicht so begeistert davon. Die Goldjungs sagten auch zuerst nein. Dann hatten sie ihre Meinung geändert. Haben mit Sicherheit gedacht, ich könnte sie dazu bringen, etwas über die Sache mit Halla preiszugeben. Schließlich ließ ich mich unter der Bedingung erweichen, dass wir zwei alleine sein würden und keine Aufnahmegeräte in Gang seien.

Raggi versprach es und fuhr mich zum Gefängnis.

Lilja Rós erwartete mich in einer kleinen, gemütlichen Zelle im ersten Stock. Alles tipptopp aufgeräumt wie überall, wo sie gewohnt hatte. Sie stand am vergitterten Fenster in einem hellblauen Trainingsanzug und Hausschuhen.

»Danke, dass du gekommen bist«, sagte sie.

Ich wusste nicht, was ich antworten sollte.

»Willst du dich nicht setzen?«

Es gab in diesem Zimmer einen Stuhl an einem kleinen Tisch direkt bei der Tür. Ich setzte mich.

Lilja Rós nahm auf der Schlafliege Platz. »Ich wollte dir selber sagen, wie Leid es mir tut, dass ich dich verletzt habe.«

»Ach ja?«

»Ich finde die Vorstellung einfach furchtbar. Ganz lange konnte ich es überhaupt nicht glauben, dass ich auf dich losgegangen sein soll.«

»Wirklich nicht?«

»Ich wusste nicht, was ich tat.«

»Du hast es sehr wohl gewusst.«

Sie schüttelt den Kopf: »Ich war total im Rausch.«

»Hast du wirklich gedacht, dass ich dich wegen dem Kokainschmuggel anzeigen würde?«, fragte ich. »War das der Grund?«

»Ich wusste nicht, was ich getan habe«, wiederholte sie.

Jetzt reichte es mir. »Hast du mich herkommen lassen, damit ich mir Märchen anhören soll?«

»Nein, ich habe gehofft, dass du mir vergeben könntest.«

»Warum?«

»Mir geht es wirklich schlecht damit, dass ich dir das angetan habe.«

»Der Fall ist nicht in meiner Hand.«

»Ich weiß. Natürlich bekomme ich meine Strafe. Aber es

würde mich nicht mehr so belasten, wenn du mir vergeben würdest.«

Sie schien aufrichtig zu sein. Wie schon so oft. Aber ich war gegen Lilja Rós geimpft. Bis ans Lebensende.

»Versuch nicht, mich für dumm zu verkaufen«, sagte ich. »Du wusstest ganz genau, was du getan hast.«

»Das stimmt nicht«, antwortete sie. »Das Rauschgift hatte mich zu der Zeit völlig im Griff, obwohl ich darauf geachtet hatte, dass es niemand bemerkt. Es macht einen zu einem völlig anderen Menschen. Ich merke das jetzt so richtig, wo ich davon los bin.« Sie schaute mir in die Augen und fragte wieder: »Vergibst du mir?«

»Für Vergebung bin ich nicht zuständig«, antwortete ich. »Sprich mit einem Pfarrer.«

»Ich habe Gott schon um Vergebung gebeten.«

Ich konnte mir dieses verdammte »Asche-aufs-Haupt«-Geschwätz nicht mehr anhören und stand auf.

»Willst du schon weg?«

»Ich hab keine Lust, mir so einen Schwachsinn anzuhören.«

»Bitte bleib doch noch«, sagte Lilja Rós.

Ich zögerte.

»Ich wollte dich auch bitten, mir einen Gefallen zu tun.«

»Was?«

»Ich habe die Videos nie vernichtet. Du weißt schon. Kannst du das für mich machen?«

»Mir ist das egal.«

»Ich fände es aber besser.«

»Na gut.«

Wir schauten uns schweigend an, bis es peinlich wurde.

»Sie haben mich auch über Halla ausgefragt«, sagte sie schließlich.

»Das überrascht mich nicht.«

»Die scheinen zu glauben, dass ich ... ich über sie hergefallen bin.«

»Natürlich, bist du ja auch.«

»Ich hatte es irgendwie im Gefühl, dass du das auch denkst«, sagte sie langsam.

»Ich denke das nicht nur, ich weiß es. Du hast sie umgebracht. Genau so, wie du mich umbringen wolltest.«

Sie schüttelt den Kopf. »Du kannst das gar nicht wissen.«

»Ach?«

»Weil es nicht wahr ist.«

»Die Goldjungs wissen es auch. Früher oder später wird es ihnen sicher gelingen, dir die Tat nachzuweisen.«

»Sie war meine beste Freundin«, sagte Lilja Rós. »Ich hatte keinen Grund, ihr etwas anzutun.«

»Du hattest Gründe genug.«

»Was für welche?«

»Willst du, dass ich sie alle aufzähle?«

»Wenn du schon meinst, alles besser zu wissen als ich.«

»Okay. Du hast mehr oder weniger auf Hallas Kosten gelebt, aber warst trotzdem bis über beide Ohren verschuldet. Hattest ständig Geldprobleme. Also hast du versucht, die Sache ins Lot zu kriegen, indem du Rauschgift eingeschmuggelt hast.«

»Glaubst du das wirklich?«

»Wahrscheinlich haben deine Probleme mit Halla angefangen, als du das Paket am Busbahnhof abgeholt hast.«

»Mit dem Buch?«

»Halla hat eine Nachricht auf den Pager geschickt bekommen«, fuhr ich fort, ohne auf ihren Kommentar einzugehen. »Das Problem war nur, dass sie an diesem Tag aus Versehen deinen Pager mit zur Arbeit genommen hatte. Du hast mir selbst gesagt, dass ihr öfter eure Geräte verwechselt habt. Aber in diesem Fall hatte es ernsthafte Folgen.«

»So?«

»Halla merkte, dass die Nachricht für dich und nicht für sie selber war. Sie war intelligent und konnte zwei und zwei zusammenzählen. Da musstest du wohl oder übel alles zugeben, nicht wahr?«

Sie gab mir keine Antwort.

»Ich kann mir gut vorstellen, dass Halla völlig ausgerastet ist. Plötzlich warst du für sie gefährlich geworden. Du warst nicht mehr länger nur ein Junkie, was sie ja vielleicht noch okay fand, sondern hast den Drogenschmuggel organisiert. Das stand für sie einfach nicht zur Debatte.«

Ich fixierte Lilja Rós kalt: »Hat sie dir nicht angedroht, jeglichen Kontakt zu dir abzubrechen? Dich rauszuschmeißen und nie wieder was mit dir zu tun haben zu wollen?«

Sie leckte sich die Lippen.

»Vielleicht hast du dich noch zugekokst, bevor du auf sie losgegangen bist. Davon habe ich keine Ahnung. Aber versuch nicht, mir weiszumachen, dass du es nicht getan hast. Ich weiß es.«

Ihre Wangen färbten sich rot. »Denk doch, was du willst«, sagte sie schließlich. »Aber erklär mir doch, wie ich es getan habe.«

»Wie?«

»Ja, das scheinst du doch auch zu wissen.«

»Ich denke schon.«

»Lass mich nicht vor Neugier sterben.«

»An jenem Freitag warst du in der Stadt und hast wie immer bei Halla gewohnt. Natürlich hat sie dir von Saemis Wutausbruch erzählt, den er am Morgen hatte. Könnte ja sein, dass du selber die Ursache des Streits warst. Sie hatten sich wegen Rauschgift gestritten, das Saemi bei Halla aufbewahrt hatte. Es würde mich nicht weiter wundern, wenn du es gestohlen hättest, obwohl sie das vor Saemi nicht zugeben wollte. Vielleicht war das der Tropfen, der das Fass zum Überlaufen brachte. Oder?«

»Erzähl weiter!«

»Am Abend musste Halla noch mal in der Staatskanzlei vorbeifahren, um ein paar Sachen zu erledigen. Du durftest mit ihr fahren. Das war nichts Besonderes. Vielleicht wolltet ihr ja hinterher noch ausgehen?«

Sie schweigt.

»Aber das ist nicht so wichtig. Halla musste, aus welchen Gründen auch immer, nochmal in den Konferenzsaal der Regierung. Du bist ihr dorthin gefolgt und hast auf sie eingeschlagen. Auf die gleiche Weise, wie du auch auf mich losgegangen bist. Nur ist es dir gelungen, deine Tat zu vollenden.«

Lilja Rós guckt auf ihre Hände, die sie in ihrem Schoß hält. »Du hast noch keine Waffe erwähnt«, sagte sie dann leise.

»Ach, habe ich das vergessen?«

Sie nickte.

»Ich tippe schon seit längerem auf die Statue. Dieses moderne Kunstobjekt, das Halla zu ihrem fünfundzwanzigsten Geburtstag geschenkt bekommen hat.«

Sie erbleicht.

»Ich habe auf einem Video gesehen, dass Halla die Statue auf ihrem Schreibtisch in der Staatskanzlei stehen hatte. Aber nach dem Mord war sie nicht mehr da. Die Statue war auch nicht bei ihr zu Hause. Vielleicht hast du sie nach der Tat in den Hafen geworfen. Oder sie woanders versteckt. Aber das kommt mit Sicherheit noch heraus.«

Lilja Rós ging langsam ans Fenster und starrte hinaus. »Wie lange hast du schon den Verdacht?«, fragte sie dann.

»Im Krankenhaus hatte ich genug Zeit, die ganze Sache zu durchdenken.«

»Aber du kannst nichts beweisen.«

»Das ist ja auch nicht mein Job.«

Sie stand immer noch regungslos vor dem vergitterten Fenster und guckte hinaus, als mich ein Gefängniswärter aus der Zelle ließ.

An der Pforte treffe ich auf Raggi. »Wie lief's?«, fragte er.

»Überhaupt nicht.«

Erst, als wir uns ins Auto gesetzt hatten und losgefahren waren, fing er an zu lachen.

»Was ist denn so lustig?«

»Eigentlich interessiere ich mich ja gar nicht für das, was Kenner ›die schönen Künste‹ nennen«, erklärte er. »Aber es wäre mir im Traum nicht eingefallen, dass moderne Kunst geradezu tödlich sein kann!« Er lachte so heftig, dass seine Speckrollen wie Wellen im Meer auf- und abwogten.

Also doch.

»Ihr habt das Gespräch abgehört?«

»Wir haben uns darauf geeinigt, dass nichts mitgeschnitten wird. Und das haben wir auch eingehalten.«

»Du hast gewusst, was ich meinte. Kein Abhören.«

»Versprechen sollen eingehalten werden, Stella. Wortwörtlich. Darauf baut deine Arbeit als Anwältin.«

»Fahr mich nach Hause.«

»Außerdem hat sie ja gar nichts gesagt. Du hast die ganze Zeit geredet.«

Und jetzt habe ich endlich das Gefühl, dass Jackie wirkt und sich im ganzen Körper ausbreitet. Ich leere das Glas und schaue noch eine Weile auf die beiden Freundinnen auf der Mattscheibe.

Halla und Lilja Rós.

Sie sind zusammen auf Reisen. Da steht Halla an einem Tag mit strahlend blauem Himmel an einem See. Hinter ihr sieht man die blauweißen Berge. Mit einer Hand winkt sie. Lilja Rós kommt ins Bild gelaufen. Jetzt stehen beide nebeneinander.

Ich halte das Video an. Das Standbild mit den beiden wackelt ein bisschen. Sie haben sich gegenseitig die Arme auf die Schultern gelegt und lachen. Mit der Sonne im Gesicht und leichtem Wind in den Haaren.

Zwei Freundinnen. Mörder und Opfer.

Ich stehe auf, mache das Video aus, stelle das Glas in der Küche in die Spüle und tigere langsam durch die Wohnung.

Alleine.

Das ist schon okay. Ich bin es gewohnt, für mich selber zu sorgen. Keine Bindungen, die man am nächsten Morgen nicht mehr lösen kann. So will ich das haben. So soll es sein.

Hätte ich Halla gemocht? Wenn ich sie kennen gelernt hätte? Wie sähe unsere Beziehung aus?

Ich frage mich das zum wiederholten Mal. Sie hatte was, das mich nicht in Ruhe lässt, wenn ich mit Jackie alleine bin. Irgendwas, das in mir ein merkwürdiges Gefühl weckt. Eine mit Trauer gemischte Sehnsucht nach etwas, das nie wird sein können. Vielleicht war es richtig, was Lilja Rós gesagt hatte? Dass Halla und ich uns ähnlich sind? Wie Seelenverwandte?

Es hat keinen Sinn, sich jetzt darüber Gedanken zu machen. Halla gehört zur Vergangenheit. Wie Lilja Rós. Man muss nur die Bindungen durchtrennen. Das, was vorbei ist, zur Seite schieben. Vergessen.

Ich gehe den Flur entlang, ins Büro hinein und setze mich an den Schreibtisch. Hier ist meine Arbeit. Scheinchen kassieren. Ohne sie ist das Leben kalt. Überall.

Mich schüttelt es immer noch.

»Manchmal ist das Leben kalt, obwohl man Geld ohne Ende hat.«

Sagt Mama.